Von Mareike zum 18. Geb.
Saskia Schneider

Die Arbeit von Irene Bettini beim italienischen Geheimdienst in Rom ist nicht gerade aufregend. Als stellvertretende Leiterin im zehnten Büro des SISDE verwaltet sie ein gigantisches Archiv, in dem alle Informationen elektronisch erfasst, katalogisiert und gesichert werden. An einem Tag im Juni taucht Roberto Taddei, ein Agent aus dem operativen Bereich, bei ihr auf. Er ermittelt in einem Fall, bei dem Informationen der höchsten Geheimhaltungsstufe der Mafia zugespielt wurden. Auf der Suche nach der undichten Stelle im System verlangt Roberto Taddei eine umfassende Aufklärung über die Funktionsweise des Datenarchivs. Zum Glück für Irene ist Roberto alles andere als unerträglich. Und während die beiden Tag für Tag zusammen arbeiten, entwickelt sich zwischen ihnen eine starke Anziehung.
Auf einmal sieht Irene sich aus ihrem alltäglichen Einerlei gerissen. Nicht allein, dass Taddei verheiratet ist, auch seine Ermittlungen erweisen sich als höchst gefährlich. Und schon befindet sie sich mittendrin in einem Spiel, das ihr über den Kopf zu wachsen droht. Nichts ist mehr so, wie es scheint: Kollegen und sogar Freunde zeigen plötzlich ihr wahres Gesicht. Ein tödliches Labyrinth, aus dem sie einen Ausweg finden muss.
Mit bemerkenswerter Kaltblütigkeit löst Irene Bettini ihren ersten Fall. Ihre Verbündeten sind weiblicher Spürsinn, das kleine Glück des Zufalls und das ganz große der Liebe. Ein Roman noir mit einer sehr femininen Note, ein Debüt, das auch Andrea Camilleri gefallen hat. Er hat das Nachwort zu ›Die Furien des Verschwindens‹ geschrieben.

Christine Calissano, 1965 in Barcelona geboren, ist Staatsanwältin und lebt in Palermo. Sie schreibt derzeit an ihrem dritten Roman.

Unsere Adresse im Internet: www.fischerverlage.de

Christine Calissano

Die *Furien* des Verschwindens

Roman

Aus dem Italienischen von
Katharina Schmidt

Mit einem Nachwort von
Andrea Camilleri

Fischer Taschenbuch Verlag

Deutsche Erstausgabe
Veröffentlicht im Fischer Taschenbuch Verlag,
einem Unternehmen der S. Fischer Verlag GmbH,
Frankfurt am Main, Juli 2007

Die italienische Ausgabe erschien unter dem Titel
›Fuga di notizie‹ erstmals bei Il Ponte Editore

Satz: Pinkuin Satz und Datentechnik, Berlin
Druck und Bindung: Nørhaven Paperback A/S, Viborg
Printed in Denmark
ISBN 978-3-596-17067-8

Für meinen Vater und Andrea
Brac 1998

I

»Darf ich?«

Irene hörte eine tiefe Männerstimme. Fingerknöchel klopften gegen die offenstehende Tür ihres Büros. Sie sah vom Bildschirm auf. Vor ihr stand ein Mann, um die vierzig. Sein Gesicht wies markante Züge auf, die welligen Haare wurden von einer hochgeschobenen Sonnenbrille zurückgehalten und zwei schwarze Augen schauten sie gleichmütig an.

»Darf ich hereinkommen?«, fragte der Mann, der immer noch im Türrahmen stand.

Irene speicherte die Datei ab, an der sie gerade arbeitete, und bot ihm einen Platz an.

»Ich heiße Roberto Taddei und Sie müssen Irene Bettini sein.«

Sie gaben einander die Hand und er setzte sich, mit einem ironischen Blick auf die Aktenberge, die ihren Schreibtisch belagerten.

»Ich sehe, an Arbeit fehlt es Ihnen nicht.«

»Leider nein, aber es ist nicht so schlimm, wie es aussieht. Mir fällt es schwer, Ordnung zu halten, und es endet immer damit, dass sich alles bei mir ansammelt.«

»Eigentlich ungewöhnlich für jemanden, der sich mit Archiven und Computersystemen beschäftigt.«

Irene zog eine Zigarette aus dem Päckchen, das sie neben die Tastatur gelegt hatte, und fand ihr Feuerzeug unter einem Haufen Papier. Sie versuchte sich zu erinnern, wer der Mann war, der vor ihr saß. Sein Name kam ihr bekannt vor.

»Rauchen Sie?«

Als er verneinte, zündete sie ihre Zigarette an und betrachtete ihn. Er war sportlich gekleidet. Stonewashed Jeans und ein leuchtend blaues Hemd, dessen Ärmel bis über die Ellenbogen hochgerollt waren.

»Arbeiten Sie hier?«, fragte sie und brach damit ein Schweigen, das peinlich zu werden drohte.

Taddei griff in seine hintere Hosentasche, zog seine schwarze Geldbörse heraus und entnahm ihr einen Ausweis.

»Ja, ich leite das sechste Büro. Es ist merkwürdig, dass wir uns noch nie begegnet sind, na ja, ich bin erst seit letzten Monat wieder ständig in Rom. Wissen Sie, womit sich meine Abteilung beschäftigt?«

Irene nickte, während sie den Ausweis ansah, den er ihr gereicht hatte. Diese Abteilung des Nachrichtendienstes SISDE koordinierte die Informationsbeschaffung und Untersuchungen gegen hochrangige Kreise und Persönlichkeiten, wie zum Beispiel Politiker, Finanziers, Unternehmer und Bankiers, die indirekt mit dem organisierten Verbrechen in Verbindung stehen.

»Der Kennziffer nach muss Ihr Ausweis jüngeren Datums sein«, bemerkte Irene.

»Ja«, antwortete Taddei, während er ihn wieder in seine Geldbörse steckte. »Als ich im Juni nach Rom zurückkam, habe ich bemerkt, dass ich ihn verloren hatte, und musste mir einen neuen ausstellen lassen. Aber um auf den Anlass für meinen Besuch zu kommen ... ich möchte gern, dass Sie mir genau erklären, wie unser Datenarchiv funktioniert ... in welcher Form die Daten hereinkommen, katalogisiert und strukturiert werden, wie die Dateneingabe erfolgt, die Stufen der Zugangsberechtigung festgelegt werden und die Recherchemöglichkeiten für die jeweiligen Benutzer.«

Irene drückte ihre Zigarette in einem Aschenbecher aus, der dringend geleert werden musste.

»Wie viel Zeit haben Sie? Der Lehrgang, den ich absolviert habe, bevor ich hier anfing, hat sechs Monate gedauert.«

Taddeis Lächeln entblößte eine Reihe weißer Zähne und ließ seine entschlossenen, kantigen Gesichtszüge weicher wirken.

»Ich halte mich an die gute Meinung, die Ihr Vorgesetzter Rossi von Ihnen hat. Gerade bin ich bei ihm gewesen, um ihm zu erklären, was ich brauche, und er hat mich sofort an die stellvertretende Leiterin, also an Sie, verwiesen ...«

»Danke für die Erläuterung«, sagte Irene.

»Gern geschehen. Er hat gesagt, Sie könnten mir helfen, und hat von Ihrem Wissen und der Fähigkeit, alles zusammenzufassen und anschaulich zu erklären, geschwärmt.«

»Zu viel der Ehre, jetzt fürchte ich fast, Sie nach einer solchen Empfehlung zu enttäuschen.«

Stillschweigend verwünschte Irene ihren Chef. Seit zehn Jahren leitete Rossi das zehnte Büro des SISDE, das sich mit der Archivierung aller Informationen befasste. Als sie vor drei Jahren bei einer internen Ausschreibung die Stelle der stellvertretenden Leiterin bekam, hatte sie sich bei Dienstantritt mit einem Mann konfrontiert gesehen, der sich verbissen gegen jede Veränderung, die sie einzuführen versuchte, sperrte, insbesondere gegen Neuerungen im Bereich des völlig veralteten Computersystems. Erst als es ihr gelungen war, ihn davon zu überzeugen, dass sie nicht beabsichtigte, ihn aus seiner Stellung zu verdrängen, und dass das Verdienst möglicher Verbesserungen direkt ihm zugeschrieben würde, hatte Rossi ihr freie Hand gelassen. Deshalb war das zehnte Büro jetzt mit den besten Programmen ausgestattet, die auf dem Markt waren, und zu einem Vorbild an Sicherheit und Effizienz geworden. Auch dies verdankte man nicht zuletzt ihrem geduldigen diplomatischen Taktieren.

»Warum lächeln Sie?«

»Ach nichts, ich dachte an meinen Chef.«

»Denken Sie, er hat Ihnen eine heiße Kartoffel zugeschoben?«

»Um Himmels willen, nein! Ich habe nur überlegt, wie ich Zeit für Sie finden soll, da ich bis Anfang August noch zahlreiche andere Dinge erledigen muss ...«

»Keine Sorge, darum habe ich mich schon gekümmert und mir zusagen lassen, dass Sie, zumindest für den ganzen Juli, von allen anderen Aufgaben freigestellt werden. Rossi reißt sich wohl nicht gerade darum, mir persönlich zu helfen, oder?«

Irene sah Taddeis ironischen Blick und begriff, dass er ihren Vorgesetzten bereits durchschaut hatte.

»Er muss sehr beschäftigt sein«, meinte sie. »Also, wann möchten Sie anfangen?«

»Morgen früh um neun, wenn es Ihnen recht ist.«

»Ich glaube, ich habe gar keine andere Wahl.«

Beide standen auf und für den Bruchteil einer Sekunde fühlte Irene seinen Blick auf sich ruhen. Er musterte sie, angefangen bei den Ledersandaletten mit spitzem Absatz, über den kniefreien blauen Rock, die weiße ärmellose Bluse, und verweilte auf ihrem schmalen Gesicht, den schulterlangen, gewellten Haaren und ihren braunen Augen, die grünlich schimmerten. Dann sahen seine Augen auf ihre Handtasche, die geöffnet auf ihrem Schreibtisch lag. Ein Buch schaute daraus hervor.

»Was lesen Sie gerade?«

»Archivorganisation von der CIA bis zum KGB.«

Sie standen nahe nebeneinander an der Tür und Irene konnte sein Aftershave riechen, während er ihr den Vortritt ließ. Sie beschloss, ihre kleine Lüge sofort aufzudecken.

»Nein, das ist Oscar Wilde. Ich habe ihn im Gymnasium gelesen, aber ich erinnere mich fast an nichts mehr.«

»Schön«, sagte er und Irene, wer weiß, warum, gefiel seine Bemerkung.

»Was mich am meisten an Wilde erstaunt, der sicher lange über den Unterschied von Schein und Sein nachgedacht hat, ist, wie ein so brillanter Mann diesen jungen Kerlen einfach ins Netz gehen konnte. Der Letzte in der Reihe brachte ihn sogar ins Zuchthaus, ohne dabei Gewissensbisse zu empfinden.«

»Glauben Sie nicht, dass er ein großer Schriftsteller wurde, gerade weil er Enttäuschungen und Verrat am eigenen Leib erleben musste? Außerdem kann es jedem passieren, dass ein Geliebter ihn betrügt ...«

»Schon möglich. Jedenfalls ist vor kurzem ein Film über ihn angelaufen. Wenn Sie ihn sich ansehen möchten, er lohnt sich wirklich.«

»Danke für den Tipp. Wir sehen uns dann morgen.«

Irene ging zu ihrem Schreibtisch zurück, schlug die Zeitung auf und blätterte die letzten Seiten durch, bis sie zu den Programmtipps für die Freilichtkinos kam. Sie nahm den Hörer ab und wählte eine Nummer.

»Tommaso? Ich bin's, kannst du reden? Hör mal, Darling, was hältst du von ein bisschen Kino im Freien heute Abend? Nein, zur zweiten Vorstellung, vorher esse ich bei meinem Vater. Ja, ich habe schon so eine Idee, was wir uns anschauen. Warum lachst du? Ach komm, es stimmt nicht, dass immer ich entscheide! Gut, ich hole dich gegen zehn ab. Bussi, Ciao.«

Irene lief den langen Flur des Souterrains entlang, in dem sich sämtliche Räume des zehnten Büros befanden. Der Linoleumboden, die grauen Wände, die von den trüben Neonröhren an der Decke nur spärlich beleuchtet wurden, ließen die Umgebung unpersönlich und trostlos wirken. Als Irene die letzte Tür erreichte, klopfte sie und trat ein, ohne eine Antwort abzuwarten.

Ihr Chef wandte ihr den Rücken zu und kramte in einer der zahllosen Schubladen des Schranks, der die gesamte Wand gegenüber der Tür ausfüllte.

Als er sie hereinkommen hörte, schloss er abrupt die Schublade und drehte sich um.

»Entschuldigen Sie, ich möchte mit Ihnen reden ...«

»Setzen Sie sich, Dottoressa Bettini, ich bin gleich für Sie da.«

Rossi holte aus der Tasche seines blau-ocker-karierten Jacketts einen Schlüsselbund und verschloss damit die Schublade, zog dann die Schranktüren zu und ließ sich schnaubend in den Sessel fallen, als hätte er sich angestrengt. Er öffnete den untersten Knopf seiner Jacke, der durch den Druck des ruhenden Bauches von einem Moment zum nächsten wegzuspringen drohte. Ein Lächeln huschte über seine dunklen Lippen.

»Meine Beste, haben Sie die Ehre gehabt, unseren Freund Taddei kennenzulernen?«

Irene konnte der Versuchung nicht widerstehen, sie riss die Augen weit auf und fragte im Ton naiver Überraschung: »Was meinen Sie mit ›unser‹?«

Rossis Gesicht blieb unbewegt.

»Meinen natürlich, meine Beste, und den aller Agenten und Beamten, die länger als Sie im Dienst sind.«

»Aha! Ich kannte ihn tatsächlich nicht.«

»Ja. Das erinnert mich daran, vor vielen Jahren war auch ich jung und wusste vieles noch nicht. Es freut mich, dass ich Ihre Wissenslücke schließen kann. Taddei ist sehr jung zum Geheimdienst gekommen und hat bis jetzt eine brillante Karriere als operativer Mitarbeiter gemacht. Er hat äußerst wichtige Aufträge erfüllt und ebenso heikle Ermittlungen durchgeführt, auch im Ausland. Sein erster Erfolg war der Fall eines unserer Agenten, den man erhängt aufgefunden hat. Erinnern Sie sich?«

Irene hatte nicht den Mut, ihm zu gestehen, dass sie nicht die leiseste Ahnung hatte, und nickte nur.

»Vor ein paar Wochen ist er zum Chef des sechsten Büros ernannt worden und musste sich deshalb wieder dauerhaft hier niederlassen. Ich habe ihm ein paar Mal helfen können und natürlich habe ich ihn auch diesmal meiner uneingeschränkten Unterstützung versichert.«

»Er möchte Informationen über die Funktionsweise unseres Büros ...«

»Ja, gestern hat Foderaro mir seinen Besuch angekündigt und gesagt, ich solle ihm jede nur mögliche Hilfe geben, da er an einer höchst heiklen Ermittlung arbeite. Natürlich habe ich nicht weiter nachgefragt.«

Irene unterdrückte ein Lächeln. Ganz bestimmt hatte Foderaro, der Generaldirektor des Nachrichtendienstes, der alle Abteilungen koordinierte, den Versuchen ihres Chefs, etwas zu erfahren, eine Abfuhr erteilt.

»Wie Sie wissen, habe ich zu viel zu tun, um Taddei meine ganze Zeit zu widmen. Deswegen habe ich ihm gesagt, er solle sich an Sie wenden, da Sie mein vollkommenes Vertrauen besitzen.«

Irene holte eine Zigarette aus ihrer Handtasche und zündete sie an. Wieder einmal hatte es ihr Chef geschafft, seine lückenhafte Kompetenz vor der Außenwelt zu verbergen. Rossi hatte innerhalb des Geheimdienstes immer Verwaltungsaufgaben oder, besser gesagt, die Aufgaben eines Bürokraten im verächtlichen Sinn des Wortes verrichtet. Eigentlich hatte er nur daran gearbeitet, gute Beziehungen zu wichtigen Personen zu pflegen, die ihm nützlich sein konnten. Indem er sich ein Netz aus Beziehungen, Gefallen und Gefälligkeiten aufbaute, war es ihm gelungen, diesen Direktorenposten zu bekommen. Dabei war es absolut zweitrangig gewesen, dass er keine besonderen Fähigkeiten für die Stelle mitbrachte und über keinerlei Führungskompetenz verfügte, denn er war so klug, sich mit fähigen Leuten zu umgeben.

»Selbstverständlich sind Sie für die Zeit, in der Sie mit Taddei arbeiten, von anderen Aufgaben freigestellt. Wenn etwas innerhalb dieses Monats erledigt werden muss, können Sie es an Ihre Mitarbeiter delegieren. Dottoressa, Sie müssen mich über den Inhalt Ihrer Gespräche mit Taddei genau informieren. Sie agieren als mein verlängerter Arm, weil ich Ihnen blind vertraue, und ich hoffe, dass dieses Vertrauen erwidert wird.«

Irene beeilte sich, ihrem Herrn und Meister ewige Treue zu schwören.

»Gut, ich glaube, wir können vor dem Mittagessen noch einen Aperitif trinken.«

Rossi hatte Mühe, aus seinem Sessel aufzustehen, und auf dem Weg aus dem Büro nahm er ihren Arm. Während sie vor dem Aufzug warteten, der sie zur Bar im Erdgeschoss bringen sollte, wischte er sich mit einem Taschentuch, in das sein Monogramm eingestickt war, den Schweiß von der Stirn.

»Übrigens«, rief er, während sich die Aufzugtüren öffneten, »das hätte ich beinahe vergessen. Taddei hat mir mitgeteilt, dass von heute an alle Personen durchsucht werden, die dieses Gebäude betreten oder verlassen.«

»Betrifft das auch die Mitarbeiter?«

Irene hatte ihre Frage noch nicht ausgesprochen, als sie merkte, dass sie wieder einmal eine Gelegenheit versäumt hatte, den Mund zu halten.

»Heilige Einfalt! Aber sicher. Auf jeden Fall muss etwas Einschneidendes passiert sein, um diesen Befehl zu erteilen. Aber wechseln wir das Thema, wie beurteilen Sie denn die beiden neuen Angestellten in der Datenerfassung? Haben Sie schon Gelegenheit gehabt, ihre Arbeit zu überprüfen?«

»Ja, sie lernen schnell und arbeiten gern.«

»Gut, das gefällt mir, wir brauchen arbeitswillige und fähige Leute. Mein Büro muss funktionieren wie eine Schweizer Uhr. Genauigkeit, Pünktlichkeit, Unfehlbarkeit. Diese drei Begriffe sollten alle, die unter meiner Leitung arbeiten möchten, immer genau im Kopf behalten.«

Er sah sie an, und Irene fragte sich, ob er jetzt erwartete, dass sie den Notizblock herausnahm und diese tiefsinnigen Äußerungen mitschrieb. Endlich öffneten sich die Aufzugtüren, sie seufzte erleichtert auf.

Um acht Uhr verließ Irene nach einer schnellen Durchsuchung das orangefarbene Gebäude. Sie legte ihre Handtasche in die Gepäckablage ihrer Vespa und schlängelte sich durch den zu dieser Tageszeit dichten Verkehr, den Schlaglöcher, Umleitungsschilder und Verkehrspolizisten, die es wie immer schafften, eher Staus hervorzurufen als aufzulösen, noch chaotischer machten. Die Vorbereitungen für das Jubiläum hatten Rom in eine einzige lange, sich windende Schlange aus Autos, Mopeds und Lastwagen verwandelt, die wie durchgehende Pferde alle paar Meter ausbrach, um dann schnaubend zurückzukommen und den gleichen Weg wie vorher zu nehmen. Es war immer noch warm, der schwüle Wind schaffte es nicht, die Dunstglocke aus feuchter, heißer Luft aufzulösen, die sich im Laufe des Tages über der Stadt gebildet hatte. Irene überquerte den Fluss, nachdem sie durch ein paar enge Gassen in Trastevere gefahren und Touristen ausgewichen war, die mitten auf der Straße liefen und sich weder um den Verkehr noch um ihr eigenes Leben kümmerten. Sie hielt vor einem alten Haus, dessen Fassade dringend einen neuen Anstrich brauchte.

»Ich sterbe vor Hunger«, sagte sie zu ihrem Vater, der sie schon auf der Türschwelle erwartete, und umarmte ihn.

»Dann kommst du genau richtig. Die Sardinen sind fast fertig.«

Irene folgte ihm durch einen schmalen Flur, der zu verschiedenen Türen und dann in eine geräumige Küche führte. Sie nahm das Glas Wein, das ihr Vater ihr reichte, und setzte sich an den Tisch mit der Marmorplatte, während er sich weiter um die Zubereitung des Essens kümmerte. Irene trank einen ersten Schluck, beobachtete ihren Vater beim Kochen und hörte zerstreut zu, als er von seinen Reiseplänen für August mit seiner Lebensgefährtin Marta erzählte. Ihre Mutter hatte ihn vor fünf Jahren verlassen, ohne dass er die zahlreichen warnenden Vorzeichen beachtet hatte. Seit langer Zeit war ihr Verhältnis angespannt gewesen. Als Beamter im Außenministerium war er selten zu Hause, und nachdem sie sich oft darüber beklagt hatte, war seine Frau dann immer häufiger allein ausgegangen, ohne zu sagen, wohin. Schließlich hatte sie aufgehört, mit ihrem Ehemann zu streiten, und Schreien und Anklagen durch ein besorgniserregendes Schweigen ersetzt. Als sie ihren Mann dann verließ und ihm erklärte, sie zöge mit einem anderen, in den sie sich verliebt hatte, in eine andere Stadt, hatte Irene sich monatelang um ihren Vater gesorgt und befürchtet, er werde sich von dem Schlag nicht erholen. In dem Wissen, dass eine Tochter eine Gefährtin nicht ersetzen kann. Glücklicherweise hatte er zwei Jahre später bei einem Essen unter Kollegen Marta kennengelernt. Sie unterrichtete Latein und Griechisch am Gymnasium. Irene mochte sie sehr und war ihr insgeheim dankbar, dass sie ihren Vater vor der Einsamkeit bewahrte. Seit es diese Beziehung gab, empfand sie kaum noch Gewissensbisse, weil sie sich eine eigene Wohnung gesucht hatte.

»Mein Schatz, würdest du den Tisch decken, während ich hier alles fertig mache?«

Irene holte Gläser und Teller aus einem Holzschrank, der die Wand neben der Glastür ausfüllte. Nachdem sie den Tisch gedeckt hatte, blieb sie an die Spüle gelehnt stehen und beobachtete die Bewegungen ihres Vaters. Die Sardinen waren schon in Mehl gewendet und das Öl in der großen Pfanne begann zu sieden.

»Fast hätte ich es vergessen. Heute habe ich ein großes Tier vom Nachrichtendienst kennengelernt. Er heißt Taddei. Er hat mich um Hilfe gebeten, ich soll ihm Informationen über die Funktionsweise des Datenarchivs geben.«

»Ach wirklich?«

»Was ist, kennst du ihn?«

»Ich bin ihm in den letzten Jahren ein paar Mal begegnet, als er an Sitzungen mit dem Minister teilgenommen hat. Aber ich kannte seinen Namen schon durch den Fall Mastropiero.«

Genau, so hieß der erhängte Agent! Bis zu diesem Moment hatte Irene vergeblich versucht, sich an den Namen zu erinnern. Ihr Vater nahm einen Bund Petersilie aus dem Kühlschrank und begann, die Blätter auf einem Brett mit dem Wiegemesser zu zerkleinern.

»Erzählst du mir, was damals passiert ist? Heute hat mein Chef auch auf diesen Fall angespielt, aber, ehrlich gesagt, ich erinnere mich an fast nichts mehr.«

»Das glaube ich dir! Schließlich ist es zehn Jahre her. Die Zeitungen haben darüber berichtet, aber ziemlich oberflächlich, denn der größte Teil der Angelegenheit fiel unter das Staatsgeheimnis. Ich weiß aber mehr darüber, weil Enrico mir davon erzählt hat.«

Enrico Nardi war der engste Freund ihres Vaters gewesen, wenn nicht sogar sein Mentor. Bevor er in die Politik gegangen und ins Parlament gewählt worden war, hatte er ein paar Jahre beim Geheimdienst gearbeitet. Nardi hatte ihrem Vater geholfen, als er sein Studium abgeschlossen hatte und, was seine berufliche Zukunft betraf, vollkommen unentschlossen gewesen war. Er hatte ihn überredet, an einer Ausschreibung des Innenministeriums teilzunehmen, über die nur wenige Mitarbeiter informiert waren. Als er sie bekam, hatte Nardi ihren Vater förmlich dazu gezwungen, an einem Computerlehrgang teilzunehmen, der es ihm dann ermöglichte, als Beamter in den öffentlichen Dienst einzutreten und so die Stelle zu bekommen, die er jetzt ausfüllte.

Aber ihr Vater hatte schon länger keinen Kontakt mehr zu ihm. Er sagte, die Politik habe Nardi verändert und er teile seine neue Art zu handeln und zu denken nicht.

Die Sardinen hatten inzwischen eine weiße Haut und lagen in einem tiefen Teller, einige Knoblauchzehen brutzelten im Öl und verströmten einen bittersüßen Duft.

»Man fand Mastropiero im Dezember 1988 oder 1989 ... nein, das war 88, erhängt in einem Zimmer einer viertklassigen Pension in Turin. Er war einer der angesehensten Agenten des SISDE. Die Staatsanwaltschaft eröffnete die Untersuchung und ordnete eine Autopsie an. Der Gerichtsmediziner legte sich auf die Diagnose Tod durch Selbstmord fest, obwohl bei der äußeren Überprüfung des Leichnams merkwürdige blaue Flecken an den Handgelenken festgestellt wurden, die an der Freiwilligkeit seines Todes zweifeln ließen. Der Staatsanwalt befragte einige Personen aus seinem beruflichen Umfeld, aber immer wenn die Fragen Mastropieros aktuelle Aufgabe berührten, wurde ihm mit dem Hinweis auf das Staatsgeheimnis ein Riegel vorgeschoben.«

Ganz behutsam legte er die eingemehlten Sardinen in die Pfanne und zog jedes Mal schnell seine Hand weg, um den Ölspritzern auszuweichen, die sich ganz plötzlich um die Sardinen herum bildeten.

»Enrico hat mir damals erzählt, dass Taddei mit einer internen Untersuchung betraut wurde. Er fand heraus, dass Mastropiero seit einigen Monaten gegen zwei korrupte Beamte des SISDE ermittelt hatte. Sie wurden verdächtigt, streng vertrauliche Nachrichten des deutschen Geheimdienstes weiterverkauft zu haben. Es ging darin um Geldwäsche der Cosa Nostra. Die beiden italienischen Beamten waren beauftragt, die Deutschen mit logistischen Mitteln und jeder möglichen Information zu unterstützen. Aber in Wirklichkeit spielten sie ein doppeltes Spiel. Gegen eine hohe Belohnung hatten sie alles dem Mafiaboss verraten, gegen den ermittelt wurde. Nachdem Taddei Mastropieros Notizen entdeckt hatte, führte er persönlich die Untersuchung weiter. Mit den vorliegenden und neu dazugekommenen Beweisen – ich glaube, er hat auch das dienstliche und private Telefon der beiden abhören lassen – meinte er, genug Material beschafft zu haben, um ihre Schuld zu beweisen. Und zwar sowohl am Verkauf der Informationen als auch am Mord an Mastropiero.«

Er drehte die Fische um, brachte ihre noch rohe Seite mit dem Öl in Berührung und legte die gebräunte nach oben.

»Hat er auch herausgefunden, warum sie ihn umgebracht haben? Wussten sie, dass sie aufgeflogen waren?«

»Ja, jemand informierte sie, dass Mastropiero drauf und dran sei, die Untersuchungsergebnisse an seine Vorgesetzten weiterzugeben.«

»Und wer hatte es ihnen erzählt?«, fragte Irene. Sie trank ihr Glas aus und merkte, wie ihr Magen vor Hunger knurrte.

»Das hat Taddei nie herausfinden können«, antwortete ihr Vater, während er die gehackte Petersilie und die Pinienkerne in die Pfanne gab.

Auf seinen Wink reichte Irene ihm die Weinflasche, und er goss davon ein wenig in den Sugo. Er erzählte weiter und gleichzeitig widmete er sich seinen Sardinen. Irene hatte es immer gemocht, einen Menschen, den sie liebte, bei einer praktischen Tätigkeit zu beobachten, und auch jetzt entging ihr keine Bewegung ihres Vaters, der wusch, schnitt, hackte, und zwar mit einer solchen Sorgfalt und Präzision, zu der sie nicht in der Lage war und die sie jedes Mal aufs Neue überraschte.

»Und wie ist es ausgegangen?«

»In einer Sitzung der Abteilungen des SISDE, die ihn mit der Untersuchung beauftragt hatten, legte Taddei dar, was er herausgefunden hatte. Die Probleme entstanden erst danach.«

»Warum? Hatten sie noch Zweifel an der Schuld der beiden Mitarbeiter?«

»Niemand hatte das. Aber als es darum ging, wie man weiter

vorgehen sollte, spaltete sich die Gruppe. Einige wollten die gesammelten Beweise der Staatsanwaltschaft übergeben, andere die Angelegenheit intern regeln. Die Diskussion dauerte Stunden. Ein Flügel meinte, es sei unabdingbar, Stillschweigen über die Aktivitäten des Geheimdienstes und den Verkauf der Informationen durch die beiden Agenten zu bewahren. Diese Fakten öffentlich zu machen bedeute, den SISDE der Kritik und vielleicht auch strengerer politischer Kontrolle auszusetzen. Also sei eine interne disziplinarische Maßnahme die wünschenswerte Lösung. Der andere Flügel meinte, die beiden hätten schwerste Verbrechen begangen und der Ausschluss aus dem Geheimdienst bedeute im Vergleich zu einem Strafprozess so etwas wie eine Belohnung. Am Ende beschlossen sie, über die Frage abzustimmen. In diesem Moment sagte Taddei zum ersten Mal etwas. Er meinte ganz ruhig, die Abstimmung könnten sie sich sparen. Er würde, sobald er das Haus verlassen hätte, die gesamten Akten der Staatsanwaltschaft von Turin übergeben und er sei bereit, seinen Abschied zu nehmen. Enrico, der an der Sitzung teilnahm, erzählte mir, niemand hätte auch nur ein Wort zu sagen gewagt, während Taddei die Dokumente einsammelte und den Raum verließ. Die einzige Entscheidung, die an diesem Tag getroffen wurde, war, ob man sein Abschiedsgesuch annehmen oder ablehnen sollte.«

»Und was passierte?«

»Es wurde abgelehnt. Die beiden Agenten wurden verurteilt, obwohl sie schon ins Ausland geflohen waren«, antwortete er und stellte die Gasflamme ab. »Irene, wäre es nicht viel netter, auf der Terrasse zu essen? Würde es dir etwas ausmachen, alles dorthin zu bringen?«

Irene ging ein paar Mal hin und her, um die Dinge, die sie auf den Küchentisch gestellt hatte, auf die Terrasse zu bringen. Inzwischen goss ihr Vater die Spaghetti ab und schwenkte sie in der Pfanne. Dann holte er aus dem Abstellraum ein Kristallgefäß und eine Schachtel farbiger, halbrunder Kerzen. Auf der Terrasse füllte er das Gefäß mit Wasser, ließ einige Kerzen darauf schwimmen und zündete sie mit seinem Feuerzeug an. Die kleinen Flämmchen warfen ein Kaleidoskop sich ständig bewegender Lichtreflexe auf das Glas.

Die Sonne war gerade untergegangen, Dächer und Kuppeln erstrahlten hier und da in violettem und orangenem Licht. Irene sah ihrem Vater entgegen, der mit der dampfenden Pfanne herauskam, und war glücklich.

Irene und Tommaso blieben noch einige Augenblicke sitzen, während der Abspann lief und sich die Zuschauer ringsum erhoben. Nach dem Abendessen hatte Irene ihren Freund mit der Vespa abgeholt und sie hatten das Freilichtkino fünf Minuten nach Anfang des Films erreicht.

»Hat er dir gefallen?«, fragte Irene.

»Na ja! Wenn Oscar Wilde auch nur ein bisschen Ähnlichkeit mit dem Darsteller im Film hatte, dann frage ich mich, wie er so einen Erfolg bei jungen, attraktiven Männern haben konnte.«

Irene lachte kurz auf.

»Du hast wirklich keinen Funken Feingefühl ...«

»Bestimmt nicht für diese Art von Ästhetik.«

Sie gingen zu Irenes Vespa.

»Na komm, sag schon, hättest du dich in den wunderschönen Oscar verlieben können?«, hakte Tommaso nach.

»Ehrlich gesagt, wahrscheinlich schon. Wenn ein Mann so genial und sensibel ist, kann er dich alles andere vergessen lassen und dir ein Bild von sich vermitteln, das über das rein Körperliche hinausgeht.«

»Es stimmt schon, ihr Frauen seid manchmal sonderbar.«

Sie beschlossen, noch etwas in Tommasos Wohnung zu trinken. Als Irene gegen die Fahrtrichtung in eine Straße einbog, obwohl ihr Freund lebhaft protestierte, musste sie an ihre erste

Begegnung vor einigen Jahren denken. Damals hatte er, der bis dahin in Florenz lebte, eine Stelle in der Rechtsabteilung der Telecom Italia angetreten. Sie waren zufällig in einem Plattenladen ins Gespräch gekommen, der einem Freund Irenes gehörte, und von da an hatten sie sich regelmäßig getroffen. Irene bedeutete die Begegnung mit Tommaso viel, denn seinetwegen hatte sie sich nicht mehr so allein und verzweifelt gefühlt, nachdem ihr Freund sie gerade verlassen hatte.

In Tommasos Wohnung streifte Irene die Sandaletten ab, setzte sich auf das leuchtend blaue Sofa im Wohnzimmer und zog die Beine an. Tommaso mixte einen Gin Lemon für sie und goss sich selbst einen Whisky ein.

»Wann fährst du?«, fragte Irene, während sie an ihrem Cocktail nippte.

»Sonnabend.«

»Und was ist mit dem Segelkurs? Wirst du daran teilnehmen?«

Tommaso stand vor einem Bücherregal, dessen Bretter zu mehr als achtzig Prozent mit Hunderten von CDs gefüllt waren. Er ließ seinen Blick darüber schweifen, dann nahm er eine heraus und legte sie in den Player. Keith Jarretts Klaviersolo war wie eine kühle Brise in der immer noch drückenden Luft. Tommaso liebte alle Musikrichtungen, ganz besonders aber Jazz, so wie Irene Romane, und er versuchte vergeblich, sie zu beeinflussen, weniger kommerzielle Musik zu hören.

»Ja, in Caprera gibt es eine der besten Schulen, obwohl sie einen ziemlich hart rannehmen. Im schlimmsten Fall ist dort in der Nähe noch ein Club Méditerranée.«

Irene fing an zu lachen und beugte sich vor.

»Du wirst dich nie ändern. Wenn es anstrengend wird, nimmst du die Beine in die Hand und haust ab.«

»Du kennst doch meine Theorie über unser kurzes, hartes Erdendasein ... sich so wenig wie möglich anstrengen und alle

Annehmlichkeiten und Freuden mitnehmen, die das Leben einem bietet. Nur, dass diesmal das Schöne des Segeltrips mit der Notwendigkeit, sich abquälen zu müssen, einhergeht. Na hoffen wir mal, ich überlebe es ...«

»Ach übrigens, Tommaso, wie ist es denn mit der Neuen in deinem Büro gelaufen?«

Tommaso schenkte sich noch einen Whisky ein.

»In den letzten zwei Wochen bin ich dreimal mit ihr ausgegangen. Ihr größter Vorzug ist, dass sie einen BH Größe 80D trägt. Sonst redet man am besten so wenig wie möglich mit ihr. Stell dir vor, das Essen war kaum zur Hälfte vorbei und ich wusste einfach nicht mehr, was ich sagen sollte. Was willst du machen, schließlich ist das Gespräch auf Sex gekommen, endlich ein Thema, das sie begeisterte.«

»Du änderst dich doch nie! Wie alt ist sie denn?«

»Dreiundzwanzig. Aber sie hat ihre Zeit gut genutzt, das kannst du mir glauben.«

Tommaso sah sie lachend an. Er war fünfunddreißig, fünf Jahre älter als sie, seine hellbraunen Haare reichten ihm bis auf die Schultern, er hatte ein weiches Gesicht, eine kurze Nase über einem breiten Mund. Seine grünen Augen blitzten häufig ironisch auf. Wie viele Menschen aus der Toskana verbarg er seine sensibleren Seiten hinter einem Sarkasmus, der vor nichts Halt machte.

»Ich frage dich gar nicht erst, wie der Abend zu Ende ging. Das kann ich mir vorstellen. Weißt du, was du brauchst? Du solltest dich mal ernsthaft verlieben«, erklärte Irene, während sie sich eine Zigarette anzündete und zu einem runden Aschenbecher ging, der auf dem Teppich stand.

»Donnerwetter, Irene«, rief Tommaso und starrte sie mit weitaufgerissenen Augen und offenem Mund an, »du bist wirklich ein Genie! Das sagt jedenfalls die Richtige!«

Irene packte eines der kleinen quadratischen, bestickten Kissen, die verstreut auf dem Sofa lagen, zielte auf ihren Freund und traf ihn an der Brust. Es folgte eine Kissenschlacht, die erst endete, als das Whiskyglas getroffen und umgeworfen war. Auf dem hellgrauen weichen Teppich breitete sich ein bräunlicher Fleck aus. Während Irene den Fleck mit einem nassen Tuch, das sie aus der Küche geholt hatte, herausrieb, erzählte sie Tommaso die Ereignisse des Vormittags.

»Na, prima. Vielleicht hörst du dann endlich auf, dich darüber zu beschweren, dass deine Arbeit so langweilig ist. Und was hältst du von diesem Taddei?«

»Ein interessanter Typ. Mixt du mir noch einen Gin Lemon?«

Kurz darauf reichte ihr Tommaso ein volles Glas und wechselte die abgespielte CD.

»Wie interessant?«

»Ich weiß nicht, wir haben nur ein paar Worte gewechselt ... auf mich hat er außergewöhnlich gewirkt.«

»Und wie sieht er aus?«

»Ich würde sagen, sehr attraktiv ...«

»Na also! Jetzt erzähl mir nicht, er hätte dir nicht gefallen.«

»Du bist wie immer zu voreilig. Ich habe dir nur gesagt, er ist nicht übel, und du stellst dir schon wer weiß was vor. Jedenfalls liest er, wir haben uns über ein Buch von Oscar Wilde unterhalten, das in meiner Tasche steckte, und er hat mir empfohlen, den Film heute Abend anzusehen.«

»Das wird ja immer gefährlicher! Bei dir hat doch jemand, wenn er über Literatur redet, schon tausend Punkte gemacht.«

In diesem Augenblick verklangen die letzten Töne eines Songs und wichen einer Stille, die nur durch die Motorengeräusche mehrerer Autos auf der Straße unterbrochen wurde. Irene drehte sich der Stereoanlage zu und sah auf der Digitalanzeige, wie spät es war.

»Oje, es ist schon zwei Uhr! Tommaso, ich muss jetzt sofort gehen.«

2

Um fünf vor neun betrat Irene die Bar gegenüber von ihrem Büro, um die zweite Dosis Koffein an diesem Morgen zu sich zu nehmen. Sie fühlte sich, als läge ein Ring um ihren Kopf, ihre Augen brannten trotz Augentropfen und sie hatte den Eindruck, als würde ihr ganzer Körper aufbegehren, um sie für den fehlenden Schlaf zu bestrafen.

Als sie letzte Nacht nach Hause gekommen war und sich in der einzigen Position hingelegt hatte, in der sie schlafen konnte, nämlich auf den Rücken, waren tausend Gedanken auf sie eingestürmt. Je mehr sie versuchte, sie zu vertreiben, umso gewaltsamer schienen sie sich an sie zu klammern. Um die Schlaflosigkeit zu bekämpfen, hatte sie das Licht eingeschaltet und angefangen zu lesen. Um vier Uhr morgens hatte sie Wildes Roman zu Ende gelesen und war endlich in einen schweren, leider zu kurzen Schlaf gefallen.

Gerade öffnete sie die Tür zu ihrem Büro, da hörte sie Schritte hinter sich. Sie drehte sich um und sah Taddei mit einem kleinen Aktenkoffer in der Hand auf sich zukommen. Er hielt die Tür für sie offen und gemeinsam betraten sie das Büro. Sie spürte, dass er sie beobachtete, während sie ihre Tasche auf einen Stuhl legte und sich hinter den Schreibtisch setzte. Taddei trug einen hellgrauen Anzug, ein weißes Hemd und eine bordeauxfarbene Krawatte. Seine feuchten Haare waren nach hinten gekämmt und kräuselten sich hinter den Ohren. Während sie den

Computer einschaltete, zog er sich die Jacke aus und hängte sie über die Lehne des Stuhls, auf dem er am Vortag gesessen hatte.

»Wollen wir anfangen?«, fragte Taddei und holte seinen Laptop aus dem Koffer. Irene seufzte und hoffte, dass die Verwirrung, die sie empfand, ihr nicht so deutlich anzumerken war.

»Also … ich weiß ehrlich gesagt nicht, wo ich anfangen soll.«

»Das will ich Ihnen sagen, Dottoressa. Nehmen Sie einfach an, Sie müssten einem Menschen, der absolut nichts von der Materie versteht, erklären, wie dieses Archiv funktioniert. Soviel ich weiß, haben Sie auch Einführungskurse für die neuen Angestellten Ihres Büros gehalten.«

Irene nickte.

»Gut, dann erzählen Sie mir das Gleiche und ich werde Sie nur unterbrechen, wenn ich nähere oder genauere Informationen brauche. Was halten Sie davon, wenn wir erst einen Kaffee trinken gehen? Sie scheinen nicht gerade eine erholsame Nacht hinter sich zu haben.«

Irene verließ ihr Büro so schnell wie möglich, um zu verbergen, wie peinlich ihr die Situation war. Sie lief durch den Flur, bis sie zum Kaffeeautomaten kam, der in der Halle gegenüber dem Fahrstuhl stand, und wählte von den unzähligen Knöpfen und Beschriftungen die aus, mit denen sie zwei starke gezuckerte Espresso erhielt.

Als sie wieder im Büro war und beide aus den kleinen Plastikbechern tranken, fühlte Irene, wie ihr Magen sich zusammenzog. Das war ihr vor jeder Prüfung passiert. Sie öffnete eine der drei Schubladen eines kleinen Containers unter ihrem Schreibtisch und nahm aus einem Schnellhefter ein paar Blätter mit Notizen, die sie selbst verfasst hatte, um sie als Leitfaden für ihren Kurs zu verwenden.

Als sie anfing zu reden, bemerkte sie, dass Taddei sie aufmerksam anschaute und kurze Notizen in seinen Laptop tippte. Mit der Zeit vergaß sie ihre Ängste und begann, mit ihren eigenen Worten die Informationsarchitektur des Archivs, das System, nach dem Daten katalogisiert und eingegeben wurden, sowie die Art der Zugangsberechtigungen darzustellen. Er unterbrach sie selten für ein paar kurze Erklärungen und gegen zwölf Uhr rief ihn jemand auf dem Handy an.

»Ich muss zu einer Sitzung und heute Nachmittag habe ich Termine. Was halten Sie davon, wenn wir morgen früh um neun Uhr weitermachen?«

Als Irene nickte, klappte er seinen Laptop zu, verstaute ihn, stand auf und zog sein Jackett an. Er war bereits an der Tür, da rief Irene ihm nach:

»Sie hatten wirklich recht.«

Taddei sah sie wortlos an und zog die Augenbrauen leicht in die Höhe.

»Der Film über Oscar Wildes Leben ... der war wirklich gut und der Schauspieler hat mir sehr gefallen.«

Er hatte den Aktenkoffer auf dem Boden abgestellt. Dann nahm er ihn wieder auf, ohne den Blick von ihr zu lösen, lächelte und ging ohne ein weiteres Wort.

Irene war sitzen geblieben, barg ihr Gesicht in den Händen und flüsterte: »Wie blöd von mir!«, dann hob sie den Kopf und versuchte sich vorzustellen, was er über ihre letzte Bemerkung gedacht haben mochte.

Als das Telefon klingelte, nahm sie ab und meldete sich gereizt.

»Was ist denn mit dir los? Sind das noch die Nachwirkungen des Gin Lemon? Ich hatte dich gewarnt, Irene, für gewisse Exzesse hast du einfach keine Kondition mehr.«

»Tommaso! Bist du mal wieder witzig! Ja, es stimmt schon, als heute Morgen der Wecker klingelte, war das für mich der reinste Albtraum. Geht es dir gut?«, fragte ihn Irene, wobei sie ihren Stuhl nach hinten rückte und die Füße auf den Schreibtisch legte.

Sie zog ihren ziegelroten Rock so weit herunter, dass er ihre Knie bedeckte, und fuhr sich mit einer Hand durch die Haare.

»Ausgezeichnet«, antwortete Tommaso sarkastisch. »Ich komme gerade aus einer Besprechung mit der Hexe. Wie immer hat sie überhaupt nichts kapiert, und als ich meine Präsentation mit einer Unmenge Graphiken beendet hatte, besaß sie doch die Frechheit, mir zu sagen, meine Ausführungen seien konfus gewesen und ich solle für morgen früh eine klarere Version vorbereiten.«

»Und was hast du ihr gesagt?«, erkundigte sich Irene lachend.

»Ich habe gesagt, sie solle das von jemand anderem machen lassen, ich würde für qualifizierte Arbeit bezahlt und nicht dafür, dass ich geistig Minderbemittelten Nachhilfe erteilte.«

»Darling! Du wirst doch nicht den Mut gehabt haben, so etwas zu ihr zu sagen. Sie ist doch deine Chefin! War noch jemand dabei?«

»Nur etwa zwanzig Leute, die für den Bereich Mitte-Nord zuständig sind.« Irene brach in Gelächter aus.

»Und, wie hat sie reagiert?«

»Sie fing an, unsinnige Satzfetzen von sich zu geben, und hat mich rausgeschmissen. Wenigstens habe ich mir damit einen Haufen Arbeit erspart. Hör mal, ist es dir recht, heute Abend zum Essen mit mir zu kommen? Sonst habe ich nämlich bis zu meiner Abreise keine Zeit mehr.«

Irene hörte ein Klopfen an der Tür. Gelenkig nahm sie die Beine vom Tisch und fegte dabei etwa hundert Blatt Papier zur Seite, die sich auf ihrem Schreibtisch verteilten, während die restlichen, ein paar Dutzend, in Richtung Fußboden segelten. Die Tür öffnete sich und Rossis Sekretär, ein magerer, blasser Mann um die fünfzig, sah sie mit unbewegtem Gesicht an. Er zeigte kein Missfallen beim Anblick der durch die Zugluft wild durcheinanderwirbelnden Blätter.

»Dottore Rossi möchte Sie sofort in seinem Büro sehen«, sagte er mit neutraler Stimme. »Wissen Sie, äh«, er pausierte einen Moment und betrachtete Irenes Hände, die den Telefonhörer umklammerten, »Ihr Telefon war nämlich immer besetzt ...«

Irene fragte sich, ob diese spitze Bemerkung auf Rossis Mist gewachsen war oder wirklich von dem kleinen Männchen kam, das sie weiter anstarrte, als hätte es nichts Besseres zu tun.

»Sagen Sie ihm, ich komme, sobald ich hier fertig bin.«

Sie sahen einander noch eine Weile an und, gerade als Irene sich zu fragen begann, ob er versuchte, sie mit seinem Gesichtsausdruck zu hypnotisieren, der sie an bestimmte Salamander erinnerte, die sie erst kürzlich in einer Ausstellung exotischer Tiere gesehen hatte, senkte der Mann den Blick, ging und schloss die Tür hinter sich.

»Hallo, Darling, bist du noch dran?«

»Ja, warte, ich muss erst noch ein paar Spinnweben entfernen, die sich um meinen Arm gewickelt haben. Und hör endlich auf, mich Darling zu nennen.«

»Warum denn?«

»Weil du alle so nennst, deine Männer, Freunde, Freundinnen, und ich habe so langsam den Verdacht, du nennst auch deinen geliebten Chef so.«

»Du übertreibst.«

»Du hast mir doch sogar einmal gestanden, du hättest dich in Audrey Hepburn verliebt, die in *Frühstück bei Tiffany* alle so nannte ...«

Irene drehte ihren Stuhl und schaute zu einem schmalen langen Fenster hoch, das auf einen Innenhof ging. Sie starrte vor sich hin, ohne die Wand da draußen zu sehen, an der sich drei von dunklen Vorhängen bedeckte Fenster befanden.

»Hör mal, was ist das überhaupt für ein Essen?«

»Viele meiner Kollegen werden da sein, das Ganze veranstaltet das Mädchen, von dem ich dir gestern erzählt habe. Bitte, komm, spiel nicht wie üblich den Snob.«

»Na gut. Holst du mich ab?«

»Ja, ich bin so gegen acht Uhr da. Bis dann.«

Irene stand auf und holte ihre Leinenjacke aus dem Schrank, die sie vor ein paar Stunden dort aufgehängt hatte. Mit der Klimaanlage kam sie nicht sehr gut zurecht. So fiel es ihr noch schwerer, sich an die Hitze zu gewöhnen, wenn sie dann wieder ins Freie ging. Sie zog ihre Jacke an, steckte die Zigaretten ein und machte sich auf den Weg zum Büro ihres Vorgesetzten.

Als sie hereinkam, saß er am Schreibtisch und las. Sein Büro war das luxuriöseste auf dem ganzen Stockwerk und dehnte sich über die gesamte Länge der Etage aus. Im Hintergrund des Zimmers standen ein Schreibtisch und ein großer Schrank, an der linken Wand zog sich ein Regal voller Handbücher und anderer, wahrscheinlich ungelesener Bücher entlang. Davor stand ein langer Besprechungstisch und in der Nähe der beiden Fenster an der gegenüberliegenden Wand befanden sich zwei Sofas für die vertraulicheren Gespräche.

»Da sind Sie ja. Ihr Referat über die Abläufe in unserem Büro habe ich fast ganz gelesen. Ich werde es dem Direktor im September präsentieren, und ich kann nur sagen, ich bin sehr zufrieden. Im letzten Jahr haben wir beachtliche Fortschritte gemacht, auch dank Ihrer Mithilfe.«

Irene hatte mehr als eine Woche gebraucht, um diesen Bericht abzufassen, von dem ihr Chef dann behaupten würde, er habe ihn geschrieben, nur weil er mit ›Copy‹ and ›Paste‹ ein paar Absätze verschieben und hier und da ein paar nebensächliche Phrasen einfügen würde.

»Vielen Dank, brauchen Sie noch etwas? Sonst würde ich jetzt nach Hause gehen und dort eine Aufstellung der Punkte vorbereiten, die ich Taddei in den nächsten Tagen erklären muss.«

Rossi schloss den Hefter und legte ihn in eine Schublade. Er hinterließ einen makellosen Schreibtisch, auf dem zwei Telefone standen und eine Ablage mit einem Montblanc. Irene, die soeben ihren Papierhaufen wieder geordnet und auf dem Tisch kaum einen Platz dafür gefunden hatte, sah ihn neidisch an.

»Ja, ich lasse Sie sofort gehen. Ach, da Sie gerade von Taddei sprechen, ist heute alles gut gegangen?«

Ihr Chef lächelte sie in Erwartung ihrer Antwort an und zeigte seine leicht auseinanderstehenden und unglaublich weißen Zähne. In seinen dünnen Haaren sah man die Spuren eines Kammes, der, so schien es Irene, vor Gel nur so triefen musste.

»Ja, er wollte, dass ich ganz von vorne anfange und dem Leitfaden der Kurse folge, die ich schon für die neuen Angestellten gehalten habe.«

»Hat er Ihnen erklärt, in welcher Sache er ermittelt und was unser Büro damit zu tun hat?«

»Nein, er hat mir gar nichts gesagt, ich habe geredet und er hat sich damit begnügt, Notizen zu machen.«

»Notizen?«

»In seinen Laptop.«

»Gut, ich verstehe. Ach übrigens, gerade ist der Techniker gekommen, der die neue Antiviren-Software installieren soll. Wären Sie bitte so nett und würden da mal kurz draufschauen, bevor Sie gehen?«

Nach ein paar Stunden Schlaf verbrachte Irene den Nachmittag damit, die wichtigsten Punkte aufzulisten, die sie Taddei erläutern musste. Als es an der Tür klingelte, traf es sie völlig überraschend.

»Wartest du bitte fünf Minuten auf mich?«

»Habe ich eine Wahl?«, fragte Tommaso durch die Sprechanlage.

Aus dem Wandschrank in ihrem Schlafzimmer nahm Irene ein hellgrünes Baumwollkleid mit Trägern. Während sie hineinschlüpfte, lief sie ins Bad, um sich die Haare zu kämmen und sie aufzustecken. Aus ihrem Gesicht waren alle Anzeichen von Müdigkeit verschwunden und ihre grün schimmernden Augen lachten ihr aus dem Spiegel entgegen.

Bevor sie das Haus verließ, schlüpfte sie in ein Paar Sandalen, die sie im vergangenen Jahr an der Porta Portese gekauft hatte und liebte, weil sie so bequem waren. Ein kleiner Absatz und ein Streifen Stoff, der den Spann bedeckte, das war alles.

»Endlich«, rief Tommaso aus, als sie in den Wagen stieg.

»Entschuldige, aber ich habe gearbeitet und nicht auf die Zeit geachtet.«

Der Wagen kam nur langsam durch schmale Gassen voran, in denen sich Menschenmassen drängten, die hier nach einem Platz zum Essen suchten.

»Na, wie es ist denn heute Morgen mit deinem schönen Geheimnisvollen gelaufen?«

»Du bist doch wirklich ein Idiot! Ich hoffe nur, er hat nicht gemerkt, dass ich noch im Koma lag und Mühe hatte, einen einigermaßen vernünftigen Vortrag zu formulieren.«

Während sie sich unterhielten, suchte Tommaso einen Parkplatz und fädelte sich schließlich in eine winzige Lücke ein. Dort ließ er das Auto quer, mit einem Vorderrad auf dem Bordstein stehen. Er hatte in Rom schnell kapiert, dass man ein bisschen kreativ sein musste, um sich einen Parkplatz zu erfinden, wollte man nicht den ganzen Abend im Auto verbringen.

In einem Aufzug mit verspiegelten Wänden fuhren sie bis in den sechsten Stock. Als sich die Türen öffneten, wurden sie schon von Claudia erwartet, der die Wohnung gehörte und die ein ausgeschnittenes Kleid trug, das ihr bis auf die Füße fiel. Sie hängte sich bei Tommaso ein und führte beide in ein geräumiges Wohnzimmer, das an eine Terrasse grenzte. Auf einem Tisch standen Getränke und zahlreiche Schüsseln und Platten, die bis zum Rand gefüllt waren. Dort deponierten sie die Flasche Wein, die Tommaso mitgebracht hatte. Dann stellte er Irene nach und nach etwa zwanzig Personen vor, die sich auf beide Räume verteilten und im Stehen unterhielten. Die modernen Designermöbel hatte man an die Wand gerückt und zwei Stehlampen tauchten die Gesichter in ein weiches, nicht zu helles Licht.

Irene goss sich eine Cola ein und näherte sich einer kleinen Runde von Tommasos Kollegen, die an der Brüstung der Terrasse lehnten. Sie fand, alle Frauen seien viel eleganter angezogen als sie selbst es war, und bemerkte sofort die Röntgenblicke zweier Brünetter aus der Gruppe. Sie konnte sich einfach nicht an dieses weibliche Verhalten gewöhnen, jede Frau, die neu hereinkam, argwöhnisch zu mustern, gerade dann, wenn diejenige auch noch attraktiv war.

Man redete über den neuen Marketingleiter. Der hatte in nur einem Monats eine Affäre mit einer Sekretärin angefangen und ihr als Gegenleistung einen schnellen Aufstieg versprochen. Weitere Geschichten über Kollegen, die wohl nur deren jeweiligen Lebenspartnern verborgen geblieben waren, wurden breitgetreten. Einmal jedoch wurden zwei, die einander auf dem Schreibtisch umarmten, von der Ehefrau des einen überrascht. Unvorsichtigerweise hatte sie nicht angeklopft. Ein anderes Mal hatte ein Paar beim Austausch heftiger Zärtlichkeiten, ohne es zu bemerken, die Taste der Wechselsprechanlage berührt und der Sekretärin im Nebenzimmer einen nicht eben druckreifen Dialog geboten.

Jetzt eröffnete die Gastgeberin das Büfett, alle stürmten darauflos und bedienten sich mit Reissalat, Flans, kleinen Quiches und Aufschnitt.

Irene setzte sich auf einen Stuhl und stellte den Teller auf ihrem Schoß ab. Sie dachte darüber nach, wie sehr es inzwischen üblich war, möglichst heikle und pikante Angelegenheiten anderer zu bereden und jede Anspielung auf sich selbst von vornherein auszuklammern. Tommaso, der nicht weit von ihr entfernt stand, hielt eine flammende Rede gegen seine Chefin und stellte die bahnbrechende These auf, die Bissigkeit einer Frau stünde im direkten Verhältnis zu ihrer sexuellen Unausgefülltheit. Irene sah in die lachenden Gesichter der anderen und sagte plötzlich etwas sehr laut, ohne es wirklich zu wollen. Alle auf der Terrasse drehten sich zu ihr um.

»Ich möchte unbedingt dieses Genie kennenlernen, das diese These aufgestellt hat. Ganz bestimmt ist es männlichen Geschlechts.«

Einen Augenblick lang herrschte peinliches Schweigen, bis Tommaso sie ins Wohnzimmer zog, unter dem Vorwand, sie würden tanzen gehen.

Am nächsten Morgen, sie saßen einander gegenüber, fielen Irene Taddeis Hände auf, die den Laptop auf den Schreibtisch stellten. Sie vermittelten ein Gefühl von Kraft. Irene blickte in sein Gesicht, das dem Bildschirm zugewandt war. Am meisten faszinierten sie seine großen, schräggeschnittenen Augen. Sie wurden von dichten, dunkelbraunen Augenbrauen betont, die seinem Blick eine besondere Intensität verliehen. In diesem Moment wirkte er angespannt und konzentriert, aber als er aufschaute und sie ansah, wurde sein Blick sanfter.

»Übrigens, Dottoressa, ich habe Ihnen gestern etwas ganz Wichtiges verschwiegen. Sie werden sich bestimmt gefragt haben, weshalb ich mich so für die Abläufe in Ihrer Abteilung interessiere. Ich führe gerade eine Untersuchung durch, bei der die Informationen, die Sie mir geben werden, nützlich sein könnten, wenigstens hoffe ich das. Mehr kann ich Ihnen leider nicht sagen. Es handelt sich um eine sehr heikle Untersuchung, über die nur Foderaro Bescheid weiß, der mir den Auftrag dazu erteilt hat. Deshalb verlange ich von Ihnen ein absolutes Stillschweigen über den Inhalt unserer Gespräche. Das heißt, über alles, einschließlich meiner Fragen, so harmlos sie auch sein mögen. Denken Sie daran, alles, auch das, was Ihnen unwichtig erscheinen mag, kann für Andere von großem Wert sein, wenn sie davon erfahren.«

Irene versicherte ihm sofort ihre uneingeschränkte Diskretion.

»Hat Sie vielleicht schon jemand über unsere Treffen befragt?«

Automatisch griff Irenes Hand nach der Zigarettenpackung. Auf der Suche nach dem Feuerzeug senkte sie den Blick.

»Dottoressa ...«

»Ja, Dottore Rossi hat mich gebeten, ihn auf dem Laufenden zu halten, da ich Ihnen Informationen über das Büro weitergeben muss, das er leitet.« Das sagte sie alles in einem Atemzug, dann zündete sie hastig ihre Zigarette an und fragte sich, ob sie richtig reagiert hatte.

»Sicher ist sein Interesse verständlich, aber von jetzt an werden Sie ihm nichts mehr mitteilen. Rossi darf dies auf keinen Fall merken. Sie werden ihm weiterhin pünktlich Bericht erstatten, aber die Fakten verändern. Habe ich mich klar ausgedrückt?«

Seine rhetorische Frage wurde durch ein Lächeln abgemildert, das die beiden Falten auf seiner Stirn glättete.

»Vollkommen.«

Irene stellte fest, dass sie sich auf unbekanntes Terrain begab. Von jetzt an musste sie ihren direkten Vorgesetzten belügen. Auf Anweisung eines Mannes, dem sie instinktiv vertraute, den sie aber nicht kannte. Sie hoffte, den richtigen Weg gewählt zu haben.

»Stellen Sie sich einfach vor, Sie seien vorübergehend in den operativen Dienst versetzt worden, und denken Sie daran, bis wir hiermit fertig sind, bin ich Ihr direkter Vorgesetzter.«

Sie begannen mit der Arbeit. Irene schaltete den Computer ein und zeigte Taddei die unterschiedlichen Verzeichnisebenen. Es gab Hauptverzeichnisse, die sich in Unterverzeichnisse verzweigten und dann noch einmal in einzelne Dateien. Die Verzeichnisbäume waren unterschiedlich umfangreich, je nach Inhalt und Bedeutung. Zugang zum Archiv erhielt man mittels eines Ausweises, der an eine Kennziffer und ein Passwort gebunden war. Alle operativen Mitarbeiter des Geheimdienstes und das Verwaltungspersonal besaßen so einen Ausweis, der je nach Dienstgrad einen uneingeschränkten oder eingeschränkten Zugang zum Datenarchiv ermöglichte.

Gegen zwei Uhr schaltete Irene seufzend den Computer aus. Sie spürte Stiche in der Magengegend. Von Minute zu Minute fiel es ihr schwerer, ruhig und freundlich zu bleiben. Wenn sie um die Mittagszeit anfing, sich aufzuregen und alle schlecht zu behandeln, nahmen die Leute aus ihrem Büro, die Irene in diesem Punkt ganz genau kannten, sie beim Arm und schleppten sie schnell ins nächste Restaurant.

Sie war gerade aufgestanden, da fragte Taddei: »Übrigens ... besteht irgendeine Möglichkeit, den Zugang einer Person zu den archivierten Informationen anhand seines Ausweises zurückzuverfolgen?«

In diesem Moment sah Irene nur noch schwarze Punkte vor ihren Augen. Sie blieb stehen, damit ihr Kopf aufhörte, sich zu drehen, und spürte, wie eine Hand sie am Ellenbogen fasste.

»Was ist los, fühlen Sie sich nicht wohl?«, fragte Taddei.

»Ach nichts, mein Blutdruck ist etwas niedrig, das passiert mir oft, wenn ich zu schnell aufstehe.«

»Hören wir auf, gehen Sie etwas essen, wir sehen uns dann morgen.«

Auf der Türschwelle drehte Irene sich noch einmal um und beantwortete seine Frage: »Ja, das ist sehr leicht möglich, dank eines neuen Systems, das seit knapp einem Jahr in Funktion ist. Es speichert die Kennziffern der Ausweise, die Zugang zum System hatten. Sie müssen nur die Datei öffnen, die Sie interessiert, die Kontrolltaste F 10 drücken, dann geht in der Ecke ein Fenster auf, dort erscheinen dann alle Ziffern der Ausweise, mit denen jemand die Datei vor Ihnen geöffnet hat, ergänzt durch Datum und Uhrzeit.«

Sie gingen gemeinsam in Richtung Aufzug.

»Das würde meine Arbeit sehr erleichtern, wenn ...«

»Wenn ...?«, fragte Irene.

»... wenn ich wüsste, nach welchen Daten ich suchen muss! Mein Problem ist nur, bis jetzt habe ich nicht die leiseste Ahnung.«

Mit schmerzverzerrtem Gesicht dehnte Irene ihren Rücken und berührte mit einer Hand einen Punkt etwa in der Mitte der Wirbelsäule. Sie schaute auf die Wanduhr. Kurz vor sieben. Es war Freitag, und sie hatte die ganze Woche mit Taddei verbracht, morgens und vom Nachmittag bis in den Abend, um ihm im Schnelldurchlauf die komplizierten Strukturen des Archivs zu erklären.

Taddei folgte ihrem Blick.

»Ich würde sagen, für heute machen wir Schluss. Möchten Sie noch einen Aperitif trinken, bevor wir uns trennen?«

Sie verließen das Gebäude und gingen zu einer kleinen Bar, die Tische im Freien hatte. Auf einem Platz am Ende der Straße. Irene und Taddei setzten sich unter einen geöffneten Sonnenschirm. Das Licht der bereits tiefer stehenden Sonne wurde von kleinen weißen Wolken gedämpft, die sich durch den Wind schnell bewegten und sie manchmal verhüllten.

Sie bestellte einen trockenen Spumante und er einen Campari.

»Warum habe Sie gerade diese Arbeit gewählt?«, fragte Taddei, der an diesem Tag müde aussah, die kleinen Fältchen um seine Augen schienen tiefer eingegraben zu sein als sonst.

»Als Wahl würde ich es nicht bezeichnen. Ich hatte gerade mein Studium abgeschlossen und wusste nicht, in welche Richtung ich gehen sollte. Es hat mir sehr gefallen, Literaturwissenschaften zu studieren, und ich hätte die Richtung gern weiterverfolgt, aber an der Universität gab es keine Stelle für mich und in der Schule erst recht nicht, deshalb fing ich schon an zu verzweifeln.«

»Und dann?«

»Ein Freund meines Vaters empfahl mir die Ausschreibungen, auf die ich mich beworben habe, um dorthin zu kommen, wo ich heute bin.«

»Und wer war dieser Freund?«

»Enrico Nardi.«

»Ach, Enrico!«, rief Taddei und lächelte ein wenig.

Irene sah ihn an, ohne zu fragen, und dachte, dass er sich jetzt wohl an den Fall Mastropiero erinnern würde.

»Und gefällt Ihnen Ihre Arbeit?«

»Soll ich ganz ehrlich sein?«

Irene beobachtete Taddei. Er lehnte in seinem Stuhl, hatte ein Bein über das andere gelegt, schaute sie gleichmütig an und nickte kaum wahrnehmbar.

»Anfangs hat mich meine Arbeit so fasziniert, dass ich alles daran liebte. Heute, nach drei Jahren, beginne ich mich zu langweilen. Alles wiederholt sich und ist zu technisch orientiert. Aber daran bin ich auch selbst schuld, ich habe mir Illusionen gemacht, ich würde hier wer weiß was tun ... vielleicht habe ich geglaubt, die Arbeit sei etwas kreativer.«

»Haben Sie nie daran gedacht, etwas anderes zu machen?«

»Ja, aber bisher ist mir noch nichts eingefallen. Außerdem ist es typisch für mich, dass ich immer alles einigermaßen gut erledige, aber es gibt nichts, in dem ich mich besonders auszeichne. Und wie war es bei Ihnen?«

Der Kellner räumte die leeren Gläser ab und Taddei reichte ihm einen Geldschein.

»Bei mir? Ich bin eigentlich ein wenig aus Zufall beim Geheimdienst gelandet, sie haben mich kontaktiert. Nach meinem Jurastudium habe ich die ersten drei Monate meines Wehrdienstes in der Luftwaffe abgeleistet. Kurz bevor ich dann endgültig übernommen wurde, hat man mich kontaktiert, und ich wurde in eine Spezialeinheit versetzt, deren Kaserne in einem Vorort von Rom liegt. Dort hat mich ein Mann vom Geheimdienst aufgesucht, der meinen Lebenslauf gelesen hatte und mir eine Stelle anbot, vorausgesetzt, dass ich eine Reihe von theoretischen und praktischen Tests bestand. Ich nahm begeistert an und viele Jahre habe ich hart gearbeitet und an das geglaubt, was ich getan habe.«

Der Kellner brachte das Wechselgeld auf einem Tellerchen, das er auf den Tisch stellte. Taddei nahm die Geldscheine, ließ die Münzen liegen und stand auf.

Während sie zurückgingen, fragte Irene ihn, ob er noch daran glaube.

»Ehrlich gesagt, glaube ich nur noch an mich selbst. Ich habe zu viel gesehen, um noch auf die Politik zu vertrauen, auf die Regierung und selbst auf die Geheimdienste.«

»Es gibt sicher Menschen, die Sie schätzen.«

»Ganz wenige.«

Sie erreichten Irenes Vespa. Irene blieb stehen und holte die Schlüssel aus der Tasche.

»Was haben Sie am Wochenende vor?«, fragte Taddei.

»Nichts Besonderes. Ich werde in der Stadt bleiben. Und Sie?«

»Ich glaube, ich werde heute Abend ans Meer fahren, dort habe ich ein Haus.«

Montagmorgen bemerkte Irene, dass jedes Anzeichen von Müdigkeit aus Taddeis Gesicht verschwunden war. Die Sonnenbräune stand ihm gut, sie ließ seine dunklen Augen noch ausdrucksvoller wirken.

Irene hatte den Sonntag im Schwimmbad verbracht, einen sehr unterhaltsamen Krimi des sizilianischen Schriftstellers Santo Piazzese gelesen, der von Beruf eigentlich Biologe war. Einige Male hatte sie sich nicht mehr auf das Buch konzentrieren können und begonnen, an Taddei zu denken. Sie sah sein Gesicht vor sich, sein Lächeln, hörte seine tiefe Stimme und auch sein Schweigen, das Neugier erweckte.

»Entschuldigen Sie, ich war abwesend. Was haben Sie mich gefragt?«

»Können Sie mir bitte die verschiedenen Zugangsberechtigungen zu den archivierten Daten erklären?«

»Natürlich. Es gibt drei. Je nach der Position im Geheimdienst erlaubt der Ausweis unterschiedliche Zugangsmöglichkeiten, aber das wissen Sie wohl schon«, meinte Irene und sah ihn an, während Taddei sie aufforderte fortzufahren.

»Wie ich schon erwähnt habe, hat jeder Mitarbeiter eine Kennziffer, die der Computer liest. Um eine größere Sicherheit zu gewährleisten, beispielsweise bei Verlust, hat jeder Besitzer einer Karte zusätzlich ein Passwort aus sechs Buchstaben, ohne dass der Computer ihn nicht auf das Archiv zugreifen lässt. Das vorhandene Material ist in drei Geheimhaltungsstufen gegliedert. Stufe eins beinhaltet Informationen über Personen, für die sich der Geheimdienst interessiert. In erster Linie beziehen sich diese Daten auf Aktivitäten politischer, wirtschaftlicher und juristischer Institutionen. Stufe zwei archiviert abgeschlossene Ermittlungen, die in der Vergangenheit gegen Gewerkschaftsorganisationen oder politische Gruppierungen durchgeführt wurden. Ermittlungen gegen die Mafia, gegen Aktivitäten mit terroristischem oder subversivem Hintergrund, außerdem Ermittlungen gegen herausragende Persönlichkeiten, wie Abgeordnete, Staatssekretäre oder gegen Parteimitglieder, häufig aus der Opposition, aber auch gegen Agenten ausländischer oder italienischer Geheimdienste.«

Sie schaute ihn lächelnd an und er schien sie verstanden zu haben.

»Stufe drei sammelt Informationen zu laufenden Ermittlungen. Zu dieser Stufe haben nur Agenten im operativen Dienst Zugang. Sie können Informationen über ihre eigenen aktuellen Aktivitäten aufrufen und über die ihrer Kollegen, was sehr nützlich sein kann. Natürlich haben diejenigen, die Zugang zur zweiten Stufe haben, auch Zugang zu den Daten der ersten, und wer Zugang zur dritten hat, auch zu den beiden anderen. Das Verwaltungspersonal hat ausschließlich Zugang zu Stufe eins, Agenten, die noch keine drei Jahre beim Geheimdienst arbeiten, zu Stufe zwei.«

Irene griff mit beiden Händen in ihre Locken, rollte sie zusammen, schob einen Bleistift hindurch und formte so einen Knoten.

»Manchmal kommt es mir ein wenig merkwürdig vor, Ihnen Dinge zu erzählen, die Sie wahrscheinlich viel besser kennen als ich.«

»Keine Sorge, Sie müssen mir alles erzählen, sogar Einzelheiten, die Sie für unwichtig halten. Sehr oft helfen diese uns, alles zu verstehen.«

Taddei sah auf die Uhr. Er fragte: »Mögen Sie Fisch?«

»Ja.«

»Gut, wenn Sie möchten, können wir gemeinsam in einer Trattoria in der Nähe des Pantheons essen. Dann kann ich Sie heute Nachmittag mit weniger Skrupeln weiterquälen.«

Das Restaurant war einfach, seine Einrichtung unpersönlich, aber die Vorspeise aus Meeresfrüchten schmeckte so gut, dass Irene einen Moment lang glaubte, in den Ferien zu sein.

»Möchten Sie noch etwas Wein? Was meinen Sie, wollen wir uns nicht duzen?«

Taddei füllte ihr Glas, während Irene sagte, es sei ihr recht.

»Du bist nicht verheiratet.« So, wie er das sagte, schien er die Antwort schon zu kennen. »Hast du einen Freund?«

»Nein. Meine letzte Beziehung ist vor etwa drei Jahren zu Ende gegangen.«

Irene redete ungern über sich selbst. Sie sah Taddei an, der anscheinend darauf wartete, dass sie weitererzählte und, weil sie sich wohl dabei fühlte, fuhr sie fort.

»Zwei Jahre lang lief alles gut, nein, sogar optimal. Wir waren sehr verschieden, aber gerade das verband uns noch mehr, als wären wir ...«

»Teile, die sich ergänzten?«

»So etwas in der Art.«

»Und dann?«

»Dann musste er öfter aus beruflichen Gründen verreisen. Wir waren gerade dabei, uns eine gemeinsame Wohnung zu suchen. Plötzlich hatte er Zweifel, zögerte alles hinaus, sagte mir, es hätte keine Eile.«

»Und warum?«

»Zuerst habe ich gedacht, das alles sei ganz normal, eine natürliche Angst vor einer so wichtigen Entscheidung und die Furcht vor einem Irrtum. Aber das war nicht der Grund für sein Zögern.«

Irene trank ihr Glas Wein in einem Zug aus, starrte auf die weiße Tischdecke, sammelte mit einem Finger die verstreuten Brotkrümel auf und formte daraus ein Häufchen.

Taddei füllte ihr Glas wieder und wartete ab, bis sie sich entschloss weiterzureden.

»Weißt du, wo das Problem lag? Er hatte eine andere Frau kennengelernt. Sie arbeitete erst seit kurzem in seiner Firma und begleitete ihn oft auf seinen Reisen. Das hat er mir erzählt, als er sich entschlossen hatte, mich zu verlassen. Danach habe ich ein paar Affären gehabt, immer gehofft, mich zu verlieben, aber das ist mir nie wieder passiert.«

»Und wie hast du reagiert?«

»Wann?«

»Als er dich verlassen hat und du wusstest, dass er eine andere Frau liebt.«

»Ich weiß es nicht einmal. Wenn ich mich schlecht fühle, reagiere ich immer komisch. Nach außen hin werde ich ganz kühl und wirke fast gleichgültig. Vielleicht, weil ich nicht will, dass der andere merkt, wie sehr er mich verletzt hat. Ich habe ihm nur gesagt, ich wolle nie wieder etwas von ihm hören oder sehen, und so kam es dann auch. Mir ist seitdem ein Gefühl von Unsicherheit und Misstrauen geblieben. Heute weiß ich, dass selbst der Mensch, dem du am meisten vertraust und von dem du glaubst, ihn sehr gut zu kennen, alles vor dir verbergen kann. Und wenn er es richtig anstellt, wirst du es niemals merken.«

»Das stimmt, aber vielleicht solltest du dich davon nicht so beeinflussen lassen. Denk daran, zum Glück sind nicht alle so.«

»Ja, ja, das weiß ich auch und versuche, keine Barrieren um mich herum aufzubauen. Nur, ich weiß nicht, wie ich es dir erklären soll, also, ich bin jetzt auf alles gefasst. Niemandem wird es mehr gelingen, mich so zu überrumpeln, wie Alessandro das getan hat.«

Irene zündete sich eine Zigarette an und wischte mit der Handfläche den Krümelhaufen weg.

»Und du?«, fragte sie.

»Ich? Ich bin verheiratet, habe einen zwanzigjährigen

Sohn, der in den USA studiert. Na, hat dir die Vorspeise geschmeckt?«

In diesem Augenblick brachte der Kellner neue Teller und servierte ihnen Wolfsbarsch mit im Ofen gebackenen Kartoffeln, dazu gemischten Salat.

»Ja, es hat köstlich geschmeckt.«

Irene fand, dass Taddei zu leicht davonkam.

»Und bist du glücklich?«, fragte sie ihn deshalb.

Taddei lächelte mit den Augen, während er sie ansah, und Irene schaute verlegen weg.

»Du stellst schwierige Fragen ... Ich weiß nicht, im Moment bin ich weder glücklich noch unglücklich, aber vielleicht wolltest du nicht nur das wissen, oder?«

Irene probierte den Wolfsbarsch und schmeckte fast nichts davon.

»Du hast recht. Aber ich möchte nicht zu aufdringlich sein.«

Wieder dieser amüsierte Blick.

»Nicht doch, nur los. Frag mich, was du willst.«

Irene aß die wenigen Kartoffeln, die noch auf ihrem Teller lagen, und schob ihn in die Tischmitte.

Sie lächelte. »Ich möchte dir mein kleines Geheimnis verraten: Ich stelle nie Fragen, wenn ich fürchte, dass die Antwort mir nicht gefällt.«

Taddei stimmte in ihr Lachen ein.

»Du bist genial! Und wie erfährst du dann Dinge, die dich an einem Menschen interessieren?«

»Ich versuche, sie auf andere Weise zu erfahren. Das ist nicht einfach, aber oft schaffe ich es.«

Sie bestellten zwei Portionen Erdbeeren mit Eis und Sahne, und Irene dachte, nach allem, was sie jetzt gegessen hatte, müsste sie das Abendessen wohl ausfallen lassen.

»Ich glaube, du fürchtest dich noch aus einem anderen Grund davor, allzu intime Fragen zu stellen.«

Irene kostete den ersten Löffel Eis.

»Ja, das stimmt. Findest du auch heraus, warum?«

»Du hast Angst, zu weit aus der Deckung zu kommen, deine Gefühle und Gedanken offenzulegen. Eine Frage kann weit mehr Dinge enthüllen als eine Antwort. Oder irre ich mich?«

»Nein, es ist genau so.«

Irene lehnte sich mit dem Rücken an den Stuhl. Manchmal kam es ihr so vor, als könnte Taddei ihre Gedanken lesen.

»Schon halb drei!«, rief er überrascht, als er auf seine Armbanduhr schaute, »ist es dir recht, wenn ich die Rechnung verlange?«

Auf dem Weg zu seinem Wagen berührten sich ihre Schultern mehrmals, und als sie fast am Ziel waren, nahm er ihre Hand. Ohne ihn anzusehen, erwiderte sie den Druck. Auf der Fahrt sagte keiner ein Wort, und als sie im Büro ankamen, begannen sie zu arbeiten, als sei nichts geschehen.

3

Irene betrat ihre Wohnung und ging ins Schlafzimmer. Sie zog Sportschuhe, kurze Hosen, T-Shirt und BH aus und ließ alles auf ihr Bett fallen. Dann ging sie ins Bad, lehnte sich an die Rückwand der Dusche und genoss den lauwarmen Wasserstrahl. Sie war durch den Park der Villa Borghese gejoggt und fühlte sich wohl, wie immer nach dem Laufen.

In der letzten Woche, als Tommaso nicht in Rom war, hatte sie es vorgezogen, abends zu Hause zu bleiben, etwas zu lesen oder sich einen Film auf Video anzusehen. Tagsüber hatte sie mit Taddei weitergearbeitet und er hatte sie am Ende des Nachmittags zu einem Espresso oder einem Aperitif eingeladen.

Sie hielt den Kopf einige Minuten lang unter den Wasserstrahl und staunte, wie es ihr mit offenem Mund gelang, inmitten dieses Wasserstrudels ganz normal zu atmen. Dann warf sie den Kopf zurück und ließ das Wasser auf ihren flachen Bauch klatschen.

Als es langsam kälter wurde, drehte sie den Hahn zu, zog sich Shorts und ein Unterhemd an und legte sich mit dem Kriminalroman von Piazzese auf das Sofa. Sie hatte ihn fast ausgelesen und fand die Idee originell, dass kein Commissario die Ermittlungen führte, sondern ein Biologe ohne jede Erfahrung auf diesem Gebiet.

Während sie das Buch öffnete, dachte sie daran, dass sie sich immer stärker von Taddei angezogen fühlte und er sie neugierig machte. Es schien tatsächlich so, als könne er ihre Gedanken lesen. Er schaute sie aufmerksam und teilnahmsvoll an und brachte sie dazu, über sich selbst zu reden, wie sie es schon lange nicht mehr erlebt hatte.

»Ich muss aufhören, an ihn zu denken«, sagte Irene laut, griff nach der Fernbedienung und startete die neueste CD von Pino Daniele, die sie vor ein paar Tagen gekauft hatte.

Sie hatte Angst, ihrer Vorstellungskraft freien Lauf zu lassen. Ihrer Intuition vertraute sie nämlich nicht so sehr. Sie zog es vor, ihrer Vernunft zu folgen, obwohl die, jedenfalls bis zu diesem Augenblick, auch keine großartigen Ergebnisse gezeitigt hatte. Seit einigen Monaten überlegte sie, ob es sich um eine genetische Missbildung handeln könnte. In ihrem Inneren tobte ein gnadenloser Kampf zwischen Vernunft und Intuition, am Ende war sie immer erschöpft und unentschlossen, welcher Seite sie nachgeben sollte. Jetzt zum Beispiel zwang sie sich zum wiederholten Mal, mit einem bestimmten Gedanken ihre erregten Gefühle zu besänftigen: Taddei war verheiratet und eigentlich wusste sie fast nichts über ihn.

Telefongeklingel schreckte sie aus ihrer Selbsterfahrungssitzung auf. Sie fand den Apparat unter dem Kissen, auf dem ihre Füße lagen.

»Hallo, mein Spätzchen, hast du mal wieder dein Telefon verloren?«

»Und dann heißt es auch noch ›Present‹! Meins hat die Fähigkeit, sich immer dann unsichtbar zu machen, wenn ich es brauche.«

»Ja, daran ist sicher ›Present‹ schuld ... aber lassen wir das. Hör mal, ich wollte dich zum Abendessen einladen, du hast doch nicht schon etwas vor?«

Irene schaute auf die Uhr. Beinahe acht.

»Eigentlich nicht ...«

»Ach, komm schon. Gerade hat mich Enrico Nardi angerufen, von dem ich eine Weile nichts gehört habe. Er hat gesagt, er würde gern mit mir essen. Also habe ich ihn zu mir eingeladen, da ich keine große Lust hatte auszugehen. Und weil er dann ständig nach dir gefragt hat, wie es dir geht, was du so treibst, er hätte dich so lange nicht gesehen, habe ich daran gedacht, dich einzuladen. Also, was sagst du dazu?«

Irene scheuchte mit der Hand eine blutdurstige Mücke weg, die sich gerade eben – das hoffte sie jedenfalls – auf ihrem Oberschenkel niedergelassen hatte.

»Ja gut, Papa. Gib mir ein paar Minuten, um mich umzuziehen, dann komme ich.«

Um neun Uhr betrat Irene das Wohnzimmer und küsste Nardi, der mit einem »Endlich!« vom Sofa aufgestanden war, auf die Wangen.

Sie gingen sofort auf die Terrasse, wo ihr Vater schon für sie gedeckt hatte. Sie aßen Orecchiette mit Tomaten, Mozzarella und Basilikum, während Nardi sie darüber informierte, dass ihm vor einigen Tagen ein Flügel der Mitte-Rechtspartei einen ausgezeichneten Listenplatz für die nächsten Wahlen angeboten hatte. Irene sah ihn an und dachte im Stillen, dass dies keine großartige politische Veränderung sei gegenüber der Partei, für die er sich im Moment einsetzte. Sie hütete sich aber, einen Kommentar abzugeben.

Nardi nahm ein zweites Mal von den Nudeln und aß mit Genuss. Seit ihrer letzten Begegnung hatte er fast alle Haare verloren und einige Kilo zugenommen. Er war kleiner als sie und sein rundes, volles Gesicht verlieh ihm etwas Gutmütiges.

»Aber reden wir nicht von mir«, fügte er hinzu und biss in die Nudeln. »Irene, dein Vater hat mir gesagt, dass du unseren guten Taddei kennengelernt hast. Wie findest du ihn?«

Irene sah ihren Vater an und war verärgert über seine Indiskretion. Dann überlegte sie. Eigentlich war das Ganze nicht so schlimm. Schließlich waren die beiden seit über dreißig Jahren befreundet und Nardi hatte ebenfalls für den Geheimdienst gearbeitet.

»Ich finde, er ist ein toller Typ, aber viel mehr kann ich dir nicht sagen. Dazu kenne ich ihn zu wenig.«

»Und woran arbeitet er gerade?«

Irene griff nach der Weinflasche. Dabei stieß sie mit dem Unterarm gegen eine volle Wasserkaraffe, die umfiel und den Tisch überschwemmte.

»Oje, entschuldigt!«

Sie sprang auf und begann die kleine Überschwemmung mit Papierservietten aufzusaugen. Die beiden Männer rückten mit ihren Stühlen vom Tisch ab, damit ihre Hosen nicht durchnässt wurden. Im gleichen Moment klingelte das Telefon, Irenes Vater hatte es glücklicherweise auf einem kleinen Tisch hinter seinem Stuhl abgelegt. Er meldete sich, dann sagte er: »Irene, es ist für dich.«

Irene nahm das Telefon, ging zur entgegengesetzten Seite der Terrasse und stützte sich dort mit den Ellenbogen auf das Mäuerchen.

»Tommaso, du!«

»Ciao. Ich habe es bei dir zu Hause versucht, und da du nicht dort warst, habe ich es eben hier probiert. Ich werde dir wirklich zum nächsten Geburtstag ein Handy schenken müssen!«

»Wag das ja nicht! Du weißt doch genau, ich hasse es, immer erreichbar zu sein, und ich kann wunderbar ohne leben.«

»Aber du könntest es immer ausschalten, wenn du keine Lust hast, Anrufe zu bekommen.«

»Ja, toll, dann muss ich mich noch dafür rechtfertigen, warum ich es ausgeschaltet habe. Sag mir lieber, wie ist dein Urlaub?«

»Ich bin total erledigt. Muss mindestens fünf Kilo abgenommen haben. Alle hier sind blutdürstige Sadisten. Ich sage nur, wir stehen um fünf Uhr früh auf und machen nicht vor sieben Uhr abends Schluss. Und du? Du isst doch nicht gerade?«

Irene sprach leiser und warf einen flüchtigen Blick auf Nardi und ihren Vater, die sich wieder an den Tisch gesetzt hatten und sich unterhielten. Dann flüsterte sie: »Ja, aber du hast mich aus einer peinlichen Situation gerettet. Ich erzähl es dir später.«

Dann sagte sie lauter: »Ja, gut, ich komme gleich zu dir.«

»Was redest du denn da, Irene, bist du übermüdet?«

»Ja, ja. In zehn Minuten bin ich da. Ciao.«

»Ire...«

Sie beendete das Gespräch und hoffte, Tommaso würde jetzt nicht annehmen, sie sei endgültig übergeschnappt.

Irene ging zum Tisch zurück, setzte sich nicht noch einmal hin, sondern nahm ihre Handtasche, die sie über die Rückenlehne gehängt hatte.

»Entschuldigt, dass ich euch mittendrin beim Essen sitzen lasse, aber einer meiner Freunde hatte einen kleinen Unfall mit der Vespa, und ich muss ihn in der Notaufnahme treffen.«

Sie küsste zuerst ihren Vater und tat so, als bemerke sie seinen erstaunten Blick nicht, dann Nardi, der meinte, bis zum nächsten Wiedersehen dürften sie nicht wieder so viel Zeit verstreichen lassen. Dann war sie weg.

Am nächsten Morgen verbrachten Irene und Taddei vier Stunden damit, einige Dateien genauer anzusehen, die im Zusammenhang mit aktuellen Ermittlungen standen. Um die Mittagszeit schlug er vor, in der Bar gegenüber ein Brötchen zu essen. Um fünf Uhr wollte er wegfahren und das Wochenende außerhalb von Rom verbringen.

»Was hast du gestern Abend gemacht?«

Sie saßen an einem runden Tisch in der Bar. Glücklicherweise brachte ein großer Deckenventilator etwas Luft in den Raum und vermittelte so den flüchtigen Eindruck von Erfrischung.

Irene biss ein riesengroßes Stück von ihrem Brötchen ab und riskierte, als sie es fast ohne zu kauen herunterschluckte, langsam und qualvoll daran zu ersticken,

Taddei klopfte ihr ein paar Mal auf den Rücken, während sie mit Tränen in den Augen hustete.

»Nimm das, trink einen Schluck.«

Endlich war Irene fähig, mit leicht gepresster Stimme zu antworten.

»Ich habe meinen Vater besucht ...«

»Weißt du, ich bin fast sicher, ihm vor ein paar Jahren begegnet zu sein.«

»Mir hat er das Gleiche erzählt. Er sagt, ihr hättet euch ein paar Mal im Ministerium getroffen während einiger Sitzungen, die er protokollierte.«

»Ja, ja, jetzt erinnere ich mich. Grüß ihn von mir, wenn du ihn das nächste Mal siehst.«

Irene aß schweigend ihr Brötchen auf, dann ging sie und bestellte zwei Espresso, die sie an den Tisch brachte.

»Enrico Nardi war auch da. Ich habe ihn lange nicht gesehen.«

Taddei hörte kurz auf, den kleinen Löffel in seiner Tasse zu drehen. Dann rührte er weiter und blickte sie an:

»Was für ein Zufall! Gestern hat mir ein Kollege erzählt, Nardi denke daran, die Partei zu wechseln. Man hat ihm einen ziemlich vielversprechenden Listenplatz angeboten.«

»Davon hat er gestern Abend erzählt.«

Irene biss ein Stückchen Nagelhaut ab. »Er hat mich auch nach dir gefragt, mein Vater hatte ihm nämlich erzählt, dass ich dich getroffen habe.«

»Und du?«, fragte Taddei, während er seinen Espresso austrank.

»Ich habe ihm geantwortet, du seist sehr nett oder so ähnlich, und dann habe ich das Thema gewechselt. Außerdem bin ich gleich darauf unter einem Vorwand gegangen. Ich hoffe, ich bin nicht zu brüsk gewesen, aber es war mir peinlich und ich befürchtete, er würde mir, wenn auch ohne böse Absicht, weitere Fragen stellen.«

Taddei stützte die Ellenbogen auf den Tisch, rückte näher zu ihr und nahm ihre Hand. Irene spürte, wie ihre Finger sich ineinander verschlangen und ein Hitzestrom ihren Körper durchflutete. Sie sahen einander schweigend an.

»Würdest du gern zwei Tage mit mir ans Meer fahren?«

Irene nickte sofort.

»Gut, dann arbeiten wir noch ein paar Stunden, und später hole ich dich zu Hause ab. Was meinst du?«

»Ich muss nur noch meinen Vorgesetzten informieren, dass ich morgen einen Tag Urlaub nehme.«

Auf dem Rückweg ins Büro dachte Irene, dass wenigstens einmal ihre Intuition gesiegt hatte, obwohl es eigentlich kein Kampf gewesen war, sondern eher ein K.o. in der ersten Runde, bei dem die Vernunft nicht einmal die Chance gehabt hatte, die Fäuste zu heben.

Sie war froh darüber.

Irene sah dem Wagen nach, der sich mit dem Verkehrsstrom entfernte. Als ein Passant gegen ihre Tasche stieß, die sie abgestellt hatte, raffte sie sich auf, nahm diese hoch und betrat nach der üblichen Durchsuchung das Gebäude.

Sie öffnete die Tür zu ihrem Büro, als eine tiefe, raue Stimme, die sie nur allzu gut kannte, nach ihr rief. Es war ihr Chef, der hinter ihr im Flur stand und ihr ein Zeichen gab, sie solle zu ihm kommen. Er betrat sofort wieder sein Büro. Irene stellte die Tasche auf dem Schreibtisch ab und folgte seufzend seiner Anordnung.

»Kommen Sie herein, setzen Sie sich doch, ich möchte kurz mit Ihnen plaudern.«

Rossi hatte sich auf das breite Ledersofa rechts neben der Tür gesetzt, und nachdem sie gesehen hatte, dass das andere mit Akten belegt war, setzte sie sich auf die andere Seite des Sofas.

»Sie sehen großartig aus!« Er betrachtete ihre sonnengebräunten Knie unter dem kurzen Rock.

Irene lächelte gezwungen und dachte im Stillen, dass sie sein Kompliment nicht erwidern konnte. Rossi trug einen beigefarbenen Anzug, der, wenn dies überhaupt möglich war, seinen Bauch, der über den dunkelbraunen Gürtel quoll, noch mehr betonte. Sein Gesicht glänzte vor Schweiß, er wischte sich mit dem Taschentuch die Stirn und steckte es dann in die Westentasche seines Jacketts.

Irene hatte sich schon immer gefragt, wie Männer seiner Statur ihre Gürtel so eng schnallen und trotzdem weiter atmen konnten. Ihre Überlegungen wurden von einer Frage Rossis unterbrochen.

»Und? Wie geht es mit Taddei?«

Irene holte die Zigaretten aus ihrer Jacke mit dem schwarzweißen Fischgrätenmuster, die sie am Morgen angezogen hatte. Rauchen schadete der Gesundheit, sicher, aber eine Zigarette anzuzünden zögerte ihre Antwort um ein paar Sekunden hinaus.

»Gut. Wie ich Ihnen schon in den letzten Tagen erzählt habe, gebe ich ihm die allgemeinen Erklärungen, um die er mich gebeten hat.«

In den letzten beiden Wochen hatte Rossi keinen Tag vergehen lassen, ohne sich über ihre Fortschritte zu informieren, und sie hatte gemerkt, dass sie ihn mit der Substanzlosigkeit ihrer Zusammenfassungen langweilte und ärgerte.

»Schon gut, schon gut, Sie erzählen mir immer das Gleiche. Geht das nicht etwas genauer?«, fragte Rossi brüsk und milderte dann seine Worte durch ein Lächeln.

»Es ist doch nicht meine Schuld, wenn Taddei mich nur nach technischen Details gefragt hat. Er sagt nie etwas. Beim letzten

Mal hat er mich gebeten, ihm zu zeigen, wie man die Daten in den verschiedenen Geheimhaltungsstufen eingeben und anhand welcher Keywords man bereits archivierte Nachrichten aufrufen kann.«

»Es ist gut«, unterbrach Rossi und beugte sich zu ihr. »Hat er Sie zufällig aufgefordert, Dateien aufzurufen und dabei ganz bestimmte Keywords zu benutzen?«

»Ja, das letzte Mal ...«

Irene, die damit beschäftigt war, möglichst unauffällig von ihm abzurücken, hatte geantwortet, ohne nachzudenken, und, kaum hatte sie bemerkt, was ihr da herausgerutscht war, hatte sie sich unterbrochen. Außerdem hatte sie gelogen und irgendetwas erfinden müssen, das bei ihrem Vorgesetzten nicht den Verdacht erregte, sie verheimliche ihm etwas.

Rossi sprang so flink auf wie eine Gazelle und forderte sie auf, ihm am Computer zu zeigen, welche Dateien Taddei aufgerufen hatte.

»Aber ich weiß nicht, ob ich mich daran erinnere, welche Wörter er eingegeben hat«, versuchte Irene Zeit zu gewinnen. »Das ist drei Tage her ...«

»Strengen Sie sich an!«

Wie so oft, wenn sie gezwungen war zu lügen, fühlte Irene, dass ihre Gedanken von einem schwarzen Loch aufgesogen wurden. Sie starrte den Computerbildschirm an und betete insgeheim, wenigstens eines der Keywörter wiederzufinden.

»Brusca!«, rief sie plötzlich.

Genial! Sie gab das Wort ein und drückte einige Tasten, bis sie Hunderte von archivierten Dateien fand, die diesen Namen enthielten. Sie begann, eine nach der anderen zu öffnen, bis ihr Chef, der hinter ihr stand, ungeduldig schnaubte und sie nach einem weiteren Namen fragte. Einige Minute lang verfuhren sie so mit allen Mitarbeiternamen, an die Irene sich erinnerte, und als die erschöpft waren, schien Rossi zufrieden zu sein.

»Ich hatte schon den Eindruck, dass die ganze Geschichte mit den Kronzeugen der Mafia zusammenhängt. Wer weiß, vielleicht hat jemand versagt oder sie gleichen verschiedene Informationen gegeneinander ab ...«

Erschöpft verließ Irene sein Büro.

An diesem Morgen schien die Zeit stillzustehen.

Alle zwei Minuten sah sie auf die Uhr, die neben dem Schrank hing.

Sie konnte sich einfach nicht auf die Papiere vor ihr konzentrieren. Immer wieder kehrten ihre Gedanken zu Taddei zurück und zu den Stunden, die sie gemeinsam in San Vincenzo verbracht hatten. Irene lächelte, während die Zeilen vor ihren Augen verschwammen und durch lebendigere Bilder ersetzt wurden. Ab und zu atmete sie tief ein und nahm noch seinen Geruch wahr, der sich mit dem ihrer Haut vermischt hatte. Je weiter der Vormittag fortschritt, desto häufiger schaute sie zum Telefon, hob den Hörer ab und überprüfte, ob es funktionierte. Sie empfing zahlreiche Anrufe, jedes Mal reagierte sie sofort, noch bevor das erste Klingeln abbrach, aber immer waren es Kollegen mit beruflichen Problemen, die sie lösen sollte. Sie ging mindestens drei Mal nach oben, um einen Kaffee zu trinken, und um zwölf Uhr gab sie endlich auf, so zu tun, als würde sie arbeiten, und begann, etwas am Computer zu schreiben. Sie entwarf einen fiktiven Dialog mit dem Mann, um den sich ihre Gedanken drehten und der sie anscheinend schon vergessen hatte. Nach einer Stunde löschte sie alles wieder. Sie beschloss, nach Hause zu gehen und sich eine angenehme Ruhepause zu gönnen. Wenigstens würde sie dann aufhören zu grübeln.

Als das Telefon klingelte, steckte sie gerade die Zigaretten in ihre Handtasche, diesmal war sie überrascht und ließ es ein paar Mal klingeln, bevor sie ranging.

»Spätzchen, wo steckst du denn? Ich habe mir Sorgen gemacht.«

»Wieso denn, Papa?«

»Gestern habe ich dich angerufen, hast du meine Nachricht nicht gehört? Warum hast du nicht zurückgerufen?«

»Entschuldige, ich war nicht in Rom und bin erst heute Morgen zurückgekommen.«

»Hör mal, ich rufe aus einer Kabine in der Nähe deines Büros an. Wollen wir nicht zusammen Mittag essen?«

»In Ordnung, ich wollte gerade gehen. Wir treffen uns in fünf Minuten am Eingang.«

Irene hängte sich ihre Handtasche um. Sie hatte eigentlich keine Lust, mit ihrem Vater zu reden, nicht, wenn sie sich so niedergeschlagen fühlte. Aber vielleicht würde es ihr doch ganz gut tun, etwas Zeit mit ihm zu verbringen.

Sie schloss gerade ihr Büro ab, als das Telefon ein weiteres Lebenszeichen von sich gab. Ihre Hand zögerte. Sie erinnerte sich vage an den Tag, als Alessandro sie verließ und sie zufällig am Nachmittag in einer Buchhandlung ein Buch sah, dessen Titel sie neugierig machte: *Fragmente einer Sprache der Liebe* von Roland Barthes. Eines der Kapitel handelte vom endlosen, schmerzhaften Warten des Verliebten am Telefon. Sie entschloss sich, es weiter klingeln zu lassen. War es Taddei, dann geschah es ihm recht, da er so lange gezögert hatte, sie anzurufen.

Hastig steckte sie den Schlüssel ins Schloss, stieß die Tür auf, stürzte zum Telefon und antwortete atemlos.

»Hallo? Irene, bist du es?«

Irene, die – den Hörer in der Hand – halb über ihrem Schreibtisch lag, versuchte die Schnur so zu drehen, dass sie sich auf ihren Stuhl setzen konnte.

»Ja, ich bin es«, keuchte sie.

»Deine Stimme klingt ein wenig atemlos. Entschuldige, dass

ich dich nicht früher angerufen habe, aber ich habe gerade erst mein Gespräch beendet und konnte nicht ...«

»Ach, das macht überhaupt nichts, kein Problem, schließlich hatte ich heute Morgen auch eine Menge zu tun!«

Gegen sie war Judas ein Waisenknabe.

»Irene, hast du Lust, morgen zu mir zum Abendessen zu kommen? Erwarte nichts Besonderes, ich kann eine Kleinigkeit für uns bestellen. Leider habe ich heute um neun eine sterbenslangweilige Sitzung.«

Taddeis Ehefrau war vor ein paar Tagen mit ihren Freundinnen ans Meer gefahren, erinnerte sich Irene.

Sie verabredeten, dass Irene morgen gegen acht Uhr käme.

»In Ordnung.«

»Also, dann sind wir uns einig, aber wir sehen uns ja noch morgen Vormittag.«

Irene wollte schon auflegen, da hörte sie eine gepresste Stimme und hielt den Hörer noch einmal ans Ohr.

»Irene, bist du noch da?«

»Ja, ja, was ist denn?«

»Nein, ich habe mich nur gefragt, ob du dir nicht meine Adresse aufschreiben willst, ich stehe nicht im Telefonbuch, oder vielleicht willst du ja lieber, dass ich sie dir morgen gebe ...«

Lächelnd schrieb Irene etwas auf und schüttelte die Anspannung des Vormittags ab.

Ihr Vater wartete bereits auf sie und Irene sah ihn bewundernd an. Er trug graue Hosen, ein kurzärmeliges, weißes Hemd mit winzigen violetten Karos. Seine weißen Haare waren zurückgekämmt und seine tiefblauen Augen schauten sie liebevoll an. Als er sie umarmte, lehnte sie sich einen Moment mit der Wange an seine Brust und atmete den Geruch ihrer Kindheit. Dann erklärte sie ihm, wenig Zeit zu haben, und überredete ihn, auf ihre Vespa zu steigen.

Der Himmel war mit schweren schwarzen Wolken bedeckt, die Luft mit diesem typischen Geruch erfüllt, der dem Regen vorausgeht. Sie schlängelten sich durch eine Reihe schmaler Gassen, bis sie die Piazza di Spagna erreichten.

Kurz darauf grub Irene ihre Zähne in ein weiches, mit Senf bestrichenes Brötchen. Der tropfte ihr sofort aufs Kinn. Sie wischte ihn mit einer Papierserviette ab, merkte, dass sie wirklich hungrig war und biss noch einmal hinein.

Ihr Vater betrachtete sein unberührtes Brötchen in der Tüte. Er nahm ein paar Kartoffelchips aus der Pappschachtel und aß sie.

»Spätzchen, zunächst möchte ich mich für Nardi entschuldigen. Ich habe gemerkt, dass es dir unangenehm war, über Taddei ausgefragt zu werden. Vielleicht hätte ich nicht mit ihm darüber reden sollen, aber ich versichere dir, ich habe ihm nur erzählt, dass ihr euch bei der Arbeit kennengelernt habt, mehr nicht.«

»Mach dir keine Sorgen, Papa«, sagte Irene und biss wieder in ihr Brötchen. »Ich weiß ja, ihr seid oder wart gute Freunde und dass Nardi Taddei gut kennt. Ich habe mich nur unwohl gefühlt, als er mich nach ihm fragte.«

»Ja, das habe ich genau gemerkt und entschuldige mich noch einmal dafür. Wie geht es deinem Freund? War es etwas Ernstes?«

Sie schauten einander an mit ihren gleichgeschnittenen Augen, in denen es ironisch aufblitzte.

»Entschuldige, Papa. Das war das Erste, was mir einfiel.«

Sie aßen ihre Brötchen auf. Danach ging Irene zur Theke. Sie kam mit einem Apfeltörtchen für ihren Vater und einem mit flüssiger Schokolade überzogenen Eis für sich selbst zurück. Sie kostete einen Löffel voll und überließ sich dem Vergnügen dieses Geschmacks.

»Übrigens, wo bist du gestern gewesen?«

Irene war versucht zu lügen. Dann schüttelte sie mit einem unmerklichen Schulterzucken die Angst vor dem Urteil ihres Vaters ab und antwortete: »Taddei hat mich eingeladen, mit ihm in sein Haus am Meer zu fahren. Wir sind heute Morgen zurückgekommen.«

Ihr Vater schob den leeren Pappkarton weg.

»Liebling, was tust du nur? Er ist verheiratet, hat einen Sohn und, als ob das noch nicht reicht, er ist auch noch dein Vorgesetzter.«

Irene stellte den Plastikbecher ab und kratzte die letzten Reste heraus. Sie leckte den Löffel ab, wobei sie versuchte, ihre Gereiztheit unter Kontrolle zu bekommen.

»Glaubst du wirklich, ich hätte das vergessen? Ich weiß selbst sehr gut, dass es eigentlich eine unmögliche Geschichte ist, aber ich bin dreißig und weiß, was ich tue.«

»Nach dem, was du mir gerade erzählt hast, sieht es aber nicht so aus.«

»Was weißt du schon? Hast du dich je gefragt, ob du mich wirklich kennst? Du hast immer wenig mit mir geredet jahrelang hast du mich nicht nach meinem Privatleben gefragt oder wie ich mich fühle. Du hast nie etwas über dich erzählt, nicht einmal, wenn ich dich gefragt habe. Weißt du, wann wir das erste Mal ernsthaft miteinander geredet haben?«

Irene beobachtete ihren Vater, der sie erstaunt anstarrte. Sie beschloss jedoch, diesmal lohne es sich, die Sache zu Ende zu führen.

»Als Mama dich verlassen hat, da hast du zum ersten Mal gezeigt, dass du verwundbar bist, hast mir erzählt, dass es dir schlecht geht, hast von deinen Zweifeln über dein Verhalten geredet. Wie kannst du mich heute verurteilen, wenn du doch fast nichts von mir weißt und nichts von dem, was ich für Taddei empfinde?«

Es folgte ein langes Schweigen, ihr Vater senkte den Blick.

Dann sagte er: »Du hast recht, Irene. Du sagst die gleichen Dinge, die mir deine Mutter gesagt hat, als sie mich verließ.«

Irene mochte diesen Vergleich nicht, aber zum ersten Mal stellte sie fest, dass ihre Mutter vielleicht auch ihre Gründe gehabt hatte.

»In meiner Familie redete man nicht miteinander«, fuhr ihr Vater fort. »Ich bin sehr streng erzogen worden. Vielleicht habe ich viel mehr von meinen Eltern übernommen, als ich wollte. Es war auch nicht so, dass du oder deine Mutter mir gleichgültig waren. Aber ich merke, dass es mir unangenehm war, über persönliche Fragen zu reden. Verzeih mir. Auch das, was ich dir gerade gesagt habe, du weißt besser als ich, was du willst. Ich habe nur Angst, du könntest noch einmal so leiden wie vor drei Jahren. Ich liebe dich nämlich sehr.«

Irene nahm die Hand ihres Vaters und drückte sie fest. Sie verschränkten die Finger ineinander und sahen einander schweigend an.

»Papa, du weißt, ich liebe dich auch sehr, und ich weiß, dass du dir Sorgen um mich machst. Taddei ... Roberto gefällt mir sehr, und wenn ich das Risiko nicht eingehe, werde ich nie wissen, ob es funktioniert hätte. Zumindest verspreche ich dir, wenn es schiefgeht, werde ich es auch überleben.«

4

Irene hatte Mühe, die Augen zu öffnen, und fühlte heftige Stiche in ihrem Kopf. Sie war erst gegen drei Uhr morgens eingeschlafen, nachdem sie den Roman zu Ende gelesen hatte, den Taddei ihr während des Wochenendtrips ans Meer geschenkt hatte. Er hatte ihr gesagt, sie werde sich in diesen sizilianischen Schriftsteller verlieben, der durch seine Geschichten über den Commissario Montalbano berühmt geworden war, die er in einer Mischung aus Sizilianisch und Italienisch erzählte. *Die Stimme der Violine* hatte ihr sehr gut gefallen, besonders aber die Gedanken und die Ironie des Protagonisten. Da war eine Ähnlichkeit mit Taddeis Art zu denken, und während sie den Roman las, fragte sie sich, ob er ihr damit eine Botschaft übermitteln wollte.

Sie schaute auf den Wecker: neun Uhr. Ganz offensichtlich hatte sie vergessen, ihn einzuschalten. Das passierte ihr ungefähr zwei- oder dreimal im Monat.

Irene stand auf, setzte den Kaffee auf und ging vorsichtig auf nackten Füßen ins Bad, um ihren schmerzenden Kopf nicht allzu großen Erschütterungen auszusetzen. Sie öffnete den Spiegelschrank über dem Waschbecken und entnahm ihm ein Tütchen Aspirin. Sie schüttete den Inhalt in ihr Zahnputzglas und goss etwas Wasser hinein. Während sie trank, schaute sie in den Spiegel. Es traf sie wie ein Schlag. Ihre Lider waren geschwollen und ihre Haare hingen leblos an ihren Wangen herab. Irene hoffte, Müdigkeit und Schwellung zu vertreiben, und tauchte ihr Gesicht so lange in eiskaltes Wasser, bis sie das Gurgeln der Kaffeemaschine hörte.

Mit zusammengekniffenen Augen zog sie das Erste an, was sie im Kleiderschrank fand, blaue Hosen mit großen Seitentaschen und ein kurzes orangefarbenes T-Shirt, dann verließ sie die Wohnung.

Als sie ihr Büro erreichte, trug sie noch immer eine Sonnenbrille und ihr Kopf hämmerte.

»Alles in Ordnung?«

Taddei hatte das Büro schon mit dem Schlüssel geöffnet, den sie ihm gestern gegeben hatte. Er sah sie lächelnd an und wirkte entspannt.

»Großartig! Mein Wecker hat nicht geklingelt und ich habe stechende Kopfschmerzen.«

»Soll ich dir etwas aus der Apotheke holen?«

»Nein, danke. Ich habe schon ein Aspirin genommen und es müsste mir bald besser gehen.«

Irene setzte sich, schaltete den Computer an und gab ihr Passwort »Zagor« ein. Eine Huldigung an einen ihrer Lieblingscomics. Dann nahm sie widerwillig die Sonnenbrille ab und legte sie auf den Schreibtisch.

»Irene, was hast du denn angestellt? Du siehst ja todmüde aus.«

»Danke, zu gütig. Wegen des Buches, das du mir geschenkt hast, bin ich spät eingeschlafen, und jetzt weiß ich nicht, ob ich mich bei dir bedanken oder dich zur Hölle wünschen soll.«

Sie vermied es, ihn anzusehen, denn sie fühlte, wie schwer ihre Lider waren, und sie bereute, nicht im Bett geblieben zu sein.

»Weißt du eigentlich, dass du müde und total erledigt noch schöner bist?«

Taddei stand auf, ging zu ihr, und als er ganz nahe war, beugte er sich zu ihr und küsste sie. Irene, davon überrascht, blieb regungslos sitzen. Als sie ihn dann zu seinem Stuhl zurückgehen sah, fühlte sie sich besser.

»Sag mal, was möchtest du noch wissen? Ich glaube, ich habe dir wirklich alles erklärt, nach mir weißt du jetzt am besten über die Geheimnisse unseres Archivs Bescheid.«

»Du hast recht, mir fehlt nur noch ein kleines Detail. Ich möchte, dass du mir eine Liste aller Personen besorgst, die Zugriff auf das Archiv haben, in der Reihenfolge ihrer Zugangsberechtigung.«

Irene fand es seltsam, dass sie so weiter arbeiteten wie bisher. Als sei nichts zwischen ihnen passiert. Aber vielleicht war es besser so. Sie würden beim Abendessen Gelegenheit haben, darüber zu reden.

Das Telefon klingelte und Irene nahm ab. Während sie mit einer Sekretärin sprach, die ihr erklärte, Rossi würde heute nicht ins Büro kommen, und sie bat, sich um ein kleines Computerproblem zu kümmern, hörte Irene Taddeis Handy klingeln. Sie bemerkte die Anspannung in seinem Gesicht, während er lauschte, und sah, wie seine Augen, die auf einen Punkt an der Wand starrten, sich verdunkelten. Er ging zu seinem Laptop, gab etwas ein und forderte seinen Gesprächspartner auf, langsamer zu sprechen.

Irene beendete ihr Gespräch. Während sie aufstand, legte er sein Handy zur Seite.

»Entschuldige, aber ich muss für einen Moment ins Büro meines Chefs.«

»Kannst du mir noch einmal sagen, wie man an die Kennziffern der Ausweise kommt, die Zugriff auf die Dateien hatten? Ich habe es mir irgendwo notiert, aber es geht schneller, wenn du es mir noch einmal sagst.«

Irene sagte es ihm, und er notierte sich etwas auf einem Klebezettel.

Als sie in ihr Büro zurückkam, saß Taddei an ihrem Schreibtisch und der Drucker spuckte Papier aus. Er nahm die Ausdrucke an sich und Irene gab ihm die Liste, um die er sie gebeten hatte. Sie hatte diese an Rossis Computer ausgedruckt, nachdem sie das kleine Problem beseitigt hatte.

»Entschuldige, aber ich muss jetzt gehen«, sagte Taddei. Er wirkte sehr ernst. »Wir sehen uns ja heute Abend.«

Er packte seinen Laptop ein, klemmte sich sein Jackett unter den Arm und ging hinaus, ohne sie noch einmal anzuschauen.

Allein in ihrem Büro, betrachtete Irene eine Reproduktion von Klimts *Die Umarmung*, die sie neben der Tür aufgehängt hatte, und bei deren Anblick sie sich normalerweise entspannte. Aber an diesem Tag stellte sich die positive Wirkung leider nicht ein und ihre Kopfschmerzen machten sich wieder bemerkbar.

Sie wollte ein Brötchen essen und dann nach Hause gehen, um sich vor dem Abend etwas auszuruhen. Sie konnte sich überhaupt nicht vorstellen, was Taddei ihr sagen wollte, und bereitete sich auf das Schlimmste vor. Ihre Geheimwaffe gegen Enttäuschungen.

Kaum lag sie im Bett, da ließ ein Donnerschlag die heruntergelassenen Rollläden erzittern. Sie hörte, wie Regentropfen klatschend zu fallen begannen. Dunkle Wolken, die gestern den Himmel bedeckt und nur gegrummelt hatten, entluden sich heute. Irene rollte sich fest in ihr Bettlaken und schlief ein, vom sachten Geräusch des fallenden Regens in Schlaf gewiegt.

Als sie aufwachte, war der Kopfschmerz verschwunden und das, was der Spiegel ihr zeigte, sah wieder normal aus.

Die wenigen Schritte zu ihrer Lieblingsfriseurin ging sie zu Fuß. Der Regen hatte aufgehört, aber es donnerte noch.

Es war mindestens ein Jahr her, dass sie sich die Haare hatte schneiden lassen, und als ein junges Mädchen ihr sie wusch und dabei ihre Kopfhaut massierte, fühlte sie sich richtig wohl.

Irene saß vor einem langen Spiegel, in eine Art Zwangsjacke gehüllt und mit einem rosa Turban auf dem Kopf. Mühsam befreite sie die Arme aus dem Kittel und nahm eine Zeitschrift von der schmalen Ablage, die mit Lockenwicklern, Bürsten und Clips übersät war. Während ihre Haare geschnitten wurden, blätterte Irene entspannt in einer Zeitschrift, für die sie sich an jedem anderen Ort der Welt geschämt hätte. Sie las von den Sommerflirts der Adligen, von Schauspielern und anderer Prominenz aus dem Jetset.

Zu Hause legte sie eine CD von Francesco De Gregori in den Player, drehte die Lautstärke auf und hoffte, ihre Nachbarn würden nicht anfangen, gegen die Wände zu hämmern. Singend ging sie unter die Dusche.

Nachdem sie die Hälfte ihrer Garderobe anprobiert hatte, entschied sie sich für ein schwarzes, ärmelloses Samtkleid und Sandaletten in der gleichen Farbe mit einem flachen Absatz. Sie schminkte sich vor dem Spiegel und stellte fest, dass ihre Augen zufrieden glänzten. Aber plötzlich fiel ihr ein, dass sie vielleicht gar keinen Anlass hatte, so glücklich zu sein. Sie erinnerte sich an Taddeis widersprüchliches Verhalten heute Vormittag, als er gegangen war, beinahe ohne Abschied. Vielleicht wollte er sie ja zu einem Abschiedsessen einladen. Mit der Wimperntusche in der Hand setzte sie sich auf den Rand ihrer Badewanne. Auf einmal war ihre ganze Begeisterung verflogen. Sie konnte ihn anrufen und eine Ausrede erfinden oder ihn direkt am Telefon fragen, was er vorhatte. Ein langgezogenes Klingeln an der Haustür ließ sie hochfahren. Erstaunt meldete sie sich an der Gegensprechanlage und konnte sich nicht vorstellen, wer um sieben Uhr abends bei ihr klingelte.

Ein Kurier reichte ihr eine Quittung, die sie unterschrieb, und gab ihr ein kleines Päckchen, eingewickelt in Geschenkpapier. Ungeduldig packte sie es aus und sah ein quadratisches Etui aus hellem Holz. Auf dem mit Tesafilm befestigten grünen Faltkärtchen stand: *Ich hoffe, sie gefallen dir, erwarte dich heute Abend. Roberto.*

»Höchst poetisch«, dachte Irene, während sie das Etui öffnete – er muss kostbare Zeit verloren haben für seine originelle Nachricht.

Auf rotem Samt blitzten zwei kreisrunde Lapislazuli, an fast unsichtbaren Goldfäden. Irene verzieh Taddei seine mangelnde poetische Begabung und steckte die Ösen in ihre Ohrlöcher.

Sie glaubte schon, sich in Uhrzeit und Tag ihrer Verabredung geirrt zu haben, als sie endlich Taddeis Stimme in der Gegensprechanlage hörte.

»Irene?«

»Ja.«

»Also, du gehst durch den Hof nach hinten. Auf der linken Seite findest du einen Fahrstuhl. Ich wohne in der obersten Etage. Ich hoffe, du bist schwindelfrei.«

»Warum?«

Keine Antwort. Sie drückte die kleine Tür auf, und als sie den Fahrstuhl erreichte, der seitlich am Gebäude angebracht war, verstand sie, was Taddei gemeint hatte. Die drei Seiten des Fahrstuhls, die keine Berührung mit der Mauer hatten, waren aus transparentem Glas. Auf dem Weg zum fünften Stock hielt sie unwillkürlich den Atem an, hatte das Gefühl, im leeren Raum zu schweben. Es war ihre Überzeugung, dass es normal war, in bestimmten Situationen Angst zu empfinden, und dass man dagegen ankämpfen konnte. Aber auf diese Fahrt im freien Raum hätte sie gern verzichtet. Als der Aufzug mit einem leichten Ruck anhielt, stieg Irene noch ein paar Stufen hinauf, betrat die Wohnung und schloss die Tür hinter sich. Sie hörte Taddeis Stimme und, als sie um die Ecke eines kleinen Vorraums bog, sah sie ihn. Er hatte ihr den Rücken zugewandt und sprach mit einem schlanken Mann, der vor ihm stand.

»Irene, komm nur, das ist Ettore Siniscalchi, einer meiner Mitarbeiter.«

Sie schüttelte Taddeis Sekretär, den sie schon ein paar Mal in der Bar im Erdgeschoss gesehen hatte, die Hand. Er hatte feines, aschblondes Haar, zarte Gesichtszüge und sah besorgt aus. Was er durch ein Lächeln zu mildern versuchte, das auch noch seine Lippen umspielte, als er sich verabschiedete.

Der Wohnraum war groß und wurde von zwei römischen Säulen gegliedert. Zwei hohe ovale Fenster unterteilten die Wand gegenüber. Während Taddei Siniscalchi zur Tür brachte, trat Irene an eines der Fenster und kam an einem niedrigen Tisch vorbei, der aus einem flachen Stein geschnitten war. Aus dem Halbschatten schaute sie auf die Kuppel des Pantheons, die von seitlichen Scheinwerfern angestrahlt wurde. Irene hörte, wie die Tür sich schloss, Schritte näher kamen, und spürte, wie zwei Arme sie umschlangen.

»Ich sehe, sie haben dir gefallen«, sagte Taddei, ließ seine Arme sinken und betrachtete die Ohrringe.

»Ja, sehr.«

Taddei ging zu dem niedrigen Tisch, auf dem ein Dutzend Blätter verstreut lagen, die Kolonnen mit Hunderten von Zahlen enthielten. Er ordnete die Papiere und legte sie wieder auf die Tischpatte zurück.

»Du kanntest Enrico schon?«

»Nur vom Sehen. Aber macht es dir nichts aus, dass er mich hier in deiner Wohnung gesehen hat?«

»Was denkst du, er ist einer der wenigen Menschen, denen ich vertrauen kann. Zwar ist er ein bisschen zu ernst, und wenn ich einen Witz mache, schaut er mich jedes Mal an, als wäre ich ein Außerirdischer, aber davon abgesehen, ist er ein ausgezeichneter Mitarbeiter. Hast du Hunger?«

»Ziemlich.«

Sie gingen durch den Wohnraum und betraten die Küche, dort hatte Taddei schon angefangen, den Tisch zu decken. Irene schaute auf den kleinen Balkon und blickte in den Hof, den man auch vom Aufzug aus sah. Er war von drei unterschiedlich hohen Wohnhäusern umgeben und in einigen Fenstern, die geöffnet und erleuchtet waren, konnte man Szenen aus dem Leben anderer Menschen beobachten. Direkt gegenüber hing eine Frau Wäsche auf, im Stockwerk darunter saß ein Kleinkind auf dem Boden und spielte mit seinem Auto, im Haus links stand ein Mann am Herd und rührte mit einem Löffel in einem Topf, während er sich mit jemandem unterhielt, der hinter ihm stand. Es war genau so, als sähe man nachts aus einem vorbeifahrenden Zug in einem Augenblick Dutzende von Häusern am Fenster vorbeiziehen und überlegte, wie viele Menschen dort ihr Leben lebten, ohne dass man etwas darüber erfährt.

Irene setzte sich in einen antiken Holzstuhl mit starrer hoher Lehne, während Taddei aus dem Ofen einige Aluschalen holte, außerdem brachte er Bier, Wasser und zwei Paar Stäbchen und setzte sich ihr gegenüber an den Tisch aus weißem Travertin, der in die Wand eingelassen war.

Wortlos bedienten sie sich: Huhn mit Mandeln, duftender Reis, Nudeln mit Gemüse. Nachdem Irene ihren Teller gefüllt hatte, beobachtete sie Taddei, der sehr geschickt mit den Stäbchen hantierte. Er aß langsam, als hätte er keinen Hunger, und sah auf den Teller, so als konzentriere er sich auf etwas weit Entferntes.

»Hattest du einen harten Tag?«

Er schaute sie an, als hätte er völlig vergessen, dass sie ihm gegenüber saß.

»Verzeih mir, ich war in Gedanken, ja, ich bin ein wenig müde. Weißt du, dass du heute Abend großartig aussiehst. Hast du etwas mit deinen Haaren gemacht?«

Im gleichen Tonfall hätte er auch über ein Stillleben reden können.

»Ich war heute Nachmittag beim Friseur.«

»Hast du dich übrigens entschieden, wohin du in Urlaub fahren willst?«

»Ich weiß es noch nicht. Gibst du mir bitte die Sojasoße? Danke.«

Irene drehte den kleinen roten Verschluss mit den beiden seitlichen Löchern. Nichts, nicht einmal ein Tropfen. Sie klopfte energisch auf den flachen Boden der Flasche und ihr Reis wurde von einem Schwall dunkler Flüssigkeit durchtränkt.

»Sie ist ein wenig defekt.«

»Das habe ich bemerkt.«

Irene nahm noch ein wenig Reis und versuchte so den Schaden zu beheben.

»Was den Urlaub angeht, bin ich noch sehr unentschlossen. Eigentlich würde ich gern auf eine Trekkingtour nach Nepal gehen. Aber ich fürchte mich etwas davor, allein zu reisen, auch wenn ich glaube, dass ich unterwegs eine Menge interessanter Leute treffen könnte. Meine Eltern hatten einen Freund, der in Kathmandu ein Restaurant eröffnet hat, und ich könnte ihn immer noch besuchen. Ich habe ihn kennengelernt, als ich klein war, aber ich erinnere mich noch daran, wie seine Erzählungen mich gefesselt haben. Ansonsten hat mich ein befreundetes Paar eingeladen, in ihre kleine Villa in der Nähe von Agrigent.«

Taddei spielte zerstreut mit seinen Stäbchen.

»Bist du je in Agrigent gewesen?«

»Was hast du gesagt, Agrigent? Nein, ich bin zwar viel durch Sizilien gereist, meist aus beruflichen Gründen, aber dort war ich noch nie.«

Ganz offenkundig war Taddei mit seinen Gedanken woanders und hatte keine Lust zu reden. Jetzt brauchte er sie nicht mehr, ihre gemeinsame Arbeit war beendet. Hatte er ihr die Ohrringe geschenkt und sie zum Abendessen eingeladen, nur um ihr zu sagen, dass ihr Verhältnis beendet war? Arbeit, persönliche Beziehungen, wirklich alles?

»Also, willst du mir jetzt endlich erzählen, was du hast?«, sagte sie und es klang kühler, als sie beabsichtigt hatte.

»Ich habe dir doch schon gesagt, es ist nichts. Möchtest du noch etwas Huhn?«

»Hör mal, iss dein Huhn alleine. Ich habe keinen Hunger, und da du anscheinend heute Abend nicht sehr gern mit mir zusammen bist, will ich dich nicht länger stören.«

Irene stand auf, ließ Taddei keine Zeit für eine Antwort, falls er ihr eine geben wollte, und ging in den Wohnraum. Sie blieb einen Augenblick lang stehen, während ihre Augen sich an das Halbdunkel gewöhnten, nahm die Ohrringe ab und legte sie auf ein niedriges Regal, das an der Wand hing.

Sie nahm Tasche und Jacke von einem Stuhl und erst in diesem Augenblick bereute sie ihr Verhalten. Regungslos blieb sie stehen und hörte auf die Geräusche, die aus der Küche kamen. Als junges Mädchen hatte sie sich, wenn sie plötzlich einen Wutanfall bekam, der Situation durch Flucht entzogen. In einer Nacht vor vielen Jahren hatte sie damit aufgehört. Sie war mit einem Freund in einer Discothek gewesen und irgendwann war sie gegangen, in der Überzeugung, er würde ihr wie immer folgen und sie um Entschuldigung bitten. Das hatte er aber nicht getan. Nachdem sie eine halbe Stunde alleine im Lärm und der Menschenmenge herumgelaufen war, musste sie zu ihm zurückgehen. Damals hatte sie sich geschworen, es sei das letzte Mal. Und jetzt war sie wieder rückfällig geworden.

Sie hörte, wie ein Stuhl zurückgeschoben wurde. Taddei kam in den Wohnraum.

»Irene, warte ... geh nicht.«

Er kam zu ihr, legte ihr eine Hand auf den Arm und sie dankte insgeheim ihrem Glück.

»Setzen wir uns einen Moment. Du hast recht, wenn du sagst, ich sei weit weg, aber ich versichere dir, das hat nichts mit dir zu tun.«

Irene legte die Tasche auf den Marmortisch und setzte sich neben ihn auf das cremefarbene Sofa. Sie versuchte, die Gesichtszüge des Mannes neben sich zu ergründen. Beiden kam es nicht in den Sinn, aufzustehen und das Licht einzuschalten. Das Licht, das aus der Küche hereinfiel, schien ihnen zu genügen.

»Gibst du mir eine Zigarette?«

Verblüfft reichte Irene ihm Zigarette und Feuerzeug. Taddei erklärte ihr, er habe zwar vor vielen Jahren mit dem Rauchen aufgehört, aber bei seltenen Gelegenheiten müsse er manchmal noch eine rauchen. Er sog den Rauch so ein, als sei dies ein lang ersehnter Augenblick. Irene betrachtete sein Adlerprofil, die weichen Haare, die seine Ohren bedeckten, ohne sich vorstellen zu können, was er nun sagen würde.

»Durch eine Information, die mir heute ein Kollege gegeben hat, und natürlich auch dank deiner Hilfe habe ich etwas Wichtiges herausgefunden. Ich ermittle gegen einen Abgeordneten, der im Verdacht steht, mit den Stimmen der Mafia gewählt worden zu sein, und seit ein paar Monaten streng geheime Nachrichten an die Cosa Nostra weitergibt. Einige betreffen laufende Ermittlungen der Staatsanwaltschaft von Rom und andere äußerst bedeutende Aktionen der Geheimdienste. Die Staatsanwaltschaft hat in Bezug auf dieses Informationsleck, das schon viel Schaden in aktuellen Ermittlungen angerichtet hat, eine offizielle Untersuchung eröffnet, ich wurde damit beauftragt, eine interne Untersuchung durchzuführen. Ich war mir sicher, der Schuldige muss Zugang zur höchsten Geheimhaltungsstufe in unserem Archiv haben, und deswegen bin ich zu dir gekommen.«

Taddei drückte seine Zigarette aus, wandte sich ihr zu und sah sie an.

»Aufgrund meiner heutigen Informationen und der Telefonlisten, die mir Siniscalchi gebracht hat, glaube ich, den Maulwurf in unseren Reihen entdeckt zu haben, obwohl ich mir noch nicht hundertprozentig sicher bin. Deshalb habe ich ein wenig seltsam auf dich gewirkt. Vielleicht war es nicht der richtige Abend für unser Treffen, aber es tat mir leid, unser Abendessen platzen zu lassen. Ich dachte, es würde dir etwas ausmachen und du könntest glauben, es sei eine Ausrede.«

»Nein, ich habe mich idiotisch verhalten.«

Mit schmerzverzerrtem Gesicht drehte er seinen Hals hin und her und begann, seinen Nacken zu massieren.

»Lass nur, ich mache das, dreh dich um.«

Irene steckte ihr beiden Hände unter sein Hemd und tastete mit ihren Fingerkuppen seine Schultermuskeln ab, bis sie die schmerzenden, verkrampften Stellen fand. Indem sie mehrfach mit Daumen und Zeigefinger darüber fuhr, versuchte sie die Verspannungen zu lösen.

»Kann ich dir irgendwie helfen?«

»Das tust du doch gerade.«

Irene umarmte seinen Rücken und fühlte, wie er ihre Hände nahm und sie gegen seine Brust drückte. Sie zogen sich die Schuhe aus und sanken auf das Sofa. Lange umarmten sie sich schweigend, während Irene Robertos Rücken, seinen Hals, die Haare und sein Gesicht streichelte, das er an ihre Brust lehnte.

Als sie die Augen öffnete, wusste sie für einen langen Augenblick nicht, wo sie sich befand und ob es Tag oder Nacht war. Dann sah sie Taddei, der neben ihr lag, und ganz plötzlich erinnerte sie sich, was passiert war.

»Nein! ... Nein!«

Er stammelte unzusammenhängende Wörter. Unter dem Eindruck dieses Albtraums zuckten seine geschlossenen Lider nervös. Irene streichelte ihm mit einer Hand über den Rücken, mit flüsternden Worten versuchte sie ihn zu beruhigen, bis er schließlich aufwachte.

»Du hast gerade schlecht geträumt, erinnerst du dich?«

»Ich möchte eher die Wirklichkeit vergessen als einen Traum. Wie spät ist es denn?«

»Es ist sehr spät, oder sehr früh, wie man es nimmt. Fünf Uhr.«

»Ich würde dich gern bitten, hier zu schlafen, aber heute früh kommt die Putzfrau, sie hat einen Schlüssel.«

»Mach dir keine Gedanken, ich habe zu Hause noch eine Arbeit zu erledigen, die ich unbedingt morgen, nein, eigentlich heute, meinem Vorgesetzten geben muss. Ich müsste sowieso gehen.«

5

Die ersten Stunden des Vormittags schienen überhaupt nicht vergehen zu wollen. Das lag wohl auch daran, dass ihr übel war und sie zu wenig geschlafen hatte. Sie musste etwa hundert Fragen ausarbeiten, die man dann Ende September im Aufnahmetest verwenden würde, für die drei ausgeschriebenen Stellen im Archiv. Lustlos machte sie sich daran, da sie das Auswahlverfahren für völlig unzureichend hielt. Es ging darin in erster Linie um die Fähigkeit, sich Sachverhalte einprägen zu können, während logisches Denken und Intelligenz nicht einmal berücksichtigt wurden. Ja sicher, nachdem man die Tests bestanden hatte, gab es noch das persönliche Gespräch, aber das – ein Übel kommt selten allein – wurde von ihrem Chef geführt, und der schätzte nur eine Fähigkeit: schamlos übertrieben seiner Eitelkeit zu schmeicheln. Aus diesem Grund wirkten die Angestellten des sechsten Büros – nahm man einmal die beiden Neuankömmlinge aus – auf Irene wie ein Haufen Kriechtiere und nicht wie menschliche Wesen.

Aus der Bibliothek hatte sie sich Handbücher der Informatik besorgt, blätterte darin, machte sich Notizen und las einige Seiten noch einmal, weil sie unbedingt ein paar auch nur annähernd sinnvolle Fragen erfinden musste. Sie stellte sich vor, wie ihr Vorgesetzter auf diese Fragen antworten würde, und war sich sicher, dass er keine einzige richtig beantworten würde.

Plötzlich hörte sie jemanden über den Flur laufen. Laute Geräusche, heftiges Klopfen, aufgeregte Stimmen. Sie ging nachsehen.

Im Empfangsraum links von ihrem Büro hielten sich viele Mitarbeiter auf, die in ihre Richtung sahen. Irene drehte sich um und bemerkte, dass die Tür zu Rossis Büro offen stand.

»Das gibt es doch nicht! Erzähl, wann haben sie ihn gefunden?«

»Keine Ahnung. Ich glaube, gerade eben.«

Irene öffnete die Tür zum Büro ihres Vorgesetzten und sah, wie er mit hochroten Wangen mitten in seinem Zimmer stand. Er sah sie an und für ein paar Sekunden schien er sie nicht zu erkennen.

»Was ist passiert?«, fragte Irene schließlich.

»Roberto Taddei liegt im Krankenhaus. Sein Zustand ist ernst. Anscheinend ist auf ihn geschossen worden. Ich kann es noch nicht glauben. Wie hast du davon erfahren?«

Er wandte sich an den kleinen Mann mit dem langen Schnauzbart, der neben ihr stand. Er war einer der vertrautesten Mitarbeiter von Direktor Foderaro.

»Ich hielt mich gerade im Büro des Dottore auf, als er den Anruf vom Leiter des Einsatzkommandos bekam, eines alten Freundes. Ich habe sofort begriffen, dass es sich um etwas Ernstes handeln musste, denn ich habe ihn noch nie so blass werden gesehen. Als er aufgelegt hatte, erzählte er mir alles. Die Putzfrau hatte Taddei am Morgen gefunden, er lag auf dem Wohnzimmertisch. Anscheinend ist die Tür nicht gewaltsam geöffnet worden.«

Irene fühlte keinerlei Emotion, sie sah die beiden Männer an, als ob sie Hunderte von Kilometern von ihr entfernt wären.

Einige Bilder vom gestrigen Abend zogen an ihrem geistigen Auge vorbei. Sie bat Taddei, ihr die Sojasoße zu geben. Sie saßen auf dem Sofa, er zündete sich eine Zigarette an und erklärte ihr seine Sorgen. An der Tür verabschiedete er sich mit einem

Kuss von ihr. Nein, man konnte unmöglich auf ihn geschossen haben. Sie hatte erst vor ein paar Stunden seine Wohnung verlassen und jetzt würde er vielleicht sterben. Was hatte er ihr erzählt? Sie erinnerte sich nicht genau daran. Vielleicht gelang ihr das in ihrem Büro besser.

Rossi redete und bewegte seine Hände, als wüsste er nicht wohin damit. Sein Gesicht war verzerrt, als hätte er getrunken. Irene beobachtete seinen Mund, der sich öffnete und schloss, ohne dass sie den Sinn seiner Worte begriff.

Sie wich einen Schritt zurück und lief in Richtung Toilette, fühlte, wie jeder Schritt sie enorme Anstrengung kostete. Irene fand eine Lücke in der Menschenmenge, die sich im Flur versammelt hatte, und erreichte die Toilettentür. Sie schloss sich ein, stützte die Hände auf eines der Waschbecken. Dann senkte sie den Kopf und sah, wie Tränen über den weißen Marmor liefen. Ihr war so, als würde etwas in ihrer Brust explodieren. Sie begann zu schluchzen, konnte sich nicht mehr rühren. Während sie sich dem Schmerz und der Einsamkeit überließ, krampften sich ihre Hände um den Rand des Waschbeckens. Sie schluchzte so heftig, dass sie fast nicht mehr fähig war, zu atmen, dabei weinte sie mit geschlossenen Augen. Erst als sie sich bewusst machte, dass sie ihre Gefühle für Taddei vor den anderen verbergen musste, und sich an den Gedanken klammerte, dass er noch am Leben sei, schaffte sie es, sich zu beherrschen. Dann benetzte sie ihr Gesicht mit kaltem Wasser, wartete ein paar Minuten, bis die Tränenspuren kaum noch zu sehen waren, und kehrte in ihr Büro zurück.

Bevor sie es betrat, sah sie noch, dass die Tür zu Rossis Büro geschlossen war, und beschloss, nicht wieder dort hineinzugehen. Sie befürchtete, weitere Gespräche über Taddei nicht ertragen zu können. Irene setzte sich an ihren Schreibtisch und verbrachte Stunden damit, mechanisch Fragen zusammenzustellen. Wenn ein beängstigender Gedanke sie erfasste, versuchte sie ihn zu verdrängen, indem sie sich auf die Papiere vor ihr konzentrierte. Um drei Uhr stand eine Sekretärin des Büros in ihrer Tür und fragte sie schüchtern, ob sie ein Brötchen haben wolle, eins von denen, die man aus der Bar gebracht hatte, sei übrig geblieben.

Irene biss hinein und kaute lange an dem ersten Bissen. Zwar hatte sie Hunger, brachte aber dennoch nichts hinunter. Als rebellierte ihr Magen dagegen. Sie trank einen Schluck Wasser und warf das Brötchen in ihren Papierkorb. Ihr Blick heftete sich auf das Telefon. Aus der obersten Schublade ihres Schreibtischs nahm sie das Telefonbuch und blätterte darin, bis sie die Nummer des Krankenhauses fand, in das Taddei, wie sie gehört hatte, eingeliefert worden war. Sie strich die Nummer mit einem Bleistift an. Kaum hatte sie den Hörer abgenommen, da kam Rossi herein, ohne anzuklopfen.

»Foderaro will Sie sofort sehen!«

Während sie gemeinsam in den dritten Stock fuhren, unterrichtete ihr Vorgesetzter sie, dass Taddeis Zustand sich verschlechtert habe. Man hatte ihn vor ein paar Stunden zu einer Notoperation transportiert, um die Kugel zu entfernen. Irene versuchte, tief aus dem Bauch heraus zu atmen. Sie hatte irgendwo gelesen, es würde helfen, sich zu entspannen.

Schon das Vorzimmer des leitenden Direktors war zweimal so groß wie Irenes Büro. Foderaros Sekretär, er war zugleich sein Chauffeur und Leibwächter, nahm in den fünf Minuten, die sie warten mussten, mindestens sieben Telefongespräche an, die er dann an den Direktor weitergab. Endlich konnte er sie anmelden und ließ sie eintreten. Foderaro saß am Besprechungstisch. Er war kräftig gebaut, sein kantiges, von tiefen Falten durchzogenes Gesicht wurde von ausdrucksvollen schwarzen Augen beherrscht. In einer Hand hielt er einen Stift, er schien sich gerade etwas auf dem Blatt, das vor ihm lag, notiert zu haben. Sonst befanden sich auf dem Tisch nur noch ein Handy und ein überquellender Aschenbecher, auf dessen Rand eine halbgerauchte Zigarre lag. Rossi und Irene setzten sich Foderaro gegenüber.

»Ihr wisst schon, was passiert ist. Es gibt sogar schon erste Agenturmeldungen und morgen wird alles in den Zeitungen stehen.«

Mit einer langsamen Bewegung ließ er sich gegen die Rückenlehne seines Stuhls sinken und lockerte dabei den Knoten seiner Krawatte.

»Leider ist auch die Information durchgesickert, dass es einer von uns gewesen sei, was nicht hätte geschehen dürfen. Bis der Schuldige gefunden wird, sind jetzt alle Augen auf uns gerichtet.«

»Wie hat die Presse davon erfahren?«

»Die Polizisten haben Taddeis Ausweis im Portemonnaie gefunden und müssen mit den Journalisten darüber geredet haben, bevor der Leiter des Einsatzkommandos am Tatort war. Er ist ein alter Bekannter und hat mich deshalb sofort informiert. Wäre die Meldung nicht schon bei der Agentur gelandet, könnte ich vielleicht noch etwas tun, aber so ...«

»Und, haben Sie Nachricht über Taddei?«, fragte Irene und zündete ihre zweite Zigarette am Rest der ersten an.

»Sein Zustand ist ziemlich hoffnungslos. Ich habe gerade mit dem Chefarzt der Chirurgie gesprochen, der die Operation erst vor ein paar Minuten beendet hat. Er konnte die Kugel entfernen, die zum Glück keine Arterie verletzt und einen Lungenflügel nur gestreift hat. Das Problem ist, Taddei hat sehr viel Blut verloren und ist kurz vor dem Eingriff ins Koma gefallen. Jetzt können wir nur abwarten und das Beste hoffen.«

Foderaro zündete seine halbgerauchte Zigarre an, dabei sah er sie unverwandt an. Irene stand auf und öffnete das Fenster hinter ihrem Rücken.

»Die Staatsanwaltschaft hat eine Untersuchung anberaumt. Ich habe mit Staatsanwalt Lo Parco gesprochen, der für die Ermittlungen zuständig ist, und ihm von Taddeis Auftrag berichtet. Wir müssen uneingeschränkt mit ihm zusammenarbeiten. Leider weiß ich nicht, ob Taddei schon etwas herausgefunden hat, ich habe in seinem Büro nachgesehen, aber dort fanden sich weder Notizen noch Dokumente, die sich auf seine aktuelle Arbeit bezogen. Ich habe auch einige seiner engsten Mitarbeiter befragt, aber niemand weiß etwas Genaues darüber.«

»Und sein Laptop?«, fragte Rossi.

»Ich habe ihn schon von einem Spezialisten untersuchen lassen, aber anscheinend sind kürzlich einige Dateien gelöscht worden, und wir haben keine Disketten gefunden. Jedenfalls habe ich Lo Parco erzählt, dass Taddei sich im letzten Monat für die Abläufe und Strukturen unseres Archivs interessiert und sehr eng mit Ihnen zusammengearbeitet hat, Dottoressa Bettini. Der Staatsanwalt möchte Sie deswegen morgen früh um neun Uhr in seinem Büro sehen.«

Seufzend lehnte sich Irene in ihrem Stuhl zurück. Sie war am Boden zerstört und fühlte das dringende Bedürfnis, allein sein zu wollen.

»Würden Sie mir sagen, wie Ihr Verhältnis zu Taddei war?«, fragte Foderaro sie unvermittelt.

Irene schaute ihren Vorgesetzten an, der sie vorsichtig ermutigend anlächelte, dann Foderaro, der sie mit einem undurchdringlichen Gesichtsausdruck musterte. Am liebsten hätte sie ihren Kopf auf die Schulter ihres Vorgesetzten gelegt – was ihr unter normalen Umständen nicht einmal im Traum eingefallen wäre – und Foderaro alles gestanden. Sie verjagte diesen Moment der Schwäche. Kein rationaler Gedanke trieb sie an, und als sie anfing zu reden, wusste sie noch nicht, was sie sagen würde.

»Ich habe fast einen Monat mit ihm gearbeitet, habe ihm erklärt, wie unser Archiv funktioniert und wie die Daten erfasst werden. Wenn Sie etwas Bestimmtes wissen möchten, fragen

Sie mich bitte, denn ich habe keine Ahnung, was ich sonst noch erzählen soll.«

»Ich wollte wissen, ob Sie Gelegenheit hatten, ein, sagen wir, engeres Verhältnis zu ihm aufzubauen. Haben Sie einander außerhalb des Büros getroffen, hat er Ihnen etwas über die Art seines Auftrags anvertraut oder über Fortschritte in seinen Ermittlungen?«

Irene konnte es nicht verhindern, dass ihre Augen feucht wurden, sosehr sie sich auch bemühte, die Kontrolle über ihre Gefühle zu behalten. Sie senkte sofort den Blick und schaute ihre leeren Hände an, die eine über der anderen auf ihren Knien lagen.

»Ganz ruhig, Dottoressa, wir sind alle erschüttert über das, was passiert ist.«

Irene nahm das Taschentuch, das Rossi ihr hinhielt, und putzte sich die Nase.

»Entschuldigen Sie. Es ist nur, ich kann es einfach noch nicht glauben. Taddei war ein sehr zurückhaltender Mensch und hat mir nicht Besonderes enthüllt. Nein, er hat mir immer Fragen gestellt und ich habe mich nie getraut, selbst zu fragen. Unser Verhältnis war freundlich, mehr nicht.«

Als sie sich eine Zigarette anzündete, bemerkte sie Foderaros enttäuschten Blick.

»Haben Sie sich je außerhalb des Büros getroffen?«

»Ein paar Mal. Wenn wir nachmittags unsere Arbeit fortsetzen mussten, haben wir gemeinsam in der Bar ein Brötchen gegessen.«

In diesem Augenblick meldete der Sekretär Siniscalchi an, der hereinkam und sich ihr gegenüber hinsetzte.

»Sind Sie sicher, dass, Taddei während Sie miteinander gegessen haben, Ihnen nie etwas Vertrauliches erzählt hat?«

Irene sah Siniscalchi an. Seine Stirn und die Augen wurden durch die blonden, nach vorn fallenden Haare verdeckt. Er betrachtete seine Hände, die mit einem Stift spielten. Irene fragte sich, welcher Arbeit sie nachgehen könnte, nachdem man sie entlassen hätte, aber sie fand keine Antwort. Sie konnte immer noch zurück und die Wahrheit sagen.

»Nein«, antwortete sie. »Wir haben immer nur über allgemeine Themen gesprochen.«

Siniscalchi hob langsam den Kopf, bis seine Augen ihrem Blick begegneten. Sie blitzten kurz auf, bevor sie wieder eine durchsichtige Gleichgültigkeit zeigten.

»Gut, dann hören wir morgen wieder voneinander.«

Irene und Rossi erhoben sich und schüttelten Foderaro die Hand.

»Lassen Sie mich wissen, Dottoressa, wie das Gespräch mit Lo Parco verlaufen ist. Und Rossi ... ich glaube, der Staatsanwalt will Sie ebenfalls anhören.«

Als sie den Raum verließen, unterhielt sich Foderaro schon mit Siniscalchi.

Irene fuhr mit ihrer Vespa über Straßen, deren Asphalt sich unter der sengenden Sonne aufzulösen schien. Die Stadt hatte sich noch nicht geleert. Mopeds, Autos und Kleinlaster flitzten schnell vorbei und versuchten, sich in die kleinste Lücke zu drängen. Sie hielt auf einem Parkplatz für Motorräder vor einem großen gelben Gebäude. Auf dem Weg zum Eingang betrachtete sie die nicht gerade heiteren Gesichter der Menschen in ihrer Umgebung. Sie betrat eine weite Halle, von der zwei Flure abgingen. An der gegenüberliegenden Wand wies ein auffälliges Hinweisschild mit weißen Pfeilen den Weg zu den einzelnen Abteilungen. Es gab Dutzende von Pfeilen, die in alle Richtungen wiesen.

Der Pfeil zur Chirurgie im dritten Stock zeigte nach rechts. Irene betrat mit anderen Personen einen der beiden Aufzüge neben der Information. Während sie hinauffuhr, fühlte sie, wie ihr Magen sich zusammenkrampfte, und sie lehnte sich an eine der metallverkleideten kühlen Kabinenwände. Von der Klimaanlage bekam sie eine Gänsehaut an Beinen und Armen. Sie atmete ganz tief durch und fühlte, wie der Schmerz nachließ, schließlich verging und sie erschöpft zurückließ. Im dritten Stock stieg sie aus und verirrte sich in einer Vielzahl gleichaussehender Flure. Nachdem sie etwa ein Dutzend durchlaufen hatte, befand sie sich wieder am Ausgangspunkt. Verzweifelt hielt sie einen Krankenpfleger an, er begleitete sie ein Stück, dann zeigte er ihr die beiden Flure, die sie noch zurücklegen musste. Irene lief los und musste an ihren Vater denken. Eine seiner fixen Ideen war, dass in Italien nie etwas präzise ausgeschildert war. Wie oft hatte sie ihn auf den Arm genommen, wenn er ihr davon in indigniertem Ton erzählte.

Die Glastür der Chirurgie öffnete sich, zwei Ärzte, die sich miteinander unterhielten, kamen heraus. Irene schlüpfte hindurch, bevor sich die Tür wieder schloss, und sah einen langen Flur, auf dem ein paar Leute im Schlafanzug auf und ab liefen und miteinander redeten. Sie ging langsam weiter, schaute in die Zimmer und überprüfte die Gesichter der Menschen, die in den Betten lagen.

Sie wusste genau, dass sie gerade einen großen Fehler machte, wenn sie versuchte, Taddei zu sehen, obwohl sie eben noch Foderaro erzählt hatte, ihr Verhältnis sei eher oberflächlich gewesen. Und wenn sie hier jemandem begegnete? Sie hätte eine klägliche Figur abgegeben und stellte sich vor, mit dünner, stotternder Stimme lügen zu müssen. Unentschlossen blieb sie stehen, dachte schon daran umzukehren, dann brachte ein Teil von ihr, den sie noch nicht kannte, sie dazu, gegen alle Vernunft weiterzugehen.

Sie bog um die Ecke und, als sie den zweiten Flügel der Abteilung betrat, sah sie sofort, etwa zwanzig Meter entfernt, einen Carabiniere vor einer Tür sitzen. Sie ging langsamer, suchte nach einer plausiblen Ausrede, die sie natürlich nicht fand.

»Entschuldigen Sie, ich suche Roberto Taddei ... liegt er hier im Zimmer?«

Der Carabiniere, er konnte kaum älter als zwanzig sein, schaute sie kühl an und sofort fühlte sie sich, als hätte sie etwas verbrochen. So ging es ihr jedes Mal, wenn sie mit den Ordnungskräften in Berührung kam.

»Sind Sie mit ihm verwandt?«

Der Mann stand auf und weil er so groß war, musste Irene ihren Kopf in den Nacken legen, damit sie ihm in seine fast durchsichtigen blauen Augen schauen konnte.

»Nein, ich bin eine seiner Kolleginnen. Liegt er hier drinnen? Kann ich ihn sehen? Wie geht es ihm?«, fragte sie und machte einen Schritt auf die Tür zu. Sie stand unmittelbar vor der Brust des Beamten. Es fehlte wenig und sie wäre mit ihm zusammengeprallt.

»Entschuldigen Sie, Signorina, aber Besuche sind nicht erlaubt, hier haben nur enge Verwandte oder das Klinikpersonal Zugang«, antwortete der Carabiniere.

Irenes Augen schimmerten feucht.

»Auf jeden Fall weiß ich, dass die Operation gut verlaufen ist und die Patrone entfernt werden konnte. Trotzdem ist Dottore Taddeis Zustand noch ernst«, erläuterte er in freundlicherem Ton.

Selbst wenn sie beharrlich blieb, würde sie nicht mehr erreichen. Sie dankte dem Beamten und verließ die Chirurgie. In der Halle zündete sie sich eine Zigarette an und missachtete das Rauchverbot an allen Wänden. Sie setzte sich auf einen Plastikstuhl in einer langen Reihe anderer Stühle, die an der Wand befestigt waren, schlug die Beine übereinander und schnippte die Asche aus einem Fenster an ihrer Seite.

Ein älterer Herr in Schlafanzug und Pantoffeln setzte sich neben sie und bat sie sofort um eine Zigarette. Mit schlecht verhohlenem Stolz und einer Fülle an medizinischen Details erzählte er ihr von seinen zahlreichen, komplizierten Operationen, denen er sich in den letzten zwei Jahren hatte unterziehen müssen. Während seines langen Aufenthalts im Krankenhaus hatten Frau und Geliebte sich den Platz am Krankenbett schwesterlich geteilt. Irene nickte zerstreut und versuchte ihm klarzumachen, dass sie mit ihren eigenen Gedanken beschäftigt war. Das Gesicht des Mannes, der bestimmt nicht älter als fünfundsechzig war, strahlte Gesundheit und gute Laune aus. Irene stellte fest, dass es ihm ganz egal war, ob sie sich an der Unterhaltung beteiligte, ihm war nur wichtig, von sich und seinen Krankheiten erzählen zu können. In Gedanken entfernte sie sich von diesem Wortschwall und suchte nach einer Lösung für ihr Problem.

Plötzlich fiel ihr jemand ein. Rita! Wie hieß sie noch mit Nachnamen? Moffa, ja Rita Moffa, eine Mitschülerin aus dem Gymnasium, die sie im Juni bei einem Abendessen wiedergesehen hatte, das ihre ehemalige Klasse jedes Jahr organisierte. Sie hatten vielleicht gerade mal zwei Worte gewechselt. Rita hatte erzählt, sie sei Stationsschwester der Abteilungen Gynäkologie und Geburtshilfe in diesem Krankenhaus geworden. Irene sprang ganz plötzlich auf und ging, womit sie den Herrn mitten in der Beschreibung seiner vierten Operation unterbrach.

Sie fand die gesuchte Abteilung, betrat einen kleinen Raum, in dem mehrere Krankenschwestern, die sich unterhalten und rauchen wollten, sie wie einen Eindringling betrachteten. Sie fragte, ob sie Rita Moffa sprechen könne, und man sagte ihr, ohne sie auch nur anzuschauen, die sei noch im Kreißsaal, und sie solle doch draußen auf sie warten. Irene traute sich nicht, noch mehr Fragen zu stellen. Sie war überzeugt, man würde ihr dann noch unhöflicher antworten.

Als sie endlich die Stimme ihrer Schulfreundin hörte, war mehr als eine halbe Stunde vergangen.

»Irene, du bist es wirklich!«

Irene schaute hoch und sah in das runde, lächelnde Gesicht

von Rita. Sie küssten einander auf die Wangen, tauschten ein paar unverbindliche Sätze aus. Wie es eben üblich ist bei zwei Menschen, die einander schon lange kennen, aber nie sehr vertraut miteinander waren.

»Sag mal, was tust du hier? Du brauchst doch nicht etwa meinen professionellen Rat?«, fragte Rita und betrachtete prüfend Irenes Bauch.

Lächelnd schüttelte Irene den Kopf.

»Nein, nein, aber ich habe ein Problem und du kannst mir vielleicht helfen.«

Rita beobachtete Irenes Gesicht, das sich auf einmal verdüsterte, nahm ihren Arm und brachte sie in einen kleinen Raum, der von oben bis unten mit Glasschränken zugestellt war, die mit Medikamenten, Verbänden, Spritzen und Glasgefäßen in allen Größen gefüllt waren. Sie schloss die Tür und wartete, dass Irene zu reden anfing.

Sie waren nie richtige Freundinnen gewesen, dazu waren sie zu verschieden und hatten keine gemeinsamen Vorlieben. Aber Irene merkte, dass Rita in diesem Augenblick der einzige Mensch war, dem sie vertrauen konnte. Ohne nachzudenken erzählte sie ihr alles über ihre Geschichte mit Taddei, auch, was danach geschehen war und dass sie nur einen Wunsch hätte, ihn für einen Augenblick zu sehen. Während sie redete, bildete sich ein Kloß in ihrem Hals, und sie fing an zu weinen. Wenn sie über etwas sprechen musste, das sie schmerzte, passierte es manchmal gegen ihren Willen,.

»Kannst du mich verstehen? Ich muss ihn unbedingt sehen. Und wenn er stirbt? Niemand weiß von uns, niemand ahnt, dass ich ihn liebe. Ich muss so tun, als wäre ich ruhig, während ich glaube, ich drehe gleich durch.«

Rita streichelte ihren Arm, reichte ihr ein Papiertaschentuch, dann redete sie einige Minuten lang, Irene beruhigte sich und hörte ihr aufmerksam zu.

Als sie fertig war, lächelten beide verschwörerisch. Alles ging ganz schnell vor sich, als hätten sie diese Szene schon öfter geprobt. Rita holte einen Schlüsselbund aus der Tasche, versperrte die Tür und öffnete einen schmalen, hohen Metallschrank. Sie holte einen Kittel, Clogs und eine Schwesternhaube heraus. Irene zog alles an, nachdem sie ihre Haare mit einem Gummiband und Haarnadeln zusammengenommen hatte, die Rita ihr reichte. Als sie in den langen Spiegel schaute, der innen an der Schranktür hing, erkannte sie sich in der blassgesichtigen Krankenschwester, die sie ein wenig überrascht ansah, fast nicht wieder.

»Wir haben zu viele Filme gesehen!«, rief sie aus.

»Ich gebe ja zu, meine Idee war nicht sehr einfallsreich ... warte ... da fehlt noch ein letztes Detail«, sagte Rita, nahm ihr Ausweisschild ab und heftete es an Irenes Kittel.

»Wenn er das Bild nicht zu aufmerksam betrachtet, müsste es klappen.«

Sie waren schon auf dem Flur, als Rita noch einmal kurz in den Raum zurückging und mit einer Flasche, die eine klare Flüssigkeit enthielt, herauskam.

»Wenn er dich etwas fragt, sagst du einfach, du müsstest ihm den Tropf wechseln.«

Der Weg schien endlos. Irene ging zügig, das Geräusch der Clogs auf dem Linoleumboden klang stumpf und gedämpft. Sie drückte den Rücken durch, trug den Kopf hoch, und alle ihre Muskeln waren steif vor Anspannung und Aufregung.

Als sie das Zimmer 308 erreichte, hielt sie die Flasche für den Tropf zwischen sich und den Carabiniere. Der junge Mann legte die Zeitung auf seine Knie und schaute sie gelangweilt an. Irene drückte die Türklinke herunter, ebenso entschlossen wie vergeblich, stellte sie doch im selben Moment fest, dass die Tür abgeschlossen war. Ohne sich entmutigen zu lassen, forderte sie den Carabiniere mit leiser entschiedener Stimme auf zu öffnen. Sie hielt den Atem an und starrte auf die Tür, bis sie bemerkte, dass er aufstand, die Zeitung auf den Stuhl legte, einen Schlüssel aus der Tasche seiner schwarzen Jacke holte, ihn mit den Worten ins Schloss steckte: »Wissen Sie, die Sicherheitsmaßnahmen ...«, sofort beiseitetrat und sie eintreten ließ.

Irene betrat den Raum, ohne ihn anzusehen, und hörte, wie er die Tür hinter ihr zumachte. Das Zimmer sah aus wie alle anderen Krankenzimmer, die sie in ihrem Leben gesehen hatte. Nach einem kurzen Zögern wendeten sich ihre Augen dem Bett zu.

Taddei lag flach auf dem Rücken, umgeben von Maschinen und an Schläuche angeschlossen, die unter der Bettdecke hervorkamen. Es war sein Gesicht, auch wenn es blutleer und so starr aussah, dass Irene fühlte, wie ihr Herz in Unordnung geriet und ihre Knie zu zittern begannen.

Die kantigen Knochen an Wangen und Kinn waren von einem dunklen Bartflaum bedeckt, aus seiner Nase ragten zwei Kanülen, deren dünne Schläuche am Hals entlang weiterliefen und unter der Bettdecke verschwanden. In die Armbeuge war eine mit zwei Pflastern fixierte Nadel eingeführt worden. Daran hing der Schlauch des Tropfs. Irene näherte sich Taddei, legte die Flasche ab, die sie in der Hand hielt, beugte sich über ihn und streichelte ihn sanft. Dann berührte sie sein Gesicht mit ihren Lippen und küsste zärtlich jeden Quadratzentimeter seiner Haut. Gleichzeitig flüsterte sie ihm Worte zu, die sie bis zu diesem Augenblick zurückgehalten hatte. Ein Strom zarter Liebkosungen für diesen Mann, von dem sie schon geglaubt hatte, sie würde ihn nie wiedersehen.

Gewaltsam riss sie sich für einen Augenblick vom Bett los und zog einen Stuhl heran. Während sie sich setzte, stieß ihr Knie an etwas Weiches, und als sie hinunterschaute, sah sie einen Beutel mit einer roten Flüssigkeit, der an einer Stange befestigt war.

»Blut«, dachte sie und erschauerte, während sie den Stuhl

ein paar Zentimeter wegrückte. Mit einer Hand strich sie über Taddeis Brust, die sich fast unmerklich hob und senkte, und richtete den Blick auf den Monitor einer Maschine. Leuchtende, auf- und absteigende Kurven bildeten eine Linie.

Sie löste ihren Blick von diesem hypnotisierenden Schauspiel und wendete sich ihm wieder zu. Er schien noch schöner zu sein, als sie ihn in Erinnerung hatte. Wieder streichelte sie seine stoppelige Wange, fuhr mit ihren Fingern über seine geschlossenen Augen, über die Stirn, das Kinn, den Hals.

Endlich fühlte sie sich besser. Dies hier war der einzige Platz, an dem sie sein wollte, und sie hoffte, Taddei spüre auf irgendeine Art ihre Anwesenheit, ihre Worte, ihre Gefühle.

Als sie Schritte hörte, die sich auf dem Gang näherten, sprang sie auf. Ihr Blick suchte den Tropf und erleichtert stellte sie fest, dass er beinahe voll war. Sie riss den Verschluss der neuen Flasche auf und leerte den Inhalt ins Waschbecken. Dann schaute sie Taddei noch einmal an und öffnete die Tür. Vor ihr stand eine elegant gekleidete Blondine, ihr Blick streifte sie flüchtig, ohne Anzeichen von Interesse oder Überraschung. Sie betrat das Zimmer und ging auf das Bett zu.

Irene war sich sicher, sie hatte gerade Taddeis Frau getroffen. Der flüchtige Anblick makelloser Gesichtszüge und die Eleganz ihrer Kleidung versetzten ihrem Magen heftige Stiche. Mit so einer Frau konnte sie nicht konkurrieren. Krampfhaft presste sie die Faust um die leere Flasche in ihrer Hand und verschwand.

Ihr Vater hatte die Wohnungstür offen gelassen. Im Wohnzimmer lief der Fernseher. Irene eilte in die Küche, sie folgte dem Duft der Orecchiette mit Lachs, die ihrem leeren Magen einen Stich versetzten.

»Was ist los, mein Liebling? Was ist passiert?«

Irene umarmte ihren Vater und erzählte ihm alles in unzusammenhängenden Worten.

»Mein armes Spätzchen! Jetzt versuch einmal, dich zu beruhigen. Du musst unbedingt etwas essen.«

Im Wohnzimmer war der Tisch schon gedeckt. Ihr Vater, der sich eine Schürze umgebunden hatte, legte ein weiteres Gedeck auf und stellte den Topf Orecchiette mit Lachs und Petersilie auf den Tisch. Ein paar Minuten lang aßen sie schweigend. Irene verfolgte zerstreut die Nachrichten in der RAI, die gerade begonnen hatten. Professore di Bella, der immer gebeugter und wütender wirkte, versicherte, die Testergebnisse seiner Wundermedikamente seien nur deshalb negativ ausgefallen, weil man seinen Versuchsanordnungen nicht gefolgt sei. Serben und Albaner kämpften gegeneinander um ein kleines Stück serbischen Bodens, der zu achtzig Prozent von Albanern bewohnt wurde. Pantani war dabei, die Tour de France zu gewinnen, als der Dopingskandal losbrach. Vier Teams hatten sich bereits aus Protest zurückgezogen.

Ihr wurde warm ums Herz, zum ersten Mal seit vielen endlosen Stunden, als sie ihren Vater mit den langsamen Bewegungen essen sah, die ihr so vertraut waren, seine kräftigen Schultern unter dem Pullover mit dem V-Ausschnitt betrachtete, seine blauen Augen, die sich auf die Fernsehbilder konzentrierten.

Als die Nachrichten zu Ende waren, stellte ihr Vater den Apparat leiser.

»Wann musst du zum Staatsanwalt?«

»Morgen früh um neun. Was soll ich ihm erzählen, Papa? Bei Foderaro habe ich schon gelogen, aber ich fürchte, wenn ich morgen das Gleiche tue, gibt es für mich kein Zurück mehr.«

»Was für ein Schlamassel, meine Kleine! Du bist der letzte Mensch, der Taddei gesehen hat, bevor man auf ihn geschossen hat, und hattest außerdem eine Affäre mit ihm. Ich glaube, du solltest besser an der Version eures Verhältnisses festhalten, die du bisher erzählt hast.«

»Aber Taddeis Sekretär hat mich doch gestern Abend in seiner Wohnung gesehen, er könnte mir widersprechen, und ich weiß nicht, was dann geschehen würde.«

»Er hatte schon die Gelegenheit zu sagen, dass du lügst, und hat es nicht getan. Ich glaube nicht, dass er es noch tun wird. Wahrscheinlich hat er begriffen, dass du nichts damit zu tun hast, und wollte dir helfen. Nein, wenn du morgen die Wahrheit erzählst, würdest du ganz oben auf der Liste der Verdächtigen landen.«

»Aber Papa, was sagst du da!«

»Denk mal einen Moment nach, Irene. Versetz dich mal in die Lage des Staatsanwalts. Du hast dich in Taddei verliebt, ihr hattet eine Affäre. Du hast ihn in seiner Wohnung besucht, und er hat dir gesagt, er würde seine Frau nie verlassen. Verrückt vor Eifersucht, hast du auf ihn geschossen. Diese Überlegung ist vollkommen logisch.«

»Aber ich besitze keine Pistole!«

»Das ist ein Punkt zu deinen Gunsten. Aber heute ist es nicht so schwierig, sich auch ohne Waffenschein eine Pistole zu besorgen, solange du nicht groß nach ihrer Herkunft fragst. Aber du hast nicht nur gelogen, weil du keinen Verdacht auf dich lenken wolltest, sondern noch aus einem anderen Grund. Oder?«

Irene zündete sich eine Zigarette an und zog zweimal daran, bevor sie antwortete.

»Ja. Ich weiß, dass Roberto mit niemandem über seine Ermittlungen gesprochen hat. Er hat sogar von mir verlangt, dass ich meinem Vorgesetzten nichts über unsere Gespräche berichte. Gestern Abend war er sehr erschüttert und besorgt. Er hat mir erzählt, er habe vielleicht einen der Verantwortlichen für die undichte Stelle bei uns entdeckt. Ich habe Angst, seine Ermittlungen zu beeinträchtigen, wenn ich darüber spräche, selbst wenn ich nicht weiß, warum.«

6

Auf dem Rand eines Gesimses stehend, den Rücken an eine raue Steinwand gepresst, starrte sie in einen mehrere hundert Meter tiefen Abgrund direkt unter sich. Sie schaute hinauf und versuchte, das Gleichgewicht zu halten, während sie spürte, wie ihre Haut sich mit Angstschweiß überzog. Sie wagte es nicht, ihren Körper auch nur einen Millimeter zu bewegen, konnte aber auch nicht einschätzen, wie lange sie es schaffen würde, in dieser Position auszuharren, die ihr schon jetzt Beinkrämpfe verursachte. Sie versuchte sich zu erinnern, wie sie es bis dorthin geschafft hatte. Mehrere Personen, die ihr etwas antun wollten, hatten sie verfolgt. Sie war so schnell gerannt, wie sie konnte, aber irgendwann waren ihre Beine immer schwerer geworden, und als sie bereits spürte, dass sie keinen Schritt weiter laufen konnte, hatte sie sich auf diesem Vorsprung wiedergefunden.

Ein Geräusch, das von weither zu kommen schien, lenkte sie ab. Sie begriff nicht, woher dieser schrille, anhaltende Ton kam, der in ihrem Kopf widerhallte ...

Irene öffnete die Augen und setzte sich mit einem Ruck im Bett auf. Stirn und Haare waren schweißnass und ihr Atem ging schnell. Das Telefon auf ihrem Nachttisch klingelte. Bevor sie abnahm, sagte sie ein paar Mal laut »Hallo?« Das tat sie immer, wenn sie aus dem Schlaf gerissen wurde, damit ihre Stimme sich wieder ganz normal anhörte.

»Hallo?«

»Irene, hier ist Ettore Siniscalchi, gut, dass ich dich erreiche. Du hast deine Zigaretten und dein Feuerzeug bei Foderaro vergessen. Ich habe sie mitgenommen, komm doch bei mir vorbei, sobald du im Büro bist.«

»Ja, gerne. Aber jetzt muss ich erst zur Staatsanwaltschaft und werde dort sicher nicht vor elf Uhr fertig sein.«

Irene erreichte den Piazzale Clodio eine Viertelstunde vor ihrem Termin. Sie betrat eine Bar, die nur ein paar Schritte vom Eingang des Gerichtsgebäudes entfernt lag: Männer in Anzug und Krawatte und elegante, professionell wirkende Frauen unterhielten sich über Fälle, Richter und Prozesse. Irene blieb am Tresen stehen und trank einen Espresso, dann öffnete sie mit einer automatischen Bewegung ihre Handtasche und nahm ein Päckchen Zigaretten heraus. Während sie sich selbst Feuer gab, starrte sie einen Moment in die Flamme. War Siniscalchi verrückt geworden? Warum hatte er ihr erzählt, sie hätte Zigaretten und Feuerzeug im Büro vergessen? Irene lief auf das graue Gebäude zu. Sie hatte das deutliche Gefühl, was ihr gerade passierte, sei eine Nummer zu groß für sie. Es konnte sie mit sich reißen wie eine sommerliche Lawine.

Nachdem die Sekretärin von Dottore Lo Parco sie telefonisch angemeldet hatte, begleitete sie Irene in ein kleines, dunkles Büro. Hinter dem Schreibtisch saß ein Mann mittleren Alters, der sich erhob, während er seine Sekretärin wegschickte.

Genau hinter dem Rücken des Staatsanwaltes war ein großes Fenster geöffnet. Das Licht, das von dort hereinkam, verhinderte, dass Irene das Gesicht des Mannes im Halbschatten gut erkennen konnte. An der Wand hing ein riesiges Foto von Falcone und Borsellino, die lächelten und sich vertraulich unterhielten. Sonst war das Zimmer überall mit Aktenstapeln vollgepackt. In den beiden seitlichen Schränken, auf dem Stuhl neben ihr, auf dem Schreibtisch, auf dem der Computer stand.

Während sie ihre Personalien angab, betrachtete Irene den Mann genauer. Er war gut und geschmackvoll gekleidet: ein weißes Hemd mit feinen blauen Streifen, ein blauer Anzug und eine leuchtend ockergelbe Krawatte. Seine dichten kastanienbraunen Haare wiesen an den Schläfen graue Strähnen auf, die Farbe seiner Augen konnte Irene nicht erkennen, aber sie schauten klar und intelligent aus einem schmalen Gesicht. Der Mann war groß und schlank und Irene entschied, viele Frauen fänden ihn sicher attraktiv.

»Also, Dottoressa Bettini, Sie wissen ja, warum ich Sie herbestellt habe. Ich muss wissen, worin Ihre Zusammenarbeit mit Dottore Taddei bestanden hat, ob er Ihnen etwas Besonderes über seine Arbeit enthüllt hat, also eigentlich alles, was helfen kann, um herauszufinden, weshalb man auf ihn geschossen hat. Denken Sie daran, Sie sind verpflichtet, die Wahrheit zu sagen.«

Irene redete etwa zwanzig Minuten, ließ den vergangenen Monat Revue passieren und wiederholte die Version, die sie auch Rossi und Foderaro aufgetischt hatte. Um weiteren Fragen vorzubeugen, sagte sie, Taddei sei immer sehr verschlossen gewesen und habe sie nie ins Vertrauen gezogen. Sie hätten manchmal zusammen ein Brötchen gegessen, aber bei diesen seltenen Gelegenheiten hätten sie immer über allgemeine Dinge, nie über Persönliches geredet.

Lo Parco unterbrach sie nur selten, um etwas zu klären, während er ihre Aussage aufnahm.

»Sie können mir also nicht sagen, ob er bei seinen Ermittlungen Fortschritte gemacht hatte?«

Irene begnügte sich damit, den Kopf zu schütteln.

»Wann haben Sie ihn zum letzten Mal gesehen?«

»Am Morgen, bevor man auf ihn geschossen hat. Wir haben bis vierzehn Uhr gemeinsam gearbeitet, das sollte auch unser letztes Treffen sein, denn ich hatte ihm alle Informationen gegeben, die er benötigte.«

»Sie haben also keine Vorstellung, wer auf ihn geschossen haben könnte? Ist Ihnen jemand bekannt, der etwas gegen ihn hatte, vielleicht irgendwer aus dem Geheimdienst?«

»Nein.«

Lo Parco nahm ihre letzte Antwort auf und Irene fühlte sich etwas beruhigter. Der Staatsanwalt hatte sie freundlich behandelt.

»Gut, ich glaube, wir sind fertig. Ach, das hätte ich beinahe vergessen. Ich muss Ihnen noch etwas zeigen.«

Der Mann öffnete eine Schublade unter seiner Schreibtischplatte, nahm ein durchsichtiges Plastiktütchen heraus und hielt es ihr hin.

»Haben Sie die schon mal gesehen?«

Das Tütchen enthielt ein Paar goldene Ohrringe mit je einer Kugel aus Lapislazuli.

Irene betrachtete sie aufmerksam, während sie beide Hände auf ihre Knie presste, um zu verhindern, dass man das Zittern bemerkte, das sie überkam. Es gelang ihr, nicht zu hastig auf die Frage zu antworten, und sie war überrascht, wie ruhig ihre Stimme dabei klang.

»Nein. Ich habe sie nie gesehen.«

Sie wartete, bis die Seiten mit ihrer Aussage ausgedruckt waren, und unterschrieb. Nachdem sie dem Beamten zum Abschied die Hand gereicht hatte und den Raum verließ, beschlich sie im Weggehen das unangenehme Gefühl, dass er auf ihren Rücken starrte.

Sobald sie das Gebäude verlassen hatte, steuerte Irene das nächste Telefonhäuschen an. Das Wetter änderte sich wieder. Dunkle, graue Wolken bedeckten den Himmel wie Teile eines Puzzles, während ein heftiger Wind durch die Straßen fegte und sie zwang, mit einer Hand ihren Rock festzuhalten. In der Kabine blätterte sie in einem Telefonbuch, das mit einer Kette am Apparat befestigt war. Bis zu diesem Augenblick hatte sie immer über ihre Zerstreutheit lachen können. Aber dass sie diese Ohrringe vergessen hatte, konnte sie noch teuer zu stehen kommen. Sie wählte die Nummer des Krankenhauses, gab sich als Taddeis Schwester aus und es gelang ihr, ein paar magere Nachrichten zu erhalten. Sein Zustand war immer noch unverändert ernst.

Sie hatte die Hand noch am Hörer, lehnte sich mit dem Rücken gegen die Wand und schloss die Augen. Als sie einatmete, war sie erstaunt, plötzlich den Duft von Taddeis Haut zu riechen. Dieser Geruch hatte sie gleich beim ersten Mal an von der Sonne erwärmten Sand in Meeresnähe erinnert. Ihr Geruchssinn war besonders ausgeprägt, er übermittelte ihr nachhaltige Gefühlseindrücke und beeinflusste sie auch bei der Auswahl der Menschen, denen sie näherkam. Sie rührte sich nicht und hoffte mit jedem Atemzug, dass der Duft sie nicht verließe.

Eine finster blickende Dame mit einem Dackel an der Leine hämmerte an die Scheibe. Sie fuhr hoch. Irene betrachtete wuterfüllt die beiden Eindringlinge, die genauso kurzatmig und mürrisch wirkten wie die beiden Bösewichter in *101 Dalmatiner*, und verließ die Telefonkabine. Durch die Ablenkung verschwand leider auch Taddeis Geruch.

Irene stellte ihre Vespa in der Via Cavour ab und während die ersten Tropfen fielen, betrat sie das Gebäude ihres Büros. Nach zwei Schritten blieb sie plötzlich in der Vorhalle stehen, der heftige Knall eines Donnerschlages hatte sie überrascht, der den Himmel über Rom in zwanzig Sekunden zu durchlaufen schien. Sie wendete sich der Straße zu und beobachtete, wie das Wasser tonnenweise auf den Asphalt prasselte, so als hätte jemand in den Wolken eine Schleuse geöffnet.

Regen hatte sie immer entspannt, besonders, wenn sie nicht gerade draußen war. Aber in diesem Moment vermittelte er ihr ein Gefühl von Traurigkeit. Das konnte sie jetzt wirklich nicht brauchen. Sie wünschte sich ganz weit weg von diesem Ort, aus dieser Situation.

Sie ging die Treppen bis zum dritten Stock zu Fuß. Dabei betrachtete sie den dunkelroten Teppich, der die weißen Marmorstufen bedeckte. Die Tür zu Siniscalchis Büro stand offen. Er saß da, einen Fuß auf eine offene Schreibtischschublade gestellt, die Arme auf den Seitenlehnen seines Stuhls und starrte verloren ins Leere.

»Darf ich?«

»Ach, Irene! Wir können doch du sagen, nicht wahr?«, rief Siniscalchi und wartete nicht einmal eine Geste der Zustimmung ab, bevor er fortfuhr.

»Komm rein, komm doch rein und mach bitte die Tür zu.«

Er wartete ab, bis Irene sich setzte.

»Entschuldige bitte die Lüge mit den Zigaretten. Ich musste dich sehen und inzwischen traue ich nicht einmal mehr dem Telefon.«

Irene, eine Expertin für verwanzte Telefone, beruhigte ihn mit einem Blick, der Solidarität bezeugte.

»Ich wollte unbedingt persönlich mit dir reden. Du und ich, wir sind diejenigen, die in letzter Zeit am meisten Kontakt mit Taddei gehabt haben. Wir beide haben ihm bei seinen Ermittlungen geholfen und er hat immer sehr gut von dir gesprochen. Besonders vorgestern, bevor du kamst.«

Irene wollte etwas sagen, aber er unterbrach sie sofort.

»Du musst mir nichts erklären. Ich weiß genau, dass du nichts mit den Ereignissen zu tun hast, und finde es verständlich, dass du Foderaro nicht erzählt hast, bei Taddei gewesen zu sein. An deiner Stelle hätte ich dasselbe getan.«

»Danke, aber ich weiß nicht, ob ich richtig gehandelt habe. Wenn alles herauskommt, wird meine Lage, vermute ich, zumindest unangenehm sein.«

»Von mir hast du nichts zu befürchten, Irene. Ich glaube, das habe ich dir schon bewiesen. Ich wollte dich fragen, ob Taddei dir etwas über seine Entdeckungen der letzten Tage verraten hat.«

Irene gelang es, die Antwort hinauszuzögern, indem sie in ihrer Handtasche nach den Zigaretten suchte. Sie seufzte bei dem Gedanken, dass alle sie immer das Gleiche fragten. Aber sie verspürte das Bedürfnis, sich jemandem aus ihrem Büro anzuvertrauen, und Siniscalchi schien der Richtige zu sein.

Als hätte er den Grund für ihr Zögern erraten, fügte er hinzu: »Ich verstehe sehr gut, dass diese Situation dich genauso erschüttert hat wie mich. Aber ich möchte doch nur den finden, der geschossen hat, und ich bin davon überzeugt, wenn wir herausbekommen, was Taddei entdeckt hat, wird die Lösung ganz einfach sein. Vorgestern Abend hat er mich in seine Wohnung bestellt, er wollte, dass ich ihm unverzüglich die Anruflisten eines Handys übergebe, die die Telecom am Nachmittag in mein Büro geschickt hatte. Er sagte, er könne nicht warten. Er hatte sie einige Tage zuvor angefordert und es äußerst dringend gemacht. Die Listen führten alle Gespräche des Abgeordneten auf, gegen den er ermittelte. Er hatte kaum einen Blick darauf geworfen, als er mir sagte, vielleicht habe er denjenigen entdeckt, der im Geheimdienst die Informationen weitergegeben hat. Bis zu diesem Augenblick hat er mir niemals Einzelheiten über den Fall erzählt, sondern nur Aufgaben von sekundärer Bedeutung zugeteilt. Aber gerade als du klingeltest, glaubte ich, nun würde er mir anvertrauen, was er entdeckt hat.«

Irene sah aus dem Fenster. Mit Hagel vermischte Wasserströme prasselten gegen die Scheiben und auf das Fensterbrett.

»Und wer ist der Abgeordnete?«, fragte Irene und hatte das Gefühl, einen Fehler zu begehen.

Für einen Augenblick senkte Siniscalchi seinen Blick und schaute auf die Schreibtischplatte hinunter.

»Entschuldige, Irene, aber das kann ich dir nicht sagen. Mir hat es Taddei nur erzählt, weil er nicht anders konnte, wegen des Auftrags, den er mir erteilt hatte, aber ich bin zur Geheimhaltung verpflichtet.«

»Ich verstehe.«

»Und du? Hat er dir nichts erzählt?«

»Wenig. An jenem Abend hat er mir nur gesagt, dass er vielleicht einen Verantwortlichen entdeckt hatte. Leider hat er keinen Namen genannt. Er war sehr beunruhigt.«

Siniscalchi fuhr sich mit einer Hand über das Gesicht. Er sah niedergeschlagen aus.

»Verdammt! Hätte er doch nur einem von uns ein wenig mehr anvertraut, dann wüssten wir jetzt, wer auf ihn geschossen hat! Immerhin habe ich erfahren, dass die Polizei die Listen, die ich Taddei gebracht hatte, nicht in seiner Wohnung gefunden hat. Die muss der Kerl, der auf ihn geschossen hat, noch am gleichen Abend mitgenommen haben, also sind sie wichtig. Vielleicht stand sogar seine eigene Telefonnummer drauf.«

»Hast du sie kopiert?«

»Wie denn? Als Taddei mir sagte, ich sollte sie ihm bringen, hatte er es anscheinend so eilig, dass ich nicht daran gedacht habe, sie zu kopieren.«

»Und du kannst sie nicht noch einmal bei der Telecom anfordern?«

»Leider muss Foderaro alle Anfragen unterschreiben, sonst gibt man dir keine Informationen.«

»Und du denkst doch nicht, dass er ...«

»Glaub nicht, ich hätte nicht darüber nachgedacht, aber wenn Taddei ihm nichts über seine Entdeckungen erzählt hat, hatte er vielleicht einen Grund, sich nicht sicher zu sein.«

Irene schaute sich suchend nach einem Aschenbecher um. Daraufhin schob ihr Siniscalchi eine Kaffeetasse mit einem dunklen Bodensatz hin und entschuldigte sich, er könne ihr leider nichts anderes anbieten. Sie drückte die Zigarettenkippe aus.

»Also, das Essen mit Taddei ...«

»Du brauchst mir nichts zu erzählen, Irene. Deine persönliche Beziehung zu Taddei geht mich nichts an. Wichtig ist, dass wir in Kontakt bleiben. Also, bitte, wenn dir noch etwas einfällt, dann ruf mich sofort an, zu jeder Tages- und Nachtzeit. Einverstanden?«, fragte er und gab ihr seine Visitenkarte.

»Natürlich. Übrigens, Taddei hat sich immer Aufzeichnungen an seinem Laptop gemacht. Konntest du ihn dir ansehen?«

»Ja. Leider ist da nichts. Tatsächlich sind kürzlich viele Dateien gelöscht worden, und wir haben auch keine Disketten gefunden. Nichts, weder in seiner Wohnung noch im Büro. Ich frage mich, wo er sie deponiert hat.«

Als Irene den Aufzug verließ, stand Rossi vor ihr. Aber statt einzusteigen, wartete er, bis die Türen sich hinter ihr schlossen.

»Ich habe sie gerade gesucht und heute Vormittag schon ein paar Mal probiert, Sie zu erreichen, aber ...«

»Ich war in der Staatsanwaltschaft und komme gerade erst von dort zurück.«

»Natürlich. Kommen Sie, gehen wir in mein Büro, dort ist es bequemer.«

Schweigend liefen sie nebeneinanderher, jeder in seinen Gedanken versunken.

»Nun erzählen Sie mal: Ist alles gut verlaufen?«, fragte Rossi. Er saß auf dem beigen Sofa und sah sie erwartungsvoll an. »Wissen Sie, Lo Parco hat mich für morgen früh auch hinbestellt. Welche Fragen hat er Ihnen denn gestellt?«

»Dieselben wie schon Foderaro, nichts weiter.«

»Aber haben Sie heraushören können, ob er irgendeine bestimmte Spur verfolgt?«

»Also, Dottore, er hat mir die Fragen gestellt, nicht umgekehrt«, rief Irene verärgert aus.

»Na gut, was hat das damit zu tun, ich habe geglaubt, Sie hätten vielleicht etwas herausgehört ...«

»Nein.«

Beide schwiegen einen Moment lang. Und Irene hatte zur Tür geschaut und gerade einen Fluchtversuch geplant, als Rossi ihr zuvorkam.

»Ach, übrigens, Foderaro hat schon seit längerem ein Essen für heute Abend in seiner Wohnung geplant. Trotz der Vorfälle konnte er es nicht absagen und hat mich gebeten, Sie einzuladen ...«

»Also, eigentlich möchte ich nicht ...«

»Kommen Sie, Dottoressa, ich bin überzeugt, es wird Ihnen gut tun, unter Leute zu kommen, sich ein wenig zu zerstreuen. Außerdem ist es in Ihrem beruflichen Interesse, Ihren Bekanntenkreis ein wenig zu erweitern, neue Leute kennenzulernen, die Ihnen eines Tages vielleicht nützlich sein könnten. Tun Sie mir den Gefallen und kommen Sie, eine Einladung Foderaros kann man nicht ablehnen.«

Irene nickte seufzend. Im Grunde versuchte Rossi sein Bestes, um ihr zu helfen. Es war nicht seine Schuld, wenn er nicht begriff, dass dies die unwirksamste Art war, sein Ziel zu erreichen.

In ihrem Büro setzte sie sich an ihren Schreibtisch und legte den Kopf an die Rückenlehne des Stuhls. Sie fühlte sich wie rohes Fleisch, das der Metzger durch den Wolf dreht, um Hackbällchen daraus zu machen. Sie versuchte sich zu entspannen, atmete tief ein und befreite den Kopf vom beständigen Fluss der Gedanken, die in ungewöhnlicher Geschwindigkeit auf sie einstürmten. Sie schloss die Augen und stellte sich einen Baum vor. Dabei konzentrierte sie sich auf jedes Detail, die Farben, seine Form, die Art, wie er sich im Wind bewegte. Ab und an tauchte wieder ein Gedanke auf und ließ das Bild verschwimmen. Den verjagte sie dann, bis sie fühlte, wie sie sich fallenließ. Eine

Empfindung, die sich mit einem angenehmen Schwindel vermischte, der durch den Zustand geistiger Leere entstand, den sie so schwer erreichte.

Das Telefon klingelte. Irene seufzte tief und öffnete langsam die Augen.

Sie stellte ihre Vespa in der Via del Pellegrino ab und betrat genau um ein Uhr die Piazza di Campo di Fiori. Von der Hostaria Romanesca, in der sie jetzt verabredet war, hatte sie zwar noch nie gehört, aber da sie wusste, dass das Lokal in der Nähe der Buchhandlung *Fahrenheit* lag, fand sie es sofort.

Sie betrat den mit Tischen vollgestellten Gastraum. An den Wänden hingen Schauspielerfotos und Rom-Ansichten. Im Hintergrund sah man die offene Küche. Beide Räume waren nicht durch eine Tür getrennt, und Irene merkte, dass sie das gar nicht störte, im Gegenteil, sie fühlte sich wie zu Hause. Das Klappern von Geschirr und Töpfen, der Geruch des Essens, das Stimmengewirr der Köche und Kellner halfen ihr, sich zu entspannen.

Sie nannte einem Kellner, der zu ihr kam, ihren Namen, und er führte sie an einen kleinen Ecktisch. Sie setzte sich und bestellte einen Aperitif. Den brauchte sie jetzt dringend.

Sie dachte an den Anruf, den sie kurz zuvor erhalten hatte.

»Hallo?«

»Dottoressa Bettini?«

»Ja.«

»Ich bin die Mutter von Roberto Taddei. Ich muss Sie so bald wie möglich sehen. Ist es Ihnen recht, wenn wir zusammen essen?«

Das war eher eine Feststellung als eine Frage.

»Ja, sicher ...«

Nun fragte sie sich ängstlich, worüber Taddeis Mutter mit ihr sprechen wollte. Hatte sie ihre Beziehung zu ihm entdeckt? Und falls nicht, was wollte sie dann? Sie nippte an ihrem Spumante.

Wunderbar. Als sie sich eine Zigarette anzündete, sah sie eine zierliche Frau mit kurzen weißen Haaren hereinkommen. Die Frau bemerkte Irene, die aufgestanden war, und kam an ihren Tisch. Sie nannte ihren Namen und setzte sich. Ihre dunklen, von einem feinen Netz aus Falten umgebenen Augen glichen denen Taddeis und ihre Stimme klang genauso entschieden wie seine, wenn er besorgt war.

»Verzeihen Sie, wenn ich gleich zur Sache komme«, sagte sie, nachdem beide bestellt hatten. »Vor zwei Tagen, kurz bevor er niedergeschossen wurde, hat mein Sohn mich angerufen und mir gesagt, er habe mir mit der Eilpost einen Umschlag geschickt. Auf mich wirkte er angespannt, nervös, aber als ich ihn fragte, ob ihn etwas beunruhige, hat er es verneint. Allerdings fügte er hinzu, falls ihm etwas Unvorhergesehenes zustieße, dann sollte ich alles Ihnen übergeben. Entschuldigen Sie, sind Sie seine Kollegin?«

»Nicht im engeren Sinn, ich arbeite im Archiv und habe Ihren Sohn vor einem Monat kennengelernt, ich sollte ihm ein paar Dinge aus meinem Arbeitsbereich erklären.«

Taddeis Mutter winkte den Kellner heran, damit er ihren kaum berührten Teller abräumte. Sie goss sich noch Wein in ihr Glas und Irene beobachtete sie, während sie einen Schluck trank.

»Sie werden verstehen, nach dem Gespräch mit meinem Sohn war ich ernsthaft besorgt. Aber er hat mir nur gesagt, ich würde mich wie die typisch ängstliche Mutter verhalten. Und ich versichere Ihnen, die bin ich niemals gewesen.«

Nicht einen Augenblick lang hätte Irene daran gezweifelt. Sie saß einer Frau gegenüber, die sehr selbstsicher wirkte und die selbst in dieser tragischen Situation versuchte, ihre Gefühle nicht zu zeigen. Nur ihre Hände, die mit nervösen, fahrigen Bewegungen die Serviette zerknüllten, verrieten ihre Anspannung.

»Jetzt wissen Sie, warum ich Sie angerufen habe«, sagte sie

und holte aus ihrer bordeauxfarbenen Handtasche einen gelben Umschlag, den sie in die Mitte des Tisches legte.

Irene bedankte sich und drückte ihr Mitgefühl aus. Sie wusste nicht, was sie noch sagen sollte, und senkte den Blick auf den Briefumschlag, dann sah sie die Frau wieder an und bemerkte zum ersten Mal Angst in den kastanienbraunen Augen. Taddeis Mutter stand auf, reichte Irene mit einem gezwungenen Lächeln die Hand und ging, nachdem sie darauf bestanden hatte, die Rechnung zu bezahlen.

Irene trank den letzten Schluck ihres Espressos aus und breitete den Inhalt des Umschlags auf dem Tisch aus. Es handelte sich um einige Fotos und einen kleinen weißen Umschlag. Sie sah die Bilder durch und fühlte sich dabei, als ob eine Hand ihr schmerzhaft die Kehle zupresste. Sie saß im Bikini am Strand, sie sprang ins Meer, sie ging in eine Umkleidekabine und schob eine Hand vor das Objektiv, um den Schnappschuss zu verhindern. Sie ließ sich von Taddei umarmen, auf einem Platz mitten im Ort.

Sie sah das rötlich verbrannte Gesicht des deutschen Touristen wieder vor sich, den sie angehalten und gebeten hatten, dieses Foto zu machen.

Die gemeinsamen Tage in San Vincenzo wirkten auf sie wie eine Erinnerung aus einem anderen Leben, Lichtjahre entfernt von den Stunden, die seit dem verdammten Anschlag auf Taddei mit enervierender Langsamkeit vergingen. Liebevoll strich sie mit einem Finger über sein Gesicht und bemerkte, dass Tränen ihren Blick zu verschleiern drohten. Sie legte die Fotos hin, atmete tief durch und versuchte, sich unter Kontrolle zu bekommen. Nur eine Träne kümmerte sich nicht um ihre Anstrengung, sie lief langsam die Wange hinunter und blieb an ihren Lippen hängen. Mit einem Papiertaschentuch putzte Irene sich die Nase, dann nahm sie den Brief zur Hand.

Sie zögerte kurz, bevor sie den Umschlag aufriss und das einzige, zweimal gefaltete Blatt aufklappte.

Irene, ich hoffe sehr, dass du diesen Brief nie lesen musst. Zum einen schreibe ich ihn aus Aberglauben, zum anderen, weil ich es nicht schaffe, eine Ahnung von Gefahr zu verjagen. Das, was ich herausgefunden habe, hat mich erschüttert, und sollte ich mich nicht irren, wird es weitreichende Auswirkungen auf mein Leben haben. In diesem Moment denke ich an dich, denn ich vertraue auf deine Ehrlichkeit, und wenn mir etwas zustößt, bist du der einzige Mensch, der meine letzten Schritte nachvollziehen kann, bevor ich das herausgefunden habe, was ich heute weiß. Um dies zu tun, musst du etwas in deinen Besitz bringen, was ich dir aus Vorsichtsgründen nicht mit diesem Brief geschickt habe. Du findest es an dem Ort, an dem wir, wenn auch nur für wenige Stunden, so glücklich gewesen sind. Ich weiß, ich verlange viel von dir, aber wenn ich mich in meinem Urteil über dich nicht geirrt habe, wirst du dich nicht verweigern.

Gerade habe ich noch einmal gelesen, was ich dir geschrieben habe, und habe mich lächerlich gefühlt. Das macht nichts. Wenn mein Eindruck mich getäuscht hat, wirst du nie Gelegenheit haben, diese Zeilen zu lesen.

Ich mag dich … sehr. Roberto

Er mochte sie sehr! Und das teilte er ihr zum ersten Mal in diesem Brief mit, den sie las, während er mit zweifelhaften Aussichten im Krankenhaus lag. Es war heiß in der halbleeren kleinen Trattoria, aber Irene fühlte einen kalten Schauer, der wie ein schwacher elektrischer Schlag ihren Rücken traf. Sie sah das Bild von Clark Gable an, der sie siegessicher anlächelte. Seufzend packte sie die Bilder und den Brief in ihre Handtasche und ging.

Der Platz war immer noch mit den Ständen des Obstmarktes zugestellt. Ihre Besitzer räumten die Holzkisten in die Lastwagen, warfen die Abfälle in große schwarze Säcke und unterhielten sich lachend miteinander, froh, dass das Ende ihrer Arbeitswoche gekommen war. Starr überblickte die Statue Giordano Brunos von ihrem Sockel aus das Getümmel.

Irene bog in die Via del Pellegrino ein. Um dem Moped auszuweichen, das sie hinter sich immer näherkommen hörte, zog sie ihre Vespa etwas nach rechts und streifte dabei die Tür eines parkenden Wagens. Kaum hatte sie ihren Kurs verändert, als sie an ihrem linken Arm einen gewaltsamen Ruck verspürte, der sie ins Schleudern brachte. Automatisch hatte sie ihre linke Hand noch fester um den Griff der Tasche geschlossen, wodurch sie mit nach vorn gerissen wurde. Sie sah zwei Männer auf einem Moped, die knapp vor ihr aufholten. Der Mann, der hinten saß, hielt seine Beute fest und zog diese zusammen mit der Besitzerin auf ihrer Vespa hinter sich her. Er drehte sich kurz um und sah sie an. Irene bemerkte zwei halb unter einer Haarlocke verborgene Augen von unbestimmter Farbe, die sie weit aufgerissen und böse anstarrten. Das Moped vor ihr hatte etwa zehn Meter zurückgelegt, durch Irenes Widerstand gebremst, da riss der Griff der Tasche. Durch den Rückstoß gab Irenes Hand für einen Moment nach. Der junge Mann zog noch einmal fest und Irene rollte zurück, bis sie gegen die Bordsteinkante prallte. Sofort sah sie sich nach den Dieben um, die gerade um die Straßenecke bogen. Das Nummernschild war durch ein Stück Stoff verdeckt. Stöhnend senkte sie den Kopf. Vielleicht wäre sie noch lange so sitzen geblieben und hätte weder die Kraft noch den Mut gefunden, sich zu bewegen, hätte nicht ein älteres Ehepaar sie bemerkt, das seine Einkaufstaschen auf dem Boden abgestellt hatte. Die beiden halfen ihr, fragten sie, wie es ihr ginge, und entschuldigten sich dafür, dass sie nicht schon früher eingegriffen hätten. Aber als die beiden Männer die Tasche gestohlen hatten, waren sie zu weit weg gewesen, um etwas unternehmen zu können. Nach ein paar Sekunden hatte Irene begriffen, dass sie sich nichts gebrochen hatte, und das Ehepaar half ihr aufzustehen. Der Besitzer einer Bar gegenüber hatte schon die Carabinieri gerufen und forderte Irene auf hereinzukommen.

Man setzte sie an einen kleinen Tisch und sie versicherte allen, die sich um sie versammelt hatten, ziemlich kurzangebunden, es ginge ihr gut und es sei nichts Schlimmes passiert. Freundlicher bedankte sie sich bei dem Ehepaar und überzeugte sie, hier alleine warten zu wollen.

Sie ertrug es nicht, im Zentrum allgemeiner Aufmerksamkeit zu stehen, besonders, wenn sie sich in Schwierigkeiten befand. Deshalb stand sie auf, ging in die Toilette, verschloss die Tür und betrachtete sich im Spiegel. Beinahe hätte sie sich nicht wiedererkannt. Zerzauste Haarbüschel bedeckten ihre Stirn, sie hatte einen Kratzer auf der Wange, Straßendreck überzog Gesicht und Hals. Ihr linker Ellenbogen blutete und beide Knie waren aufgeschürft. Sie ließ Wasser laufen und wusch die Wunden aus. Zum Glück waren ihre Verletzungen nur oberflächlich. Jemand klopfte an die Tür. Es war der Barmann, der sie fragte, ob sie etwas brauche. Er kam mit einer Flasche Wasserstoffsuperoxyd und einem Handtuch wieder.

Als Irene zurückkam, bemerkte sie zwei Carabinieri, die mit dem Besitzer der Bar sprachen und sich ihr sofort zuwandten. Sie setzte sich mit dem Maresciallo an einen Tisch und erzählte, was geschehen war. Dann nannte sie ihm Farbe und Modell des Mopeds und gab eine sehr allgemeine Beschreibung des Mannes, der ihr die Tasche entrissen hatte. In diesem Moment wurde ihr bewusst, wie schwierig es war, das Aussehen einer Person mit Worten wiederzugeben. Sie hatte Fakten geliefert, die auf die Hälfte der männlichen Bevölkerung Roms zutrafen.

Der Maresciallo wies ein Mitglied seines Trupps an, die Daten per Funk an die Zentrale zu übermitteln. Außerdem sollte er die Gegend absuchen, in der Hoffnung, der Täter hätte wenigstens die Papiere in der Nähe weggeworfen.

Während sie auf seine Rückkehr warteten, fragte Irene den Barmann, ob sie telefonieren dürfe. Er führte sie in einen kleinen Raum hinter dem Tresen, wo ein Telefon stand.

»Ich bin's, Papa. Keine Angst, mir geht es gut, aber man hat mir gerade die Handtasche weggerissen.«

Sie erklärte ihm, wo sie war, dann legte sie auf.

Als sie dem Maresciallo versicherte, sie würde später eine Anzeige in der Kaserne machen, kam der andere Carabiniere mit ihrer Tasche zurück.

»Ist sie das, Signorina?«

Irene nahm und öffnete sie, dann bestätigte sie, ja, das sei ihre Tasche.

»Überprüfen Sie bitte, ob etwas fehlt? Ich habe sie hier in der Nähe, in einer Straße neben dem Müllcontainer gefunden. Sie war offen.«

»Das Portemonnaie fehlt«, antwortete Irene, aber in diesem Moment beschäftigte sie nur, dass Taddeis Briefumschlag verschwunden war.

»Haben Sie sonst nichts gefunden? Man hat mir auch einen gelben Umschlag gestohlen.«

»Es tut mir leid, den habe ich nicht gesehen. War etwas von Wert darin?«

Irene schüttelte den Kopf. Natürlich konnte sie ihnen nicht erklären, dass Fotos und ein Brief einen ungleich höheren Wert für sie darstellten als ihr Portemonnaie. Sie versprach beiden Carabinieri, so schnell wie möglich in die Kaserne zu kommen, und bedankte sich bei ihnen für die Hilfe.

Irene trank gerade einen Eistee mit Pfirsicharoma, als ihr Vater hereinkam. Sie umarmten einander, dabei fiel Irene auf, wie angespannt seine Rückenmuskeln waren. Auch ihm erzählte sie, was passiert war.

»Das fehlte gerade noch! Bist du sicher, dass du die Kerle nicht schon früher gesehen hast?«

»Wann früher?«

»Keine Ahnung, vielleicht als du das Büro verlassen hast oder bevor du die Trattoria betreten hast.«

»Ich glaube nicht ... willst du damit sagen, dass es einen Zusammenhang gibt zwischen dem, was sie Roberto angetan haben und meinem Erlebnis?«

»Nein, reg dich nicht auf, ich wollte nur sichergehen.«

Irene trank ihr Glas aus, dann zündete sie sich mit leicht zitternden Händen eine Zigarette an.

»Bist du mit dem Wagen gekommen, Papa?«

»Sicher, ich habe ihn vor der Bar geparkt, warum, was hast du vor?«

»Zu tun, worum Roberto mich gebeten hat.«

Mit einer Handbewegung hielt sie ihren Vater zurück, der schon protestieren wollte.

»Bitte sag nichts. Zum ersten Mal in meinem Leben weiß ich ganz genau, was ich tun muss.«

»Meiner Meinung nach musst du sofort zur Polizei oder zur Staatsanwaltschaft gehen und alles erzählen.«

»Papa, bitte ...«

Irene nahm seine Hand.

»Dir hab ich alles erzählt, weil ich dich liebe und dir vertraue. Aber diesmal geht es nach meinem Kopf.«

Sie begegnete dem Blick ihres Vaters und hoffte, er würde sie verstehen und sie ihre Fehler alleine machen lassen.

»Was bekommen Sie?«, fragte sie den Barmann, der gerade vorbeikam.

»Lass mich dir wenigstens helfen. Ich könnte dich begleiten.«

Sie standen neben dem in zweiter Reihe geparkten Wagen.

»Danke. Aber ich fahre lieber allein.«

»Dann ruf mich aber sofort an, wenn du zurück bist.«

»Natürlich«, sagte Irene und gab ihm einen Kuss.

Unterwegs auf der Autobahn versuchte sie, sich zu entspannen und ihre Angst zu vergessen. Die Schürfwunden an ihrem Ellenbogen und den Knien hatten angefangen zu pochen. Sie schaltete das Radio ein und erkannte sofort die Melodie von Claudio Baglionis Song *Via*. Zum ersten Mal an diesem Tag lächelte sie, dann stellte sie die Musik lauter. Dieses Lied zu hören, das ihr immer Kraft gegeben hatte, erschien ihr als ein gutes Zeichen und ausgezeichnet zu einer Fahrt mit ungewissem Ausgang zu passen. Um sich zu entspannen, sang sie laut mit und spürte, wie ihre Angst nach und nach einer Mischung aus Zorn und Entschlossenheit wich.

Als sie die Autobahn verließ, folgte sie den Schildern in Richtung San Vincenzo.

Man hatte sie zufällig bestohlen, das passierte täglich in Rom, und diesmal hatte es eben sie erwischt. Sie durfte nicht damit anfangen, sich verfolgt zu fühlen und Gespenster zu sehen, wo es sich nur um einen unglücklichen Zufall handelte. Vielleicht hätte sie das Angebot ihres Vaters besser angenommen oder Siniscalchi gebeten, sie zu begleiten. Nein, sie hatte richtig gehandelt. Es war ihre Aufgabe, zu finden, was Taddei versteckt hatte.

Sie parkte den Wagen vor dem Strandbad, das sie am Sonntagmorgen besucht hatten. Dann betrat sie den mit Sand bedeckten Platz, er war von einigen Plastikbahnen durchzogen, die zu den Büros, der Bar auf der linken Seite und zu den Umkleidekabinen führten. Unentschlossen blieb sie stehen. An den kleinen weißen Tischen saßen viele Leute und aßen. Irene blickte zu dem niedrigen Gebäude auf der anderen Seite hinüber und sah den Besitzer des Strandbads dort herauskommen. Er war auf dem Weg in die Bar, als Irene ihn anhielt.

»Entschuldigen Sie …«

Der sonnengebräunte Mann im weißen Unterhemd sah sie an und schien sie wiederzuerkennen, obwohl er sie nur einmal für wenige Augenblicke gesehen hatte.

»Guten Morgen, Signorina, sind Sie gekommen, um ein paar Urlaubstage hier bei uns zu verbringen?«

»Leider nein. Ich bin nur hier, weil ich Sie etwas fragen muss ... vielleicht klingt meine Bitte ein wenig seltsam ...«

Der Mann unterbrach sie.

»Ja, ich weiß schon. Ich hätte sofort daran denken sollen. Kommen Sie mit, ich habe den Schlüssel im Büro gelassen.«

Irene folgte dem Mann mit unsicheren Schritten, da ihre hochhackigen Schuhe tief in den Sand einsanken. Endlich ging es ein paar Stufen hinauf, und nachdem sie einen langen Flur passiert hatten, von dem einige Räume abgingen, betraten sie ein kleines Zimmer. An einer großen Holztafel hingen die Schlüssel. Der Mann nahm den mit der Nummer drei und reichte ihn ihr.

»Nehmen Sie nur, Sie können ihn mir zurückgeben, wann Sie möchten. Dottore Taddei hat schließlich noch bis Ende August gemietet.«

»Danke. Aber woher wussten Sie ...?«

»Dass Sie den Schlüssel holen wollten? Das ist ganz einfach: Vorgestern ist der Sohn von Dottore Taddei vorbeigekommen. Es war schon Abend, und ich war gerade dabei, alles abzuschließen. Er sagte mir, falls Sie kämen, sollte ich Ihnen ruhig den Schlüssel zur Kabine aushändigen. Deshalb habe ich geglaubt, als ich Sie gesehen habe, dass sie ein paar Tage bei uns verbringen wollten. Es hat mich wirklich beeindruckt, wie groß der Junge geworden ist. Ich habe ihn gesehen, da war er kaum auf der Welt!«

»Und wo ist er jetzt?«

»Er hat mir erzählt, er sei auf dem Weg, um mit ein paar Freunden auf einem Gletscher Ski zu laufen. Also, gewisse junge Leute heute haben schon komische Ideen! Den Sommer verbringt man am Meer, glauben Sie das nicht auch, Signorina? Jedenfalls war ich enttäuscht, dass er nicht ein paar Tage bei mir geblieben ist. Er ist nur ganz kurz in die Kabine gegangen und dann ist er davongefahren.«

Irene öffnete die Tür, trat ein und schloss sie gleich wieder. Obwohl sie ständig für sich wiederholte, es bestünde überhaupt keine Gefahr, merkte sie, dass sie den Atem anhielt. Für einen Moment dachte sie an ihr Lieblingsspiel, das lange Winternachmittage wie im Fluge hatte vergehen lassen: Verstecken im Dunklen.

Auch jetzt empfand sie etwas Ähnliches: Ihr Herz klopfte heftig, während sie sich mit enervierender Langsamkeit vorwärtsbewegte, aus Angst, Lärm zu machen. Sie lachte über sich und kam sich albern vor. Niemand suchte nach ihr, und sie war mit Hilfe des Besitzers am helllichten Tag hier hereingekommen. Ganz bestimmt war nur ihre blühende Phantasie schuld, die ihr immer geholfen hatte, das Leben interessanter zu machen, als es wirklich war. Dass sie jetzt, vielleicht zum ersten Mal, tatsächlich eine ungewöhnliche Situation durchlebte, hatte diese Neigung seltsamerweise noch verstärkt.

Sie konzentrierte sich wieder auf die Realität. Der Raum war klein und von oben bis unten mit Holz verkleidet. Links lag ein kleines Bad, auf der gegenüberliegenden Seite stand eine Bank, den freien Raum an der Wand füllten eine Garderobe und ein Spiegel aus. Sie öffnete die Tür zum Bad und schloss sie wieder nach einem kurzen Blick. Der Raum, in dem sie sich befand, schien trostlos leer. Es gab keinen Ort, an dem man etwas hätte verstecken können. Vielleicht hatte sie sich geirrt. Taddei hatte einen Fehler gemacht, indem er auf sie vertraute, eine simple Angestellte, die keine Erfahrung im aktiven Dienst hatte. Seufzend schaute sie in den Spiegel. Im Halbdunkel wirkte sie sehr blass, über ihre rechte Wange lief ein schmaler, dunkler Kratzer. Sie betrachtete ihre Augen, prüfend, versuchte, den Ausdruck nicht zu verändern. Schon oft hatte sie gedacht, dass sie von ihrem Äußeren nur das kannte, was ihr der Spiegel bei den üblichen Anlässen zeigte: beim Zähneputzen, Schminken oder während sie sich schnell das Gesicht wusch, bevor sie ins Büro ging.

In diesem Moment drückten ihre Augen Unentschlossenheit und Angst aus.

Sie betrachtete den Rahmen, und ihr Blick nahm einen anderen Ausdruck an, aber das bemerkte Irene nicht mehr. Sie machte zwei schnelle Schritte nach vorn, hob den Spiegel von der Wand und nahm ihn vom Haken. Auf seiner Rückseite war ein Umschlag mit zwei Streifen Klebeband befestigt. Sie riss das Band ab, nahm das Päckchen, und als sie es befühlte, wusste sie, dass es die Computerdisketten enthielt. Sie hielt ein Lachen zurück, steckte den Umschlag in ihre Tasche, verließ die Kabine und verschloss sie.

Von rechts hörte sie Stimmen. Ruckartig drehte sie den Kopf in diese Richtung und sah am Ende der Kabinenreihe einen Mann stehen. Er unterhielt sich mit jemandem, den sie nicht sehen konnte. Der Mann war kräftig und untersetzt, die weitgeschnittene Kleidung, die er trug, Hosen mit Seitentaschen und ein kurzärmeliges Hemd, verstärkten diesen Eindruck noch.

Irene wich einen Schritt zurück und lehnte sich an die Kabinenwand, um möglichst nicht gesehen zu werden. Dabei ließ sie den Mann nicht aus den Augen. Sie kam sich lächerlich vor, aber irgendwas an ihm passte nicht in diese Umgebung. Im gleichen Moment tauchte eine zweite Person auf. Der Mann war größer als der andere, hatte wellige Haare, die sein Gesicht verbargen. Irene hielt den Atem an. Es war, als würde ein Film zurückgespult. Eine behaarte Hand hatte ihre Tasche festgehalten, der hochgestellte Kragen einer Lederjacke verdeckte zum Teil einen dichten dunklen Lockenschopf. Erst als Irene losließ, hatte der Mann sich für ein paar Sekunden zu ihr umgedreht. Es war derselbe, der jetzt nur ein paar Meter von ihr entfernt stand.

Sie machte drei hastige Schritte, dabei behielt sie die beiden immer im Blick, die sich weiter angeregt unterhielten. Sie sah, wie die Männer sich umdrehten und in ihre Richtung gingen. In ihrer Lunge brannte es und sie merkte, dass sie bis zu diesem Augenblick den Atem angehalten hatte. Sie atmete mehrmals tief ein und holte Luft. Die Kabinen, die nur wenige Meter voneinander entfernt standen, bildeten zwei parallele Reihen, die zum Meer hin ausgerichtet waren. Links von ihr endete das Strandbad nach etwa dreißig Metern. Es war durch einen Zaun von der Straße getrennt, der ihr zu hoch vorkam und wohl auch zu wenige Halt bot, um hinüberzuklettern.

Irene hörte Stimmen näher kommen, presste sich an die Wand der Kabine und bog um die Ecke, den Rücken gegen die Außenwand gedrückt. Sie starrte auf die menschenleere Straße, die unter der immer noch glühend heißen Nachmittagssonne brütete. Niemand lief über die Bürgersteige.

»Wir müssen fast da sein! Ja, das ist es!«

Jemand drückte eine Klinke herunter und rüttelte gewaltsam an der Tür.

»Scheiße, es ist abgeschlossen!«

»Blödmann, was hast du denn erwartet, dass man es für dich offen lässt? Komm da weg und deck mich ab!« Die beiden sprachen leise, aber Irene konnte die Stimmen deutlich unterscheiden. Wenigstens war sie von ihnen nicht gesehen worden, wie sie befürchtet hatte.

Aber wie waren sie nur ... natürlich, die Fotos! Ein paar Bilder waren im Ort und am Hafen entstanden, und es konnte nicht schwierig gewesen sein, San Vincenzo wiederzuerkennen. Dann gab es noch die Aufnahmen vom Strandbad und vielleicht sah man auf dem Foto, auf dem sie die Kabine betrat, auch die Nummer. So musste es gewesen sein. Das Geräusch einer Tür, die geöffnet wurde, riss sie aus ihren Gedanken.

»Bleib da stehen und pfeife, wenn jemand kommt.«

Das Geräusch von Schritten, eine Bank wurde verschoben, eine andere Tür wurde geöffnet und geschlossen, sicher die zum Bad, dann Stille, weitere Schritte, und dann hörte Irene, wie genau neben ihrem Kopf jemand den Spiegel anhob und wieder an seinen ursprünglichen Platz rückte.

»Nichts«, sagte der Mann und schloss die Tür wieder.

»Bist du ganz sicher?«

»Was bist du doch für ein Idiot! Willst du etwa nachsehen?«

»Nein, nein, das hab ich nicht so gemeint. Ich war mir nur sicher, sie hier zu finden ...«

»Und jetzt willst du mir die Schuld geben?«

»Was soll das denn! Und was machen wir jetzt?«

»Nichts. Wir warten. Wenn du mich fragst, die Frau wird hierher kommen, vielleicht suchen wir nicht an der richtigen Stelle, aber ohne sie können wir nichts tun.«

Irene hörte, wie die Schritte sich entfernten und ihre Stimmen verklangen. Unbeweglich blieb sie stehen, bis ihre Rückenmuskeln kleine schmerzende Stiche aussandten. Ihr Körper war steif vor Anspannung. Langsam ging sie in die Knie, bis sie im Sand saß. Ihren engen Rock hatte sie hochgeschoben. Sie zog die hochhackigen Sandaletten aus und bewegte ihre verkrampften Zehen. Dann umarmte sie ihre aufgeschürften Knie und legte den Kopf darauf. Zum Glück, und obwohl die Sonne noch hoch am Himmel stand, saß sie in einem kleinen Streifen Schatten. Sie erinnerte sich an ein Buch. Ihre Großmutter hatte es ihr zum neunten Geburtstag geschenkt. Es hieß *Pollyanna* und sie hatte es sehr gemocht. Es floss nur so über vor positiven Gefühlen. Der kleinen Heldin stieß eine Katastrophe nach der anderen zu und sie schaffte es immer – jeder andere an ihrer Stelle hätte sich schon umgebracht –, siegreich daraus hervorzugehen. Sie spielte ein Spiel, das ihr Vater sie gelehrt hatte, bevor er starb, (wann wohl sonst?). Es bestand darin, jeder Lage, auch der schlimmsten, noch etwas Positives abzugewinnen. Ihr kam es so vor, als würde sie gerade das Gleiche tun.

Die Zeit verging langsam. Irgendwann schaute Irene nicht mehr auf die Uhr, um sich nicht weiter darüber zu ärgern, dass die Zeiger nicht von der Stelle kamen. Wie sie es manchmal tat, wenn sie zu spät zu einer Verabredung kam. Um nicht nervös zu werden, achtete sie dann einfach nicht mehr auf die Uhrzeit.

Langsam tat ihr alles weh. Sie hatte Durst. Auf der Straße gegenüber fuhren immer mehr Autos vorbei und die Bürgersteige waren voller Passanten. Niemand beobachtete sie, die Leute waren zu weit entfernt, und außerdem wurde ihr Sichtfeld teilweise durch kleine Buden verdeckt, in denen Eis, Kokosnussstücke oder Getränke verkauft wurden. Einmal kam ein Kind an den Zaun, packte ihn mit beiden Händen und schien sie zu beobachten. Kurz darauf kam eine Frau und nahm das Kind an der Hand. Plötzlich begann es zu weinen und zeigte mit seinem kleinen Händchen auf sie. Die Frau schaute sie einen Augenblick an und Irene erstarrte. Jetzt fehlte ihr nur noch, dass sich Leute vor dem Zaun versammelten und die beiden Männer sie auf diese Weise entdeckten. Zum Glück wendete die Mutter sofort den Blick ab, zog ein letztes Mal an dem Kleinen und schleifte ihn hinter sich her. In diesem Augenblick freute sich Irene über ein allgemein verbreitetes Verhalten in der modernen Gesellschaft: die Gleichgültigkeit gegenüber anderen Menschen.

Es vergingen mindestens ein paar Stunden. Irene hatte beschlossen, die Dunkelheit abzuwarten. Ihr Wagen parkte vor dem Eingang, und sie würde dann versuchen, irgendwie über den Zaun zu klettern, in der Hoffnung, ihre beiden Verfolger hätten nicht die Geduld, so lange hierzubleiben und zu warten.

Wenn sie wenigstens hätte lesen können. Die Zeit wäre wie im Flug vergangen. Schon als sie klein war, hatte sie viele Stunden vertieft in ein Buch verbracht. Später ging sie sogar so weit, Freunde zu versetzen, wenn die Geschichte sie so sehr in den Bann zog, dass sie unbedingt wissen musste, wie sie ausging. Immer kamen ihr die Geschichten, die sie in den Romanen kennenlernte, viel intensiver und interessanter vor als ihr eigenes

Leben. Im Moment dachte sie nicht mehr so. Sie streckte die Beine aus. Eines war eingeschlafen. Als sie ein fast unerträgliches Kribbeln fühlte, verzog sie das Gesicht und bewegte die Beine, um den Blutkreislauf anzuregen.

Sie hörte gedämpfte Schritte auf dem Sand. Jemand pfiff fröhlich. Es war die Melodie eines alten Liedes aus der Maremma, *Die Liebe ist wie der Efeu*, und sie war sich sicher, dass es keiner von ihren beiden Handtaschenräubern sein konnte. Sie kniete sich hin, beugte sich vor und beobachtete den Gang zwischen den Kabinen. Es war der Besitzer des Strandbads. Sie rief ihn ganz leise. Im Bruchteil einer Sekunde, ohne langsamer zu gehen oder in ihre Richtung zu schauen, gab er ihr ein Zeichen, damit sie ihm folgte.

Dann verschwand er aus ihrem Blickfeld. Irene stand auf. Kleine Sandhaufen rieselten aus ihrer Kleidung. Sie nahm ihre Schuhe in die Hand und ging mit unsicheren Schritten und auf Beinen, die durch die lange Bewegungslosigkeit schmerzten, den Weg an der Rückseite der Kabinen entlang. Als sie um die Ecke der letzten Kabine bog, wartete dort der Besitzer des Strandbads auf sie und zog sie an einem Arm zu sich heran.

»Was ist passiert, Signorina? Ich habe Sie nicht zurückkommen sehen und dann sind diese Typen erschienen, deren Visagen mir überhaupt nicht gefallen haben. Mir haben sie erzählt, dass sie sich umschauen wollten, weil sie planten, für einen Monat eine Kabine und eine Liege zu mieten. Sehen Sie sich nur um, habe ich gesagt, und dann sind sie zurückgekommen und haben mir eine Menge Fragen gestellt, die nichts mit ihrem Plan zu tun hatten. Ob heute jemand Neues angekommen sei, wann das Bad schließt, wem ich die Kabinen vermietet habe. Ich habe ihnen ein paar Lügen erzählt, dann haben sie sich in die Bar gesetzt und wollten sich anscheinend nicht mehr von da weg bewegen. Schließlich sind sie verschwunden und ich habe begriffen, dass die Typen Sie suchen. Habe ich recht?«

Irene betrachtete das nur wenige Zentimeter entfernte Gesicht des Mannes, der sie besorgt anschaute.

»Ja, sie suchen nach mir. Haben Sie in den letzten Tagen keine Zeitung gelesen?«

Der Mann schüttelte den Kopf.

»Na gut, ich kann Ihnen jetzt nicht alles erklären. Diese Männer wollen Dottore Taddei und mir etwas antun. Ich muss es unbedingt schaffen, unbemerkt zu verschwinden. Können Sie mir helfen?«

»Keine Sorge, Signorina. Dottore Taddeis Feinde sind auch meine Feinde. Wo haben Sie Ihren Wagen abgestellt?«

»Vor dem Eingang.«

Der Mann schaute zum Zaun und runzelte die Stirn.

»Geben Sie mir die Schlüssel«, sagte er so entschieden, dass es Irene beruhigte.

»Soll ich nicht lieber die Polizei holen?«

»Nein, besser nicht«, sagte Irene nach kurzem Zögern.

»Dann machen wir es so. Sehen Sie den Pfosten dort?«

»Ja.«

»Gut. Vor etwa zehn Tagen haben Jungs dort den Zaun aufgeschnitten. Ich habe ihn noch nicht repariert, wenn Sie ihn also ein bisschen verschieben und sich bücken, müssten Sie ganz leicht dort hinauskommen. Inzwischen erzähle ich meiner Frau, sie soll mich laut auffordern, etwas für sie einzukaufen, und dann bringe ich Ihnen das Auto hier zum Vordereingang.«

7

Um halb elf abends bezahlte Irene den Taxifahrer und stieg vor einem riesigen Tor aus. Die Villa war von einer Mauer umgeben, im Garten säumten hohe Bäume einen breiten Weg, dessen Ende nicht abzusehen war. Irene klingelte, wobei sie vermied, direkt in eine kleine Überwachungskamera zu starren, die ein unangenehmes Surren von sich gab. Endlich öffnete sich das automatische Tor.

Sie lief die Allee entlang, die von Scheinwerfern ausgeleuchtet wurde, und hinter einer Wegbiegung entdeckte sie einen großen, mit Autos zugestellten Vorplatz. Dahinter erhob sich Foderaros Villa. Die mit Kletterpflanzen bedeckte Fassade war imponierend. Irene stieg ein paar Stufen hinauf und erblickte in der Halle in der Nähe der Tür eine elegant angezogene Dame im langen Kleid mit hochtoupierten Haaren, die sich mit Rossi unterhielt.

»Dottoressa Bettini! Ich dachte schon, Sie kämen nicht mehr. Signora Foderaro, ich möchte Ihnen diese junge Dame vorstellen, sie ist auch meine rechte Hand.«

»Sehr erfreut. Ich bedaure nur, dass wir schon gegessen haben. Aber kommen Sie nur, lassen Sie uns nach meinem Mann Ausschau halten«, sagte Signora Foderaro, während sie ihr die Hand reichte.

Irene fühlte sich, als müsse sie tot umfallen. Sie war gerade noch rechtzeitig nach Rom zurückgekehrt, um den Wagen auf einem kostenpflichtigen Parkplatz in der Nähe ihrer Wohnung abzustellen. Sie hatte beschlossen, die Disketten im Auto zu lassen. Dann hatte sie schnell geduscht, sich ein langes Kleid mit Trägern angezogen, versucht, den Kratzer auf der Wange zu überschminken, und war zu ihrer Einladung geeilt. Jetzt wurde sie fast ohnmächtig vor Hunger, trotzdem lächelte sie und entschuldigte sich für die Verspätung.

Auf einem langen Flur folgte sie den beiden durch das Haus. Große, prunkvoll eingerichtete Räume tauchten flüchtig vor ihr auf.

Sie hätte sich in einem solchen Haus nie wohl gefühlt.

»Wenn Sie möchten, können Sie Ihre Sachen hier lassen.« Sie waren vor einem Raum stehengeblieben, der als Garderobe diente. Sofort kam ein Mann auf Irene zu, dem sie den schwarzen Spitzenschal und ihre Tasche übergab, nachdem sie Zigaretten und Feuerzeug herausgenommen hatte. Sie betrachtete den Raum mit den ordentlich aufgereihten Kleiderständern. Der Mann reichte ihr eine runde Marke, und sie dachte, dass allein dieser Raum größer sei als ihre ganze Wohnung.

Sie gingen weiter den Flur entlang und traten durch eine große Tür an der Rückseite des Hauses. Ein riesiger, von Fackeln erleuchteter Garten wurde von hochstämmigen Bäumen begrenzt, unter denen sie Platanen, Magnolien, Trauerweiden und Pinien erkannte. Hinter einem großen Tisch mit Flaschen, Kristallgläsern, angeschnittenen Torten standen zwei Kellner und bedienten die Gäste. Etwa hundert Personen saßen an runden Tischen, standen im Garten oder auf der Terrasse, die die Villa umgab. Links von ihr auf einer Holztribüne spielte eine Band Jazz, einige Paare tanzten auf einer quadratischen Tanzfläche.

Signora Foderaro ging, um ihren Ehemann zu suchen, Rossi blieb bei einem Bekannten stehen und unterhielt sich mit ihm. Irene nahm ein Glas mit einer klaren Flüssigkeit von dem Tablett, das ihr der Kellner reichte, lehnte sich gegen das Geländer und beobachtete das Schauspiel, das sich ihr bot. Alle sahen sehr elegant aus, besonders die Frauen, sie trugen Kleider, die, wie Irene im Stillen ausrechnete, ein Vielfaches ihres eigenen Monatsgehaltes gekostet hatten. Alle wirkten heiter und gelöst, in ihre jeweiligen Gespräche vertieft, und sie fühlte sich hier fehl am Platz. Sie betrachtete die Band, die aus einer jungen Sängerin, einem Saxofonisten und einem Pianisten bestand. Die drei waren jung und lässig gekleidet, auch wenn sie ausschließlich Schwarz trugen. Sie wirkten, als seien sie die einzig normalen Leute auf dem Fest, die Einzigen, mit denen Irene gerne ein bisschen geplaudert hätte.

Voller Sehnsucht dachte sie an ihr Bett, als man nach ihr rief. Es war Signora Foderaro, die sie zu sich winkte. Irene ging die Stufen der Terrasse hinunter auf die Frau zu, die durch ihr toupiertes Haar mindestens zwanzig Zentimeter größer aussah. Foderaro stand neben ihr und unterhielt sich mit einem kleinen, fast kahlen Mann.

»Mein Lieber, Dottoressa Bettini ist jetzt gekommen.«

Foderaro unterbrach sein Gespräch und wandte sich ihr zu.

»Was für eine schöne Überraschung! Ich wusste gar nicht, dass Sie auch ... Ach, jetzt erinnere ich mich! Rossi hat mir erzählt, er würde sie mitbringen. Was haben Sie denn mit Ihrer Wange gemacht?«

»Ach, das ist nichts, ein kleiner Unfall ...«

»Ich verstehe. Dottoressa, das ist Dottore Greco, Staatsanwalt der Antimafia-Bezirksstaatsanwaltschaft. Dottore Greco, das ist Dottoressa Bettini, eine sehr fähige Mitarbeiterin.«

Irene erwiderte den kräftigen Händedruck Grecos und dachte dabei, dass Italien das einzige europäische Land ist, in dem man jedem Menschen unbedingt einen Titel verpassen musste. In einer Radiosendung hatte sie gehört, in anderen Ländern würde man nur promovierte Mediziner mit Dottore anreden, allein in

Italien waren die möglichen Voraussetzungen für einen Titel nahezu unendlich. Wer einmal als Bevollmächtigter für eine Hauseigentümergemeinschaft aufgetreten war, wurde für den Rest seines Lebens *Presidente* genannt.

Greco sagte ihr gerade, er hätte nur Gutes über sie gehört. Seine hellen Augen waren sympathisch und sein kantiges Gesicht wirkte wie in Stein gemeißelt.

Irene hing dem Gedanken nach, dass Foderaros Begrüßung sie verblüfft hatte.

Als Rossi sie eingeladen hatte, war sie davon überzeugt gewesen, er hätte ihr eine Einladung des Hausherrn übermittelt. Foderaro aber hatte gesagt, dass Rossi sie mitgebracht hätte. Suchend schaute sie sich nach ihrem Vorgesetzten um, aber sie konnte ihn nirgendwo entdecken. Sie hörte, wie Greco weitersprach, während Foderaro sich Arm in Arm mit seiner Frau entfernte.

»Entschuldigen Sie?«

»Wissen Sie, wer mir von Ihnen erzählt hat?«

»Ich kann es mir nicht vorstellen.«

»Taddei. Ich habe ihn vor ein paar Monaten kennengelernt und wir haben uns seitdem oft getroffen. Ich kann immer noch nicht glauben, was passiert ist.«

»Ich auch nicht.«

»Ich hoffe nur, er erholt sich so bald wie möglich.«

Irene hatte keine Ahnung, wie sie das Gespräch fortsetzen sollte, und da sie keine Ausrede fand, sich zu entfernen, sagte sie das, was ihr als Erstes in den Sinn kam.

»Wie ich sehe, kennen Sie Foderaro.«

»Ja, wir haben zusammen studiert, waren im gleichen Semester. Dann hat uns die Arbeit erneut zusammengebracht.«

Grecos Augen schienen sie zu fragen, ob sie wisse, worauf er gerade anspielte.

»Seine Einladung heute Abend habe ich nur angenommen,

weil ich dachte, auf irgendeine Weise bessere Kontakte mit den Menschen aus Ihrem Bereich zu bekommen.«

Ohne den Blick von ihr abzuwenden, trank Greco einen Schluck Wein. Irene fühlte sich immer unbehaglicher, aber sie wagte nicht, ihn zu unterbrechen.

»Hören Sie, Dottoressa, eigentlich habe ich gehofft, Sie hier zu treffen. Ich wollte mit Ihnen über eine sehr heikle Angelegenheit sprechen, wenn wir also ...«

Eine tiefe Stimme schreckte sie auf.

»Na endlich, da bist du ja, Giovanni!«

Beide sahen Lo Parco an, der in diesem Augenblick Irenes Anwesenheit bemerkte.

»Sie sind auch hier, Dottoressa Bettini?«

»Ihr kennt einander?«, fragte Greco.

»Erst seit heute Morgen. Ich habe sie als Zeugin im Fall Taddei anhören müssen.« Irene spürte, eine Unterhaltung mit gleich zwei Staatsanwälten würde sie nicht überstehen, und fand gerade noch die Kraft zu stottern, sie hole sich etwas zu trinken. Sie fragte sich, was Greco ihr wohl sagen wollte, ließ sich einen Gin Lemon mixen und schlenderte ohne ein festes Ziel durch den Garten. Sie kannte hier kaum Leute, die meisten nur vom Sehen, weil sie ihr in dem Gebäude, in dem sie arbeitete, über den Weg gelaufen waren. Irene setzte sich auf den ersten freien Stuhl, den sie finden konnte, und folgte einer Unterhaltung, die sich um Scalfaros letzte Rede vor dem neugebildeten Obersten Rat der Richter und Staatsanwälte drehte.

»Ich bin seiner Meinung. Wo kämen wir denn da hin, wenn nicht einmal Urteile und Richter respektiert werden.«

»Man muss zunächst einmal sehen, um welche Urteile und welche Richter es sich handelt.«

»Du irrst dich, hier Unterschiede zu machen hieße, den Politikern Recht zu geben, die sagen, der Richterpool der Mani Pulite verfolge einige Parteien.«

»Meiner Meinung nach ist genau das der Fall. Scalfaro selbst hat hinzugefügt, die Richter sollten ihre Arbeit machen und nicht versuchen, das Parlament oder die Regierung zu ersetzen.«

»Das scheint mir ein beliebtes Argument zu sein. Es wird immer dann hervorgeholt, wenn die Staatsanwaltschaft mit ihren Untersuchungen die Sphäre der Politik berührt.«

»Ich teile seine Auffassung. Natürlich muss Scalfaro als Staatspräsident neutral bleiben und darf niemanden bevorzugen.«

Durch eine Gruppe, die sich gerade an einem Tisch links von ihr erhob, wurde Irene abgelenkt. Dahinter sah sie Rossi neben der Frau sitzen, der sie im Krankenhaus begegnet war.

Schnell versuchte sie sich abzuwenden, aber Rossi hatte sie schon gesehen und winkte sie zu sich. Während sie unwillig gehorchte, verfluchte sie sich noch einmal, die Einladung angenommen zu haben.

»Dottoressa Bettini, das ist Anna Taddei.«

Irene hoffte inständig, dass die beiden nicht die brennende Röte bemerkten, die ihr ins Gesicht stieg.

»Es tut mir sehr leid wegen ihres Mannes.«

»Danke.«

»Wie geht es ihm? Hat sich sein Zustand gebessert?«

»Leider nein. Ich habe heute Nachmittag mit den Ärzten gesprochen. Dass er das Bewusstsein noch nicht wiedererlangt hat, ist kein gutes Zeichen.«

Anna Taddei hatte Stil. Vom eleganten dunkelblauen Kostüm über die kleinen Perlenohrringe bis zu ihrem schmalen, ovalen Gesicht. Doch selbst ihrem Make-up gelang es nicht, die tiefen Augenringe verschwinden zu lassen, die ihren Blick verdunkelten.

Irene spürte genau, dass sie diesen direkten Vergleich keinen Moment länger aushielt.

»Entschuldigt, aber ich muss jetzt wirklich gehen.«

»Sie sind doch gerade erst gekommen«, protestierte Rossi und legte ihr eine Hand auf den Arm, wodurch er verhinderte, dass sie aufstand.

»Ja, aber ich bin sehr müde.«

»Sie sind tatsächlich sehr blass. Haben Sie heute Abend schon etwas gegessen?«

Als Irene den Kopf schüttelte, bat Anna Taddei Rossi, ihr ein Sandwich zu holen.

»Auch in den schlimmsten Augenblicken darf man das Essen nicht vergessen. Aber, haben wir uns nicht schon einmal irgendwo gesehen?«

Schlimmer konnte es nicht kommen. Jetzt konnte sie natürlich erzählen, dass sie in ihrer Freizeit das medizinische Personal unterstützte und es zu ihren Aufgaben gehörte, den Tropf auszuwechseln. Doch sie verwarf diese Möglichkeit und beschränkte sich darauf zu lächeln.

Glücklicherweise kam Rossi in diesem Augenblick mit einem Teller an ihren Tisch zurück. Er stellte ihn hin und verschwand sofort wieder.

»Vielleicht habe ich es mir auch nur eingebildet. Seltsam, denn ich habe ein ausgezeichnetes visuelles Gedächtnis und erinnere mich immer an Menschen, sogar wenn ich ihnen nur ein einziges Mal begegnet bin.«

Irene biss in ein Lachsbrötchen. Wenn sie das überlebte, hatte sie eine Geschichte, die sie noch ihren Enkeln erzählen konnte.

»Arbeiten Sie schon lange beim Geheimdienst?«

»Ungefähr drei Jahre.«

»Aber Sie sind doch jung, wie alt sind Sie denn?«

»Dreißig.«

»Und womit beschäftigen Sie sich genau? Ich hoffe, meine Fragen sind Ihnen nicht unangenehm?«

Irene trank den letzten Schluck ihres Gin Lemon aus und machte sich damit Mut.

»Nein, überhaupt nicht. Ich arbeite im Archiv.«

»Und wie haben Sie meinen Mann kennengelernt?«

»Er hat mich gebeten, ihm einige Informationen über die Funktionsweise unseres Archivs zu geben.«

Eine schrille Stimme unterbrach sie und fragte:

»Na, amüsiert ihr euch?«

Am liebsten hätte Irene Signora Foderaro auf ihre toupierten Haare geküsst. Sie stand auf und verabschiedete sich von den beiden Frauen, dann entfernte sie sich schnellen Schrittes, bevor die beiden sie noch einmal in die Zange nehmen konnten.

In der Garderobe musste sie ein paar Minuten warten, bis der junge Mann kam und ihre Marke entgegennahm.

Als sie ihre Wohnung betrat, klingelte das Telefon. Sie legte ihre Handtasche auf den Schreibtisch und nahm ab.

»Irene, endlich! Ich versuche schon den ganzen Abend, dich zu erreichen, was ist passiert?«

Verflixt, sie hatte vergessen, ihren Vater anzurufen. Sie entschuldigte sich bei ihm und log, die Fahrt sei ergebnislos verlaufen. Dabei ließ sie das unbedeutende Detail aus, dass sie von den zwei Gaunern verfolgt worden war, die sie beraubt hatten. Hätte ihr Vater hätte davon erfahren, bestimmt hätte er sie gezwungen, Anzeige zu erstatten.

Nachdem sie das Gespräch beendet und ihm versichert hatte, sie würde ihn über jede Neuigkeit auf dem Laufenden halten, ging sie ins Bad. Sie schminkte sich ab und putzte ihre Zähne. Aus ihren Haaren rieselten immer noch ein paar Körnchen Sand, aber sie fand nicht die Kraft, noch einmal zu duschen, und legte sich mit einem Seufzer der Erleichterung ins Bett.

Was auch immer tagsüber passiert sein mochte, in den Minuten vor dem Einschlafen fühlte sie sich normalerweise sicher und geborgen.

Aber an diesem Abend zogen Dutzende von Bildern durch ihren Kopf und überschlugen sich beinahe. Jeder Versuch, sie zu verjagen, blieb sinnlos. Sie öffnete in der Dunkelheit die Augen. Etwas beunruhigte sie plötzlich ganz besonders.

Sie schaltete die Nachttischlampe an und ging in ihr Wohnzimmer. Aufmerksam betrachtete sie ihren Schreibtisch. Ein Stapel Bücher, der Computer, eine blaue Mappe mit Notizen über einen Bericht, den sie vorbereitete ... Als sie das letzte Mal hier gearbeitet hatte, das war länger als eine Woche her, hatte sie ihre Notizen über den Tisch verstreut, während sie diese in den Computer eingab. Als sie alles wieder zusammenpackte, hatte sie das Blatt, an dem sie gerade arbeitete, neben die Tastatur gelegt.

Das Blatt war nicht mehr da. Sie öffnete die Mappe und fand es zwischen den anderen. Die übrigen Sachen auf dem Tisch schienen unverändert zu sein, genauso wie der Inhalt von vier Schubladen, die sie durchsuchte.

Vielleicht sah sie langsam Gespenster. Sie war sich nicht sicher, ob sie ein Blatt hatte liegenlassen. Sie ging ins Schlafzimmer zurück und öffnete eine Schublade ihrer Kommode.

Es war nicht mehr da! Sie zog die Schublade heraus und kippte den gesamten Inhalt auf ihr Bett. Das Briefchen, das Taddei ihr mit den Ohrringen geschickt hatte, es hatte sich in Luft aufgelöst. Sie war sicher, es dorthin gelegt zu haben. Sie blätterte zwei Bücher durch und schüttelte sie aus. Nichts. Dann ging sie wieder ins Wohnzimmer, öffnete von neuem Schubladen, drehte jedes Blatt Papier um, ließ ihren Blick über sämtliche Bücher an der Wand schweifen, aber alles schien in Ordnung zu sein. Langsam zweifelte sie daran, dass sie das Briefchen in diese Schublade gelegt hatte. Sie verwünschte ihre Unordnung, die dazu führte, dass sie Dinge verlegte und nie mit Sicherheit wusste, wo sie diese das letzte Mal gelassen hatte.

Trotzdem war sie sich ziemlich sicher. Sie öffnete die Eingangstür und betrachtete das Schloss, beugte sich so weit hinunter, bis ihr Gesicht nur wenige Zentimeter von dem Sicherheitsschloss entfernt war. Einige Kratzer um das Schlüsselloch fielen ihr auf. Wer weiß, wie lange es die schon gab. Vielleicht von ihr selbst verursacht.

Sie schloss zweimal ab und ließ den Schlüssel stecken.

Es war sehr warm und drückend. Irene setzte sich in die Küche und nahm ihr Telefon mit. Sie drückte auf eine Taste und vernahm mit dem Freizeichen ein beinah unhörbares Rauschen, das sie bisher nicht bemerkt hatte. Sie legte auf und stützte den Kopf in die Hände. Vielleicht war sie das Opfer eines akuten Anfalls von Verfolgungswahn. Ihr Kopf wurde wie von einem Ring zusammengepresst, und die Hitze machte alles nur noch schlimmer. Durch die weitgeöffneten Fenster drang kein Luftzug.

Sie goss sich zwei Fingerbreit Pfefferminzsirup in ein Glas. Als sie die Kühlschranktür öffnete, bemerkte sie, dass sie vergessen hatte, eine Flasche Wasser hineinzustellen. Sie verdünnte den Sirup mit Leitungswasser und verzog das Gesicht, als sie den ersten Schluck trank. Sie hatte zwar gehört, lauwarmes Wasser lösche viel besser den Durst als kaltes, dennoch war sie überzeugt, dass nichts sie für das unangenehme Gefühl entschädigen konnte, das sie jedes Mal empfand, wenn sie es ausprobierte. Sie nahm eine Schale mit Eiswürfeln aus dem Tiefkühlfach. Gerade wollte sie die Tür schließen, da blieb Irene die Luft weg. Sie warf den Behälter ins Spülbecken und holte den gesamten Inhalt aus dem Eisfach heraus. Zwei Schachteln mit Spinat und Erbsen, ein zweiter Behälter für Eiswürfel, eine Tüte mit Tiefkühlminestrone. Sie hatte sich nicht geirrt: Ganz hinten lag eine schwarze Tüte, die sie noch nie gesehen hatte. Als sie sie hochnahm, spürte sie ihr Gewicht. Sie wusste sofort, was sie enthielt, noch bevor sie die Tüte geöffnet hatte und die riesige, bedrohlich wirkende Pistole in der Hand hielt.

Heftige Schläge gegen ihre Tür durchbrachen wie Donner die Stille, in der das gesamte Haus um zwei Uhr nachts lag.

»Öffnen Sie die Tür! Polizei!«

Irene starrte die Pistole in ihrer Hand an. Vielleicht hatte sie sich zu Recht verfolgt gefühlt.

Die Tür hallte noch von den Schlägen wider und vibrierte, als sie öffnete. Vor ihr standen mehrere Polizisten mit gezogenen Waffen und schauten sie ein wenig verblüfft an. Vielleicht hätten sie die Tür lieber eingeschlagen. Der Anblick einer jungen Frau, die nur mit einem gestreiften Nachthemd bekleidet war und sie erstaunt ansah, verschlug ihnen für einen Moment die Sprache.

Ein Mann mit Anzug und Krawatte trat vor und sah sie ausdruckslos an. Lo Parco.

Er war genauso gekleidet wie ein paar Stunden zuvor. Irene, die sich lächerlich und hilflos in ihrem Nachthemd fühlte, nahm das Papier, das er ihr hinhielt. Sie sah es an und brauchte ein paar Augenblicke, um die Situation richtig zu erfassen.

»Der Durchsuchungsbefehl.«

Einige Polizisten betraten die Wohnung. Irene setzte sich im Wohnzimmer auf ihr Sofa, während sie das Dokument las, in dem es hieß, es gebe zwingende Gründe anzunehmen, dass sie in ihrer eigenen Wohnung die Waffe aufbewahre, mit der der Mordversuch an Taddei verübt worden sei. Sie sah, dass gegen Unbekannt ermittelt wurde.

Etwa zwanzig Minuten lang brachten die Beamten jeden Quadratzentimeter ihrer kleinen Wohnung durcheinander, bis sie sich alle im Wohnzimmer um Lo Parco scharten, der hinter ihr stehengeblieben war.

»Wir haben nichts gefunden, Dottore.«

»In Ordnung ... dann können wir jetzt gehen.«

Lo Parco machte zwei Schritte auf die immer noch offenstehende Tür zu.

»Verzeihen Sie, Signorina Bettini, hätten Sie ein Glas Wasser für mich?«

»Sicher. Kommen Sie.«

Irene ging in die Küche, der Staatsanwalt folgte ihr. Die anderen blieben im Wohnzimmer.

»Ich habe nur Leitungswasser, möchten Sie lieber einen Fruchtsaft?«

»Wasser genügt.«

Irene ließ das Wasser ein wenig laufen und reichte ihm schließlich das gefüllte Glas.

Lo Parco trank einen Schluck, dann schaute er genauso wie sie kurz zuvor und ging zum Kühlschrank.

»Darf ich?«

Ohne Irenes Antwort abzuwarten, öffnete er die Tür zum Eisfach und nahm den Eiswürfelbehälter heraus, den sie wieder hineingestellt hatte. Er drehte ihn über dem Spülbecken um, hielt mit der Hand ein paar Eiswürfel zurück und gab sie dann in sein Glas.

Als er das Glas auf der Marmorfläche abstellte, kam ein Polizist herein und flüsterte ihm etwas ins Ohr. Der unstete Blick des Staatsanwalts schien Irene gleichsam zu durchbohren, als er sie aufforderte, ihn sofort in sein Büro zu begleiten.

Wieder saßen sie einander gegenüber wie an jenem Morgen. Nur war es jetzt mitten in der Nacht, und sie hatte gerade eine Wohnungsdurchsuchung hinter sich. Vor dem Gehen hatte sie sich hastig ausgeblichene Jeans und eine kurzärmelige Bluse aus dem Kleiderhaufen angezogen, den die Beamten auf das Bett geworfen hatten, als sie die Schränke leerten. Ihre dunklen, welligen Haare fielen ihr über die Schultern und in die Stirn. Sie gähnte und nahm sich eine Zigarette aus dem Päckchen, das sie auf den Schreibtisch gelegt hatte.

»Signorina, ihre Lage ist äußerst prekär geworden. Ich habe

Ihre Wohnung durchsuchen lassen, weil meine Männer heute Abend einen Juwelier befragt haben, dessen Geschäft sich in unmittelbarer Nähe Ihres Büros befindet. Er hat die Ohrringe wiedererkannt, die ich Ihnen in unserem ersten Gespräch gezeigt habe. Und er hat gesagt, Taddei habe sie gekauft und einen Namen und eine Adresse genannt, an die sie geliefert werden sollten. Es war derselbe Abend, an dem er niedergeschossen wurde. Wir haben auch den Boten befragt, der sie gebracht hat. Ich glaube, ich brauche Ihnen nichts weiter zu sagen.«

»Aber was hat das alles mit der Pistole zu tun, von der Sie glaubten, sie bei mir zu finden?«

»Man hat mir heute Abend nicht nur die Sache mit den Ohrringen mitgeteilt. Unmittelbar zuvor hatte die Telefonzentrale des Präsidiums auch einen anonymen Anruf erhalten, in dem es hieß, Sie würden die Waffe in Ihrer Wohnung verstecken.«

Irene lehnte sich seufzend in ihrem Stuhl zurück. Irgendjemand, der da draußen herumlief, mochte sie wirklich gern!

»Außerdem hat man mich darüber informiert, dass dieses Briefchen mit abgegeben wurde.«

Er legte ein zweifach gefaltetes Blatt vor sie hin. Irene hatte kein Bedürfnis, es zu öffnen.

»Erkennen Sie es? Was erzählen Sie mir nun über die Ohrringe? Sind Sie immer noch überzeugt, sie noch nie gesehen zu haben?«

In der Vergangenheit hatte man ihr manchmal vorgeworfen, sie sei zu vernünftig, zu wenig bereit, sich von ihren Gefühlen leiten zu lassen. Aber sie war sicher, Taddei wäre anderer Meinung, schon aufgrund der Zwickmühle, in die sie sich gebracht hatte, um ihm zu helfen!

»Ich habe Ihnen eine klare Frage gestellt, Signorina.«

»Ja, es stimmt. Er hat mir die Ohrringe geschenkt und dieses Briefchen lag dabei. An jenem Abend hatte er mich zum Essen in seine Wohnung eingeladen, und als ich gegangen bin, habe ich die Ohrringe auf einem Möbelstück vergessen. Aber glauben Sie mir, ich habe nicht auf ihn geschossen! Ich hatte keinen Grund, das zu tun! Als ich gegangen bin, ging es ihm gut, er wollte gleich schlafen gehen!«

Sie merkte selbst, dass ihre Worte unsicher und falsch klangen.

»Es ist meine Pflicht, Ihnen zu sagen, dass Sie von jetzt an das Recht haben, keine meiner Fragen zu beantworten, da schwerwiegende Beweise einer Straftat gegen Sie vorliegen. Sie haben das Recht, sich durch einen Anwalt Ihres Vertrauens vertreten zu lassen, andernfalls wird Ihnen von amtlicher Seite ein Verteidiger gestellt.«

8

Das Mädchen, das um vier Uhr morgens auf den Stufen eines großen Palazzos am Piazzale Clodio saß, seine Ellenbogen auf die Knie stützte und den Kopf nach vorn beugte, sah aus wie eine der zahllosen Jugendlichen, die von zu Hause abhauen und sich danach mehr schlecht als recht durchschlagen.

Ettore Siniscalchi fuhr im Schritttempo in einem großen dunkelblauen Wagen den Platz ab, sah sie und hielt an. Er öffnete das Fenster auf der Beifahrerseite und rief ihren Namen, in der Hoffnung, sich nicht geirrt zu haben.

»Irene!«

Sie hob den Kopf. Auf ihrem Gesicht, das im Licht der Straßenlaterne weiß aussah, breitete sich ein Lächeln aus. Irene stand auf und stieg in den Wagen.

»Danke, dass du gekommen bist. Nach allem, was passiert ist, wusste ich einfach nicht, was ich tun sollte. Ich hatte Angst, nach Hause zu gehen, und da habe ich mich an dich erinnert.«

»Das hast du ganz richtig gemacht, aber was ist denn nun passiert?«

Siniscalchi fuhr langsam durch menschenleere Straßen. Er blickte kurz zu Irene hinüber, und sie entdeckte auf seinem hellen, feinporigen Gesicht noch das Muster des Kissens.

»Es tut mir leid, dass ich dich aus dem Bett geholt habe.«

»Das macht nichts, ich habe dir doch gesagt, du sollst mich

zu jeder Tages- und Nachtzeit anrufen, wenn du mich brauchst. Aber wieso hat Lo Parco dich um diese Zeit verhört?«

Irene schwieg ein paar Sekunden, dann begann sie zu reden. Zunächst erzählte sie von dem Treffen mit Taddeis Mutter, dann, wie sie die Disketten gefunden hatte, von den beiden Kerlen, die sie ausgeraubt und in San Vincenzo eingeholt hatten, von der Party bei Foderaro. An dieser Stelle unterbrach sie Ettore.

»Weißt du eigentlich, dass ich auch dort war? Ich habe dich gesehen, als du weggingst, und es nicht mehr geschafft, dich anzusprechen.«

Irene überging seine Bemerkung und fuhr fort, die sich überschlagenden Ereignisse zu schildern, bis zu dem Moment, als Lo Parco ihr gesagt hatte, sie habe jetzt das Recht auf einen Anwalt, da man sie verdächtige, auf Taddei geschossen zu haben.

»Kannst du dir das vorstellen? Ich wusste nicht, ob ich lachen oder weinen sollte. Es kam mir vor, als sei ich aus Versehen in eine Filmszene geraten. Der Staatsanwalt, der mich finster ansah und ich, die sich immer schuldiger fühlte, je öfter ich beteuerte, nichts zu wissen. Ich hoffe, wenigstens du glaubst mir.«

»Natürlich, was denkst du denn? Ich weiß, dass du es nicht gewesen bist. Entschuldige, aber was hast du mit der Pistole gemacht?«

»Ach ja, das habe ich dir noch nicht erzählt. Darauf kommst du nie. Ich habe sie in einer Wassermelone versteckt.«

»In einer Was...sermelone?«

»Ja. Ich stand vor dem Kühlschrank, hielt die Pistole in der Hand und die Polizei hämmerte an meine Tür. Da habe ich die große Wassermelone gesehen, ich hatte sie vor ein paar Tagen gekauft und noch nicht angebrochen. Ich habe ein rechteckiges Stück herausgeschnitten, ein wenig Fruchtfleisch herausgeholt und die Pistole reingebohrt. Dann habe ich das Stück Schale wieder eingesetzt und so die Öffnung geschlossen. Zum Glück kam niemand auf die Idee, sie in die Hand zu nehmen.«

Irene fing an zu lachen, bis ihr Tränen in die Augen traten.

Die Straßenbeleuchtung war seit ein paar Minuten ausgeschaltet, und das Licht des anbrechenden Morgens legte sich über die noch menschenleere Stadt.

Ettore hielt an, er war es leid, ziellos durch die Gegend zu fahren.

»Und jetzt? Soll ich dich nach Hause fahren?«

»Was sagst du da! Glaubst du, ich hätte dich angerufen, wenn ich dorthin zurückkönnte? Wer mich verfolgt und meine Wohnung betreten hat, wartet vielleicht nur darauf!«

Ettore starrte mit gesenktem Kopf auf seine Hände, die auf dem Lenkrad lagen.

»Entschuldige, Ettore, ich habe keinen Grund, mich mit dir anzulegen. Ich bin einfach müde und verängstigt.«

»Keine Sorge, Irene, ich verstehe dich. Also, was hast du jetzt vor?«

»Keine Ahnung. Vielleicht bleibt mir ja nichts anderes übrig. Aber ich möchte gern Robertos Disketten ansehen und habe Angst, die Diebe oder die Polizei nehmen sie mir ab, sobald ich nach Hause zurückkehre.«

»Hör mal, ich habe eine Idee. Mir gehört ein Apartment in Parioli, normalerweise vermiete ich es an ausländische Studenten. Der Junge, der jetzt dort wohnt, ist vor ein paar Tagen in Urlaub gefahren und kommt vor Anfang September nicht zurück. Wenn du möchtest, kannst du ein paar Tage dort bleiben.«

Irene zündete sich eine Zigarette an und zog daran. Sie spürte, wie ihr Kopf zu pochen begann.

»Ich finde, das ist eine gute Idee. Fährst du bitte am Parkplatz vorbei, wo ich den Wagen meines Vaters abgestellt habe, damit ich die Disketten holen kann?«

Siniscalchi folgte ihrer Wegbeschreibung und wartete dort auf sie.

»Vielleicht ist es sicherer, wenn du sie mir gibst, Irene«, sagte er, als sie zurückkam.

Irene überlegte schweigend.

»Hast du daran gedacht, dass man sie bei der Leibesvisitation findet, bevor du dein Büro betreten hast? Du müsstest sie zu Hause lassen und sie noch heute ansehen. Ich habe jetzt mehr Zeit als du ...«

»Du hast recht. Ich kann dir einen Computer leihen, der bei mir zu Hause steht. Ich komme später vorbei und bring ihn dir.«

Nach etwa zehn Minuten erreichten sie eine breite, baumbestandene Straße, die Irene nicht kannte. Sie parkten vor einem weißen Wohnhaus, das genauso aussah wie eine Reihe anderer Häuser in der Straße. Mit dem Fahrstuhl fuhren sie in den dritten Stock, dort betraten sie einen großen Raum.

Siniscalchi löste zwei Schlüssel aus seinem Bund und legte sie auf den Esstisch in der Mitte des Zimmers. Eine Kochzeile an der gegenüberliegenden Wand, eine Bettcouch unter den beiden Fenstern und ein Wandschrank gegenüber machten das Zimmer einladend. Vielleicht lag es auch an der geschmackvollen Farbgebung und der Tatsache, dass im Zimmer nur wenige Möbel standen. Siniscalchi zeigte ihr den Schalter für den Boiler in dem Minibad und den Gashahn in der Kochzeile.

»Du kannst gern telefonieren. Brauchst du noch etwas?«

»Nein danke, du hast schon zu viel für mich getan.«

»Dann sehen wir uns in ein paar Stunden.«

Siniscalchi wollte gerade gehen, als eine Frage Irenes ihn aufhielt.

»Ja, das denke ich auch, die Männer, die dir gefolgt sind, haben auch auf Taddei geschossen. Oder ich bin zumindest sicher, dass sie in die Angelegenheit verwickelt sind. Bleibt noch die Frage, wer den Befehl dazu erteilt hat. Taddei muss, als er den Verantwortlichen für die undichte Stelle entdeckt hat, sich irgendwie verraten haben. Und er wurde aufgehalten, bevor er es jemandem von uns mitteilen konnte. Ich glaube, die Schuldigen sind ziemlich in Panik, wenn er sich erholt, sind sie geliefert. Und für den Fall, dass er stirbt, versuchen sie alle Beweise zu vernichten.«

Irene tat so, als habe sie seine letzten Worte nicht gehört.

»Weißt du ganz sicher, dass Roberto dir keinen Hinweis gegeben hat, irgendetwas, das uns helfen könnte, mehr zu begreifen?«, fragte Irene.

»Darüber zerbreche ich mir schon den ganzen Tag den Kopf, aber ich glaube nicht. Das Einzige, aber es scheint mir keine bedeutende Spur zu sein, ist, dass Taddei sich mehrmals mit einem Leiter der Geschäftsstelle in der Staatsanwaltschaft getroffen hat, einem gewissen Grassi. Ich weiß davon, weil ich ihn öfter gefahren habe, ein paar Mal auch dorthin. Taddei hat mir erzählt, dass die Informationen, die man an die Mafia weitergegeben hat, nicht nur aus unseren Büros, sondern auch aus denen der Staatsanwaltschaft von Rom kamen. Da ein Zusammenhang besteht, war es wichtig, über beide Sicherheitslücken Informationen einzuholen. Taddei stand auch in dauerndem Kontakt mit Signor Greco, der die Untersuchung in der Staatsanwaltschaft leitete. Irene, ich gehe jetzt, ehe ich zusammenbreche ... gute Nacht.«

»Gute Nacht.«

Als Siniscalchi klingelte, war es acht Uhr morgens, und Irene fühlte sich so, als hätte sie kaum Zeit gehabt, einzuschlafen.

Hastig zog sie sich die Sachen vom gestrigen Abend an und betrachtete verblüfft den Mann, der frisch und ausgeruht wirkte. Siniscalchi stellte den Computer auf den Tisch, legte ein paar Zeitungen daneben und ging, nachdem er gesagt hatte, er würde sie später anrufen und sie solle sich sofort bei ihm melden, wenn sie etwas entdeckt hätte. Während sie ihren Espresso trank, blätterte Irene in aller Eile die Zeitungen durch, aber sie entdeckte nichts Neues über die laufenden Ermittlungen. Erleichtert atmete sie auf.

Sehnsüchtig betrachtete sie das benutzte Bett, aber sie zwang sich, mit der Arbeit zu beginnen. Im Umschlag lagen drei Disketten. Sie schob die erste ins Laufwerk des Computers und begann, die Dateien durchzugehen. In einem Schrank fand sie unbenutztes Papier und legte es auf den Tisch. Drei Stunden lang las sie, ohne etwas Interessantes zu entdecken. Ihre Augen brannten, als würden Hunderte von Nadeln ihre Pupillen durchbohren. Gegen elf zündete sie sich die erste Zigarette an. Sie schmeckte bitter, wie immer, wenn sie eine Nacht nicht geschlafen hatte. Irene schwor sich, wenn diese Geschichte gut ausging, würde sie aufhören zu rauchen.

Gegen halb zwei verließ sie die Wohnung und fand in der Nähe ein Geschäft, in dem sie Jeans, eine kurzärmelige Bluse, einen Pulli, Unterwäsche zum Wechseln, ein Nachthemd, Sportschuhe und eine Handtasche kaufte. Danach betrat sie eine Bar und aß ein Brötchen. Sie schmeckte kaum mehr als die Mayonnaise, mit der es gefüllt war. Schließlich schlenderte sie zurück. Nach dem gestrigen Platzregen war die Luft frischer und kühler als sonst. Heute, am ersten August, waren viele Leute schon in Urlaub gefahren. Endlich herrschte weniger Verkehr auf den Straßen.

Sie flanierte an Schaufenstern mit Einrichtungsgegenständen, Badeanzügen, Damenunterwäsche, Messern, Angeln und Gummistiefeln vorbei; ein Damensalon, farbenfroh gemusterte Teller und Gläser in verschiedenen Formen.

Abrupt blieb sie stehen und ging so schnell zurück, wie ihre Stilettos es erlaubten.

Sie betrat den kleinen Damensalon. Eine Frau mittleren Alters, die Haare von einer Dauerwelle aufgeplustert, saß in einem pinkfarbenen Sessel und blätterte in einer Zeitschrift.

Irene fröstelte. Einen Augenblick lang sah sie zur Tür und dachte, dass sie sich immer noch anders entscheiden konnte.

»Möchten Sie etwas, Signorina?«

Der kehlige Tonfall der Signora, die wie ein Hafenarbeiter klang, verbesserte keineswegs den Gesamteindruck.

»Ich überlege, ob ich mir die Haare abschneiden lasse.«

Die Frau presste die Lippen zusammen, sie waren von einem grellen Pink, wie der Sessel, und schaute auf die Uhr.

»Zu spät, kommen Sie heute um vier wieder.«

Der unerwartete Widerstand ließ Irene hartnäckig werden.

»Bitte, ich fahre in Urlaub und wollte sie mir tatsächlich abschneiden lassen. Ich glaube nicht, dass es lange dauert.«

Seufzend bewegte die Friseurin ihren massigen Körper, den sie in einen Kittel gezwängt hatte, der ihre Kurven betonte, und deutete barsch auf den Stuhl für die Haarwäsche. Nach diesem Eingriff und das bei einer Temperatur, die Irenes Hirn fast zum Kochen gebracht hätte, ließ sie sie auf einem Stuhl Platz nehmen, der bereits bessere Zeiten gesehen hatte.

»Wie wollen Sie's denn haben?«

Irene betrachtete im Spiegel das schwammige Gesicht der Frau, ihre blondierten Haare mit dem dunklen Haaransatz. Die Friseurin griff nach einer großen Schere. Irene spürte, wie sie in jedem anderen Augenblick ihres Lebens jetzt die Flucht ergriffen hätte. Stattdessen sagte sie:

»Ganz kurz. Machen Sie den Schnitt, wie Sie wollen. Ich möchte sie auch färben lassen.«

»Das ist nicht mehr drin. Es dauert mindestens eine Stunde. Wenn Sie wollen, verkaufe ich Ihnen eine Tönung, und Sie können es später selber machen.«

Irene nickte. Mit Bedauern beobachtete sie, wie ihre langen Locken auf den Boden fielen. Sie konnte sich nicht erinnern, wann sie zum letzten Mal kurze Haare getragen hatte. Vielleicht in der Mittelstufe oder in der ersten Klasse der Oberstufe.

Sie blätterte in einer Zeitschrift, während sie versuchte, im Kopf eine Liste der Dinge aufzustellen, die sie erledigen wollte, wenn sie wieder zu Hause war. Zuerst musste sie ihren Vater über ihr Verschwinden unterrichten. Sie fürchtete die Fragen, die er ihr stellen würde, und ihre totale Unfähigkeit zu lügen, aber zu seinem Besten musste sie ihn aus dieser Geschichte heraushalten.

Der warme Luftstrom des Föns, der mit den Fingern der Friseurin durch ihre Haare strich oder durch das, was von ihnen noch übrig war, rief sie in die Gegenwart zurück. Feine Strähnen von nur vier Zentimetern Länge umrahmten jetzt ihr Gesicht. In diesem jünger aussehenden Gesicht mit den spitz zulaufenden Ohren erkannte sie sich kaum wieder. Ohne die vollen Lippen und die langen Wimpern, die ihre Züge weicher machten, hätte sie für einen jungen Mann durchgehen können.

Sie bezahlte den Haarschnitt und die Packung für die Haartönung und verließ den Laden mit dem Gefühl, eine andere Frau zu sein, als die, die den Laden vor knapp einer Stunde betreten hatte.

In der Wohnung zog sie sich zuerst die Schuhe und die Jeans aus, dann das T-Shirt an, das sie gerade gekauft hatte. In einem Schränkchen aus hellem Holz, auf dem das Telefon stand, entdeckte sie ein Telefonbuch. Sie setzte sich mit übergeschlagenen Beinen auf das noch ungemachte Bett und konzentrierte den Blick auf die Seite, die sie aufgeschlagen hatte. Dann seufzte sie tief und nahm den Hörer ab.

»Hallo?«

»Marta, ich bin's, Irene.«

»Was für ein Zufall, eben hat mich dein Vater angerufen. Er ist ziemlich besorgt, denn er sucht dich schon den ganzen Morgen. Wo bist du denn, im Büro?«

»Nein, ich musste aus dienstlichen Gründen Rom verlassen.«

»Aus dienstlichen Gründen? Aber hast du nicht ab heute Urlaub?«

»Ja, aber es ist etwas dazwischengekommen, und ich habe ihn verschieben müssen. Ich habe schon versucht, Papa anzurufen, aber ich konnte ihn nicht erreichen. In den nächsten Tagen werde ich mich wohl nicht melden können, also informier du ihn bitte.«

»Irene, Moment mal, ich habe nichts verstanden. Wo bist du? Wann kommst du zurück, und wo können wir dich erreichen?«

»Marta, sag Papa nur, es geht mir gut, ich komme in ein paar Tagen zurück und er soll sich keine Sorgen machen. Entschuldige, aber jetzt muss ich wirklich los. Ciao.«

Ohne eine Antwort abzuwarten, legte sie auf und hatte ein etwas schlechtes Gewissen. Sie sah auf die Uhr. Es war fast zwei. Hastig blätterte sie im Telefonbuch, das auf ihren Füßen lag, und wählte eine Nummer.

Sie erklärte dem Telefonisten, mit wem sie sprechen wollte, und wieder hörte sie ein Rufzeichen. Niemand nahm ab. Irene hoffte, dass er nicht zum Mittagessen gegangen war. Sie wollte schon auflegen, als eine Männerstimme mit süditalienischem Tonfall antwortete:

»Wer ist da?«

»Guten Tag, spreche ich mit Signor Grassi, dem Leiter der Geschäftsstelle?«

»Ja, das bin ich, was wünschen Sie?«

»Hören Sie, Sie kennen mich nicht, ich heiße Irene Bettini und bin eine Mitarbeiterin von Dottore Taddei.«

Schweigen am anderen Ende der Leitung: Irene fragte sich schon, ob es ein Fehler war, ihn anzurufen.

»Wahrscheinlich wird meine Bitte Ihnen seltsam vorkommen, aber ich muss mit Ihnen reden.«

Schweigen. Die Situation fing an, sie zu beunruhigen.

»Sind Sie noch dran?«

»Ja. Und worüber wollen Sie mit mir sprechen?«

»Vielleicht kommt Ihnen das lächerlich vor, aber ich versuche herauszufinden, was passiert ist, und weiß, dass Sie sich einige Male mit Taddei getroffen haben. Verzeihen Sie, aber am Telefon kann ich Ihnen nicht mehr sagen.«

Irene lächelte. Ganz sicher war die Ausrede, das Telefon könnte abgehört werden, ein großartiger Einfall, um peinliche Gespräche abzukürzen. So langsam lernte auch sie die professionellen Tricks.

»Ja, einverstanden. Heute muss ich lange im Büro bleiben. Sie könnten gegen acht Uhr zu mir nach Hause kommen.«

Irene notierte die Adresse und beendete das Gespräch. Sie fragte sich, was sie Grassi erzählen sollte, damit er sich ihr anvertraute. Wenn er herausfand, dass sie nur eine einfache Mitarbeiterin des Archivs war, würde er sie auslachen. Ganz zu schweigen von dem unbedeutenden Detail, das sie nicht erwähnt hatte: Gegen sie wurde ermittelt, weil sie auf Taddei geschossen haben sollte!

Sie machte sich einen Espresso, davon wurde sie immer schläfrig. Jemand hatte ihr erzählt, Koffein hätte bei einigen Menschen diese Wirkung. Sie fühlte sich einsam, aber sie widerstand der Versuchung, ihren Vater anzurufen.

Zum dritten Mal griff sie nach dem Telefonhörer. Sie hatte schon ein paar Mal versucht, Tommaso auf dem Handy anzurufen, aber immer antwortete so eine blöde Frauenstimme, sie solle es später wieder versuchen. Ihr fiel ein Stein vom Herzen, als sie die Stimme ihres Freundes hörte. Zehn Minuten lang hörte sie sich seine Geschichten an. Der Urlaub lief gut, obwohl sie viel zu früh aufstehen mussten. Da war ein recht hübsches Mädchen, mit dem er etwas angefangen hatte, in einer Woche würde er die Prüfung für den Schein B machen.

Als Tommaso sich dann endlich nach ihr erkundigte, zögerte Irene. Sie konnte ihm natürlich vorlügen, es ginge ihr gut, und das Gespräch beenden, ohne ihn unnötig zu beunruhigen. Doch dann entschied sie sich dagegen und erzählte ihm alles.

»Aber, mein Kleines, was willst du allein schon ausrichten? Bist du verrückt geworden? Ich finde, du solltest sofort zum Staatsanwalt gehen und ihm genau erklären, wie alles gekommen ist. Gib ihm die Disketten, erzähl ihm von den beiden Männern, die dich bestohlen und verfolgt haben. Das ist sein Job, du wirst sehen, er wird dir glauben und herausfinden, wie sich alles abgespielt hat.«

»Er hat mir heute Nacht schon nicht geglaubt! Wenn ich mit den Disketten zu ihm gehe, wird er denken, ich hätte sie gestohlen und dann verschwinden lassen wollen.«

»Was für ein Chaos! Ach, ich weiß nicht, dann geh wenigstens zu einem guten Anwalt, der dich beraten kann.«

»Im Moment will ich noch allein versuchen, etwas herauszufinden. Da ist auch noch Siniscalchi, der mir hilft. Wenn ich in ein paar Tagen feststelle, das alles umsonst war, dann tue ich, was du sagst.«

»Möchtest du, dass ich nach Rom zurückkomme?«

»Um Gottes willen, nein. Dann würde ich dich auch noch mit hineinziehen. Keine Angst, solange ich in dieser Wohnung bin, bin ich in Sicherheit.«

»Na gut. Ich glaube zwar, du machst eine Riesendummheit, aber wenn du wirklich meinst …«

»Ciao, Tommaso, wenn möglich, halte ich dich auf dem Laufenden.«

Sie schlüpfte unter die Decke, schloss die Augen und spürte, wie sie ruhig wurde. Sie fand es merkwürdig, aber allein dadurch, dass sie mit jemandem geredet hatte, kamen ihr alle Ängste oder Probleme nicht mehr so belastend vor.

Eine Stunde lang schlief sie tief und fest, traumlos, als wäre sie in einen leeren, endlosen Raum eingetaucht. Als sie aufwachte, betrachtete sie die Wand hinter dem Bett, die beiden

Fenster und das Licht, das durch die geschlossenen Läden hereinsickerte, und sie begriff nicht, wo sie war. Verzweifelt versuchte sie, sich zu erinnern, wie sie in dieses fremde Zimmer gekommen war, und endlich gelang es ihr. Sie spürte, dass ihr Körper schwer war, keine Kraft hatte und fragte sich, ob sie in der Lage sei, sich zu bewegen. Sie blieb auf dem Rücken liegen und starrte die weiße Decke an. Vielleicht hatte Tommaso recht. Es war Wahnsinn, herausfinden zu wollen, wer auf Taddei geschossen hatte. Aber es ging nicht nur darum, sie musste auch den Verdacht von sich abwenden. Jemand versuchte, sie da hineinzuziehen, und wenn sie nichts Neues herausfand, würde niemand ihr glauben.

Mühsam stand sie auf und ging ins Bad. Der kräftige Wasserstrahl der Dusche half ihr, sich zu erholen. Sie tönte ihre Haare, wickelte ein Handtuch um den Kopf und ging in den Wohnraum zurück.

Sie schaltete den Computer ein und schob die zweite Diskette in den Schlitz des Laufwerks. Dabei musste sie daran denken, wie sehr Taddei ihr fehlte. Sie klickte mit der Maus die Dateien durch, machte sich kurze Notizen, obwohl diese Diskette genau wie die erste nur Zusammenfassungen ihrer eigenen Erläuterungen enthielt. Vielleicht würde es sie aber weiterbringen, wenn sie die Logik der Anordnung in Taddeis Notizen nachvollzog.

Als sie mit der zweiten Diskette fertig war, schaute sie auf die Uhr und stellte fest, es war Zeit, die Tönung auszuwaschen. Sie beugte sich über das Waschbecken und steckte den Kopf unter den Wasserstrahl. Als sie sich wieder aufrichtete und in den Spiegel schaute, bemerkte sie ein wenig erschrocken die vollkommen gelungene Verwandlung. Ihre Haare leuchteten jetzt tizianrot und ihr Gesicht sah völlig anders aus als noch vor ein paar Stunden.

Sie setzte sich wieder an den Tisch und nahm die dritte Diskette zur Hand. In diesem Augenblick klingelte das Telefon.

»Na, Irene, alles in Ordnung?«

»Ja. Ettore, ich gehe Robertos Notizen durch.«

»Hast du etwas gefunden?«

»Nein, tut mir leid, bis jetzt nicht. Und du? Wie ist die Lage im Büro?«

»Alle sind sehr angespannt und reden nur darüber, was mit Taddei passiert ist. Seltsamerweise hat Foderaro sich nicht blicken lassen ... es klingelt auf der anderen Leitung. Ich melde mich heute Abend.«

Sobald sie aufgelegt hatte, fiel Irene ein, dass sie ihm gar nichts von ihrer Verabredung mit Grassi gesagt hatte. Sie dachte daran, ihn anzurufen, aber dann sagte sie sich, sie würde es ihm eben später erzählen.

Sie setzte sich wieder an die Arbeit und bei jeder Seite, die sie scrollte, verstärkte sich ihr Gefühl, dass alles sinnlos war. Sie wollte schon aufhören, als ihre Hand auf der Maus stoppte. Endlich etwas Wichtiges! Vor ihrem geistigen Auge tauchte der letzte Morgen auf, den sie gemeinsam mit Taddei im Büro verbracht hatte. Er hatte einen Anruf erhalten und Stichworte in seinen Laptop eingegeben, während sie ins Büro ihres Vorgesetzten gegangen war. Das hier musste er damals geschrieben haben! Jemand hatte ihm berichtet, welche geheimen Informationen des SISDE der Abgeordnete an die Mafia weitergegeben hatte. Sie kopierte alles Zeile für Zeile und füllte damit fast zwei Seiten.

Schon sieben Uhr. Sie verstaute Disketten und Notizen in ihrer Handtasche und zog sich schnell an. Zum ersten Mal war sie mit sich zufrieden. Während sie die Stufen hinunterging, musste sie daran denken, wie gern sie jetzt mit Taddei zusammen gewesen wäre. Wie lebendig und glücklich hatte sie sich plötzlich wieder gefühlt, als sie ihn kennenlernte. Für einen Moment fragte sie sich, ob er wohl das Gleiche empfunden hatte. Sie lief zur Bushaltestelle und dachte, das Letzte, was sie jetzt brauchen konnte, wäre, sich von ihren Zweifeln lähmen zu lassen.

An der Tür erwartete sie ein Mann, kleiner als sie und etwa sechzig Jahre alt. Um seine dunklen Augen zog sich ein Netz tiefer Falten. Sie betraten ein kleines Wohnzimmer, vollgestopft mit Büchern. Sie standen in Regalen, waren auf verschiedene Stühle verteilt und stapelten sich auf dem einzigen Tisch in der Mitte des Zimmers.

Grassi bemerkte, dass Irene sich interessiert umsah, und nachdem er sich in einen dunkelroten Sessel gesetzt und Irene einen Platz angeboten hatte, begann er zu reden:

»Jeder hat seine persönlichen Manien oder Interessen, wie man es eben nennen will. Meine sind alte Bücher. Schwer zu findende Ausgaben, Exemplare, die nie wieder aufgelegt wurden, klassische Romane oder Essays in Erstausgaben. Einen großen Teil meiner freien Zeit verbringe ich damit, durch die Antiquariate zu ziehen, wo ich häufig Kostbarkeiten zu kleinem Preis finde. Manchmal bleibt mir kaum Zeit, sie zu lesen. Mögen Sie Bücher?«

»Sehr, aber ich habe nie auf die Ausgaben geachtet. Ich kaufe oft Taschenbücher, weil sie billiger sind.«

»Das verstehe ich. Aber vielleicht lernen Sie ja, wenn Sie älter werden, einige Details zu schätzen, die Ihnen heute entgehen, und die Werke noch wertvoller für uns machen. Ob sie handgebunden sind, mit hauchdünnen Seiten aus Reispapier, ein Einband, der mit Miniaturen verziert ist und viele andere Kostbarkeiten, die leider zu verschwinden beginnen. Ich wollte mir gerade einen Aperitif holen, möchten Sie auch einen?«

Als sie nickte, erhob er sich und ging in einen Raum, von dem Irene nur einen Tisch erspähen konnte, wahrscheinlich die Küche. Unmittelbar darauf kam er mit zwei Gläsern, die mit Eiswürfeln gefüllt waren, einer Flasche Campari und einem Schüsselchen Kartoffelchips zurück.

Irene nahm einen Schluck aus dem vollen Glas und schielte sehnsüchtig zu den Chips hinüber. Sie kam um vor Hunger, aber sie fand es unpassend, in einem so heiklen Moment zu essen.

Grassi betrachtete sie schweigend mit dem Glas in der Hand. Er trug leichte helle Hosen und ein kurzärmeliges weißes Hemd. Seine Ausgeglichenheit, der intelligente Blick, seine Art zu reden, nahmen ihr alle Befangenheit.

Irene füllte noch ein wenig Campari nach, um sich Mut zu machen. Mit Erlaubnis des Hausherrn zündete sie sich eine Zigarette an und begann.

»Wie schon gesagt, wollte ich mit Ihnen über Taddei reden. Bevor man auf ihn geschossen hat, habe ich mit ihm zusammengearbeitet, und jetzt versuche ich herauszufinden, wer es getan hat.«

»Warum? Ich meine, warum tun Sie das, anstatt die Angelegenheit der Staatsanwaltschaft zu überlassen?«

»Ich weiß nicht genau, wie ich Ihnen das erklären soll. Ich glaube, Taddei hat niemandem vertraut. Er hat zu Recht angenommen, jeder von uns könnte in die Sache verwickelt sein.«

Sie hielt inne, plötzlich dachte sie, sie könnte zu weit gegangen sein. Unschlüssig, ob sie fortfahren sollte, sah sie ihn an.

»Sie fragen sich, ob ich etwas weiß. Die Antwort ist ja.«

Erleichtert seufzte Irene auf.

»Gut. Aus irgendeinem Grund hat er mir vertraut und mir, bevor man auf ihn geschossen hat, einen Umschlag mit seinen Notizen geschickt, mit der Bitte, ich solle seine Arbeit fortsetzen, falls ihm etwas zustieße.«

»Haben Sie den Brief dabei?«

»Ich bin leider bestohlen worden, er war in meiner Handtasche.«

Peinliches Schweigen. Irene glaubte in Grassis Gesicht Ungläubigkeit zu entdecken, aber sie fuhr fort: »Er hat mir erzählt, Sie hätten sich ein paar Mal getroffen und er hätte Sie um einige Informationen gebeten ...«

Irene vollendete den Satz nicht und hoffte, Grassi würde ihr glauben.

»Und weiter?«

»Hören Sie, ich brauche jede Kleinigkeit, die mir helfen kann, die Schuldigen zu finden. Entscheiden Sie selbst. Ich habe keinerlei offizielle Vollmacht, Ermittlungen anzustellen und ich tue dies nur, weil ich mich Taddei gegenüber sehr verpflichtet fühle. Vielleicht habe ich eine gewisse Chance, zu einem Ergebnis zu kommen, aber nur mit Ihrer Hilfe.«

»Es ist spät geworden, Signorina, und so langsam bin ich wirklich hungrig. Möchten Sie mit mir zu Abend essen? Ich habe einen Reissalat gemacht.«

Irene nahm an, ohne zu zögern. Als sie aufstand, wurde es ihr für einen Moment schwarz vor Augen. Alkohol auf leeren Magen und ein niedriger Blutdruck verschworen sich gegen sie. Sie erholte sich wieder und folgte Grassi in die Küche. Eine aufgeschlagene Zeitung lag ausgebreitet auf dem Tisch aus dunklem Holz.

»Lesen Sie manchmal die Seiten über Innenpolitik?«, fragte Grassi.

»Ja, ab und an, aber dann gebe ich schnell auf.«

»Darauf hätte ich gewettet! Fast alle überblättern diese Seiten. Wissen Sie auch, warum? Ich will Ihnen ein Beispiel geben!«

Er beugte sich leicht vor und ließ die Augen über die Zeitung schweifen.

»Ein Politiker sagt im Interview, die gegenwärtige Regierung befinde sich in einer Krise und stellt Vermutungen über mögliche Alternativen an. Warten Sie, ich lese es Ihnen vor: ›Natürlich scheint eine Regierung unter der Leitung von Ciampi denkbar, das wäre dann in etwa ein Kabinett wie unter Dini, nur umgekehrt.‹ Haben Sie verstanden, was ich meine?«

Irene schüttelte den Kopf.

»Man kann sich vielleicht gerade noch erinnern, wie das Kabinett Dini aussah, aber wie stellen wir uns die Umkehrung davon vor? Und dann beschweren die Politiker sich noch über das Desinteresse und die Politikferne der Bürger, aber sie selbst reden inzwischen nur noch für einen eng begrenzten Kreis von Kollegen, Journalisten und einigen wenigen anderen, die dieser Welt nahestehen. Es interessiert sie nicht, sich verständlich zu machen, in Kontakt mit uns Bürgern zu kommen, die sie wählen.«

Rasch deckte Grassi den Tisch für zwei Personen, während Irene in einem Korbstuhl Platz nahm. Von der Arbeitsfläche neben dem Herd holte er eine Schüssel mit Reissalat. Irene hörte ihren Magen knurren.

»Ich habe zunehmend den Eindruck, dass Worte allzu häufig dazu dienen, die Wahrheit zu verschleiern oder zu verkomplizieren, statt sie offen auszusprechen. Und das macht mich wütend. Aufrichtigkeit ist immer seltener zu finden, und, wenn man es recht überlegt, selbst wenn wir nicht lügen, so werden wir doch immer mehr mit Konventionen, Bürokratie und Notwendigkeiten geknebelt. Sind Sie ehrlich, Signorina?«

Grassi hatte zwei üppige Portionen auf die Teller gefüllt und Irene hatte schon angefangen zu essen. Zwei forschende Augen erschwerten es ihr, den letzten Bissen herunterzuschlucken.

»Ja, obwohl ich das manchmal für meinen größten Fehler halte.«

»Warum?«, fragte Grassi. Er lächelte und fing auch an zu essen.

»Weil ich auf eine vollkommen impulsive, unreflektierte Weise ehrlich bin. Das entspringt keiner überlegten Entscheidung, die man je nach Situation noch korrigieren kann. So passiert es mir sehr häufig, dass ich nicht nur ins Fettnäpfchen trete, sondern auch sofort bereue, was ich gesagt habe.«

»Ich glaube es ist nie falsch, zu sagen, was man ernsthaft denkt. Es ist nicht unsere Schuld, wenn andere es dann für ihre Zwecke missbrauchen.«

Irene musste kurz daran denken, wie schwer es ihr in den vergangenen Tagen gefallen war, ihren Vorgesetzten Rossi zu belügen. Sie hatte das nur geschafft, weil Taddei ihr die präzise Anweisung gegeben hatte.

Sie nahm sich eine zweite Portion Salat und Grassi tat das Gleiche. Beide schwiegen und Irene fragte sich, ob Grassi ihr auf diese Weise zu verstehen geben wollte, dass er ihr nichts sagen würde.

Nach dem Essen kochte Grassi einen Kaffee. Er stellte zwei gefüllte Espressotässchen auf ein Tablett und beide gingen ins Wohnzimmer zurück.

Die Fenster standen weit offen, Irene stellte sich einen Augenblick davor. Grassi wohnte in einer schmalen Straße, die für den Durchgangsverkehr gesperrt war. Hier kamen nur wenige Passanten vorbei. Ein paar Meter von seiner Haustür entfernt saß eine kleine Frauenrunde. Sie hatten sich ihre Stühle nach draußen geholt.

Als Irene sich wieder hingesetzt hatte, stellte Grassi seine leere Tasse auf das Tablett und begann zu reden.

»Taddei habe ich durch Greco von der Antimafia-Bezirksstaatsanwaltschaft kennengelernt. Gemeinsam ermittelten sie in einer Sache, bei der geheime Nachrichten aus der Staatsanwaltschaft und dem Geheimdienst nach draußen gesickert waren. Sie arbeiteten weitgehend zusammen, weil sie davon ausgingen, dass es sich jedes Mal um denselben Täter handeln musste. Greco erzählte mir, Taddei suche eine Vertrauensperson, die ihm Informationen über das System der Datenerfassung in den Staatsanwaltschaften geben könnte, und sagte dann, er habe an mich gedacht, weil ich seit vielen Jahren bei ihm arbeite. An meinen Treffen mit Taddei nahm er nicht teil, ich weiß nicht, warum. Vielleicht hatten sie die Aufgaben untereinander aufgeteilt und ich glaube, er hielt diese Nachforschungen für nicht sehr erfolgversprechend.«

»Glauben Sie, Taddei hat etwas entdeckt?«

»Ich weiß es nicht. Zumindest hat er mir bei unserem letzten Treffen die Liste mit den Nachrichten, die aus den Staatsanwaltschaften nach draußen gesickert waren und die Greco ihm gegeben hatte, gezeigt und gesagt, er wisse leider noch nichts über die entsprechenden Nachrichten aus dem Geheimdienst. Anscheinend war zu diesem Zeitpunkt gerade ein Kronzeuge der Mafia aufgetaucht, um mit ihnen zusammenzuarbeiten und hatte noch unvollständige Fakten geliefert. Taddei bat mich zu überprüfen, aus welcher der beiden Staatsanwaltschaften die Nachrichten stammten. Mögen Sie einen Cognac?«

Irene lehnte ab. Sie hielt es für einen merkwürdigen Zufall, dass Grassi auch Cognac trank wie ihr Vater. Sie beobachtete ihn, wie er sich ein Glas eingoss und mit sichtlichem Vergnügen daran nippte.

»Ich tat, worum er mich gebeten hatte, und fand heraus, dass fast alle Informationen aus dem Archiv der Bezirksstaatsanwaltschaft und nur wenige aus dem der ordentlichen Staatsanwaltschaft stammten. Ich erklärte Taddei, dass die Datenarchive beider Staatsanwaltschaften unabhängig voneinander arbeiten und dass sowohl die Staatsanwälte als auch die Beamten der Geschäftsstelle von jedem Computer aus Zugriff auf die Informationen haben. Alle Computer einer Staatsanwaltschaft sind miteinander vernetzt und jeder, der zugangsberechtigt ist, hat ein Passwort. So kann er feststellen, ob gegen jemand ermittelt wird und weswegen, ob bestimmte Maßnahmen angeordnet wurden, zum Beispiel Telefonüberwachung, und hat Zugang zu vielen anderen Informationen. Anders als die ordentliche Staatsanwaltschaft verfügt die Antimafia-Bezirksanwaltschaft über ein Zentralarchiv, das wahrscheinlich ähnlich aufgebaut ist wie Ihres und in dem auch allgemeinere Informationen gesammelt werden. Ein historisches Gedächtnis des Kampfes gegen die Mafia und andere Formen des organisierten Verbrechens, das ständig aktualisiert wird. Ganze Familien, einschließlich ihrer Freunde, Bekannten und Geschäftspartner, sind hier erfasst. Man gibt ihre Vermögenswerte ein, ihre berufliche Tätigkeit, Ortsveränderungen, in wessen Begleitung sie gesehen oder ob sie von den Ordnungskräften überprüft wurden, zum Beispiel während einer Hochzeit oder eines Festes. Es ist sehr kompliziert, Ihnen mit wenigen Worten einen umfassenden Eindruck zu vermitteln. Tausende Daten werden gespeichert, die isoliert gesehen vielleicht nichtssagend sind, aber für eine künftige Ermittlung hilfreich sein können oder auch, wenn man die Clans einer vorbeugenden Kontrolle unterzieht.«

Grassi nahm noch einen Schluck Cognac, bevor er weiterredete.

»Die Staatsanwälte in der Bezirksstaatsanwaltschaft haben ebenfalls Zugang zum Archiv der ordentlichen Staatsanwaltschaft. Und umgekehrt, aber dann muss der Beamte, der Informationen braucht, eine schriftlich begründete Anfrage an den Leiter der Antimafia-Bezirksstaatsanwalt stellen und von ihm die Einwilligung erhalten. Als ich das Taddei erzählte, bat er mich um eine Zusammenstellung der Personen, die Zugang zu den aufgelisteten Informationen erhalten hatten, mit allen persönlichen Daten, die ich finden konnte.«

»Und die haben Sie ihm schon gegeben?«

Fast automatisch goss Irene sich etwas Cognac in ein leeres Glas, das Grassi auf den Tisch gestellt hatte. Sie trank einen Schluck und verzog das Gesicht. Die meisten Spirituosen mochte sie nicht, und es war ihr unbegreiflich, dass hochprozentige Getränke beinahe jedem schmeckten.

»Ich schaffte es nicht rechtzeitig. Es dauerte ein paar Tage, bis ich die Liste der Beamten zusammenhatte, die Informationen der Bezirksstaatsanwaltschaft recherchiert hatten, und war gerade dabei, ihre persönlichen Daten zusammenzustellen, da schoss man Taddei nieder.«

Irene trank ihr Glas hastig aus, ohne durch die Nase zu atmen. Das tat sie immer, wenn sie etwas nicht mochte. Sofort goss sie sich ein zweites Glas ein, denn sie fürchtete sich vor dem, was sie vorhatte, und wollte nicht daran denken.

Ihre Stimme klang ein wenig belegt, als sie fragte: »Könnten Sie die Arbeit nicht beenden und mir eine Kopie davon geben?«

Irene hielt den Atem an. Sie bat ihn um etwas, das ganz bestimmt alle Regeln der Geheimhaltung verletzte.

»Das wäre nicht ...«

Grassi unterbrach sich und sah sie lange an. Vielleicht bemerkte er den Anflug von Verzweiflung in ihrem Blick, etwas, das bedeutsamer war, als festgeschriebene Regeln es sein sollten.

»In Ordnung. Ich müsste die Zusammenstellung bis morgen Nachmittag fertig haben.«

Irene lehnte sich im Sessel zurück. Langsam wich die Anspannung, die sie steif aufgerichtet hatte dasitzen lassen. Sie dankte ihm und sie vereinbarten ein Treffen für den morgigen Abend in seiner Wohnung.

Als sie aufstanden, fühlte Irene, wie alles vor ihren Augen verschwamm. Sie blieb einen Moment stehen, um sich zu erholen. Dann folgte sie Grassi zur Tür. Sie gaben sich zum Abschied die Hand, dabei bemerkte Irene ein trauriges Leuchten in seinem Blick. Sie war erst ein paar Stufen hinuntergegangen, da hörte sie ihn rufen. Sie ging auf den Treppenabsatz zurück, wo Grassi unbeweglich stehengeblieben war.

»Signorina, es ist das erste Mal, dass ich so etwas mache. Fragen Sie mich nicht, warum, ich weiß es selbst nicht. Vielleicht tue ich es für Taddei, vielleicht, weil ich Sie für einen besonderen Menschen halte, der sehr viel riskiert, ich weiß es nicht.«

Er schwieg einen Augenblick. Irene sah seinen niedergeschlagenen Blick und stellte sich auf eine schlechte Nachricht ein, sie hoffte nur, noch einen weiteren Schlag ertragen zu können.

»Nach Ihrem Anruf heute habe ich einfach aus Neugier nachgesehen, ob ich Ihren Namen in unseren Dateien finde. Dabei habe ich entdeckt, dass Sie zwar nicht bei uns, aber im Archiv der ordentlichen Staatsanwaltschaft eingetragen sind. Gegen Sie wird wegen versuchten Mordes an Taddei ermittelt und das ist noch nicht alles«, erzählte er und winkte ab, als Irene etwas sagen wollte.

»Heute hat Dottore Lo Parco den Antrag gestellt, Sie in Untersuchungshaft zu nehmen. Da es sich um ein so schwerwiegendes Delikt handelt, nehme ich an, dass der Richter es in ein paar Stunden prüfen und sehr bald zu einer Entscheidung kommen wird.«

9

Irene betrat eine öffentliche Telefonzelle am Largo Torre Argentina. Etwa eine halbe Stunde war sie ziellos in der Gegend umhergelaufen und hatte über die neuesten Entwicklungen nachgedacht. Alles in ihrer Umgebung schien an diesem Abend besonders intensiv auf sie zu wirken. Als habe ihr Blick eine besondere Schärfe bekommen, die es ihr ermöglichte, viele Details zu bemerken, die ihrer Aufmerksamkeit sonst entgangen wären. Das weiße sanfte Leuchten der Monumente, das klare Blau des Wassers im Brunnen auf der Piazza Navona, die Gesichter der Touristen, die herumschlenderten oder auf den Stufen saßen. Sie hatte den Eindruck, zu viel hinge von ihr ab, und empfand Taddeis Abwesenheit als eine riesige Last, die ihre Schritte langsam und unsicher werden ließ. Seit zwei Tagen hatte sie nichts über ihn gehört, aber sie versuchte, sich mit dem Gedanken zu trösten, es bestimmt in den Zeitungen gelesen zu haben, falls sein Zustand sich verschlechtert hätte. Und sie empfand unmäßige Wut, Wut auf den Menschen, der auf Taddei geschossen hatte, auf eine Welt, die ihr jeden Tag trügerischer und intriganter erschien, auf den Mann, der sich in sie verbissen hatte in der Absicht, sie ins Gefängnis zu bringen, anstatt die wahren Täter zu finden. Wie anders sie sich doch damals gefühlt hatte, als sie angefangen hatte zu arbeiten. Mit welcher Begeisterung und Naivität sie ihren Kollegen begegnet war, der neuen Arbeit, dem neuen Lebensabschnitt. Sie hatte manche Schwierigkeit und

Enttäuschung erlebt, aber ihre optimistische Einstellung ließ sie immer die positive Seite sehen. Ihre gegenwärtige Situation stellte diese Fähigkeit allerdings auf eine harte Probe.

Ihr blieb nicht viel Zeit. Niemand würde ihren Worten und den gesammelten Informationen glauben, wenn sie verhaftet wurde. Und falls sie verurteilt wurde? Sie lachte traurig. Es schien ihr unmöglich, dass es so weit kam. Doch inzwischen glaubte sie gar nichts mehr. Irene beobachtete einen kleinen blonden Jungen, der lachend seinem Vater davonlief. Auch sie sehnte sich in diesem Augenblick nach einem Kind, einem ruhigen Leben, danach, Taddei an ihrer Seite zu haben und den Albtraum zu vergessen, den sie gerade durchlebte.

Sie nahm den Hörer ab und steckte die Telefonkarte in den Schlitz. Auf dem Display las sie, dass sie nur noch zweitausend Lire zur Verfügung hatte, und hoffte, sie würden reichen.

»Ja?«

»Tommaso, ich bin's.«

Hastig begann sie zu reden und überschüttete ihren Freund mit ihrer ganzen Verzweiflung. Das Display zeigte tausend Lire an.

»Ich bin sicher, du möchtest jetzt nicht von mir hören, dass du nichts anderes tun kannst, als dich der Polizei zu stellen?«

»Du hast es erraten.«

Ein kurzes Schweigen ließ den Betrag auf der Telefonkarte zusammenschmelzen. Fünfhundert Lire.

»Entschuldige Irene, du hast doch jetzt die Informationen, die aus dem Geheimdienst nach draußen gegeben wurden, könntest du nicht feststellen, wer sie recherchiert hat?«

Zweihundert Lire leuchteten auf dem Display.

»Darling, du bist ein Genie! Wenn ich kann, rufe ich dich morgen an. Ciao.«

Die Verbindung wurde mitten im Satz unterbrochen und Irene verfluchte die Telecom Italia, die fast alle Münztelefone aus dem

Verkehr gezogen hatte. Irene rannte zum Taxistand und stieg in den vordersten Wagen. Während der Fahrt überflog sie die Seiten, die sie am Nachmittag ausgedruckt hatte. Bis sie fand, was sie suchte.

»Wir sind da, Signorina, das macht dann achttausend Lire.«

Sie bezahlte, stieg aus und starrte das orangefarbene Gebäude an, das sie so gut kannte. Es war zwanzig vor zwölf. Sie blieb an der Ecke der Straße stehen, die vor ihrem Büro die Via Cavour teilte, und verbarg sich hinter einem Haus. Ab und an schaute sie zur Eingangstür des Gebäudes. Es war kurz vor Mitternacht, als sie sah, wie ein uniformierter Mann seinen Wagen auf den reservierten Parkplätzen abstellte und dann klingelte. Der Wachposten im Gebäude ging ein paar Stufen hinunter und öffnete ihm die Tür. Sie begrüßten einander wortlos, der eine ging hinein und der andere entfernte sich zu Fuß.

Irene wartete etwa zehn Minuten, dann überquerte sie die Straße. Sie schob ihren Ausweis in den Schlitz unterhalb der Klingel und gab auf einer kleinen Tastatur eine Nummer ein. Die Tür öffnete sich. In der Halle war niemand. Sie hatte schon öfters nachts im Büro gearbeitet, wenn sich Notfälle ereignet hatten, Computer ausgefallen waren oder bei heiklen, laufenden Ermittlungen ganz dringend Daten eingegeben werden mussten. So hatte sie gesehen, wann die Wachposten einander ablösten. Sie wusste auch, dass der neue Wachmann einen Kontrollgang durch das gesamte Gebäude machte. Er fing im Souterrain an, danach ging er durch die oberen Stockwerke, bevor er sich für den Rest seiner Schicht – sie endete um sieben Uhr – im Eingangsbereich vor den Fernseher setzte. Irene nahm an, dass er für jedes Stockwerk knapp fünf Minuten brauchte. Während sie die Treppe links von ihr hinunterlief, betete sie, dass sie sich nicht geirrt hatte und er den Aufzug nehmen würde, um nach oben zu fahren.

Während der Gedanke sie streifte, dass ihr Plan vom Glück

wie vom Zufall abhing, betrat sie den Flur, der zu ihrem Büro führte. Sie stellte erleichtert fest, dass er leer war. Die Lampen brannten hier die ganze Nacht. Irene öffnete die Tür, ließ sie angelehnt und schaltete ihren Computer ein.

Schnell tippte sie auf ihrer Tastatur. Ab und an schaute sie auf das Blatt, das daneben lag. Sie musste es ganz allein schaffen. Es war die letzte Frage gewesen, die Taddei ihr gestellt hatte. Er wollte wissen, wie man über den Zugriff auf bestimmte Informationen an die Kennziffern der Ausweise kam und damit an die Person, die diese Dateien geöffnet hatte. Nach und nach gab sie die Informationen ein, die sie von Taddeis Diskette kopiert hatte, und kam so auf die Nummern der Ausweise, mit denen die einschlägigen Dateien geöffnet worden waren. Auf der Rückseite des Blattes notierte sie sich die Kennziffern, die in dem Fenster auftauchten, ebenso das entsprechende Datum des Zugriffs, bis sie auch die letzte Nummer verifiziert hatte.

Sie überflog das Blatt und bemerkte sofort, dass eine Kennziffer immer wiederkehrte: SA. 110668. Sie markierte diese und las alles noch einmal langsam durch, wobei sie feststellte, dass allein diese Karte Zugriff auf alle Dateien gehabt hatte. Sie überprüfte die Zugangszeiten. Es waren zwei: der 7. April 1998 von 21 Uhr an und der 23. April 1998 von 22 Uhr 50 an.

Jetzt musste sie nur noch den Inhaber des Ausweises finden. Sie gab die Kennziffer ein, drückte eine Tastenkombination und ging dann auf »Senden«. Die folgende Sekunde dauerte eine kleine Ewigkeit. Sie hielt den Atem an, während sie den Bildschirm anstarrte, auf dem in Riesenbuchstaben »Suchen« aufblinkte. Endlich erschien der Name: Roberto Taddei.

In Irenes Gesicht und in ihrem ganzen Körper regte sich kein einziger Muskel. Sie konnte ihren Blick nicht von diesem Namen lösen, während sie fühlte, wie sie innerlich erstarrte und jede Hirntätigkeit blockiert schien.

Er war es gewesen! Er hatte alle an der Nase herumgeführt

und gegen sich selbst ermittelt. Ganz zu schweigen davon, dass sie selbst ihm wie eine reife Birne in den Schoß gefallen war.

Irene zündete sich eine Zigarette an, sie musste schnell überlegen. Konnte das sein? Da blieb noch die Tatsache, dass auf ihn geschossen wurde. Seine Komplizen? Irene zwang sich dazu, nicht dem äußeren Anschein zu trauen. Als sie sich zum ersten Mal trafen, hatte Taddei ihr etwas über den Ausweis erzählt, den er ihr gezeigt hatte. Aber was war das noch gewesen?

Sie sah weiter auf den Monitor und versuchte mit halbgeschlossenen Augen sich krampfhaft daran zu erinnern. Sie nahm lange Züge aus der Zigarette, ab und zu fiel Asche auf die Tastatur. Sie bemerkte es nicht einmal.

Plötzlich setzte sie sich auf, warf die Zigarettenkippe auf den Boden und trat sie aus. Ihre Finger tippten hektisch auf der Tastatur. Da war die Information, die sie gesucht hatte!

»Roberto Taddei, geboren am 25. Januar 1957 in Rom. Leiter des sechsten Büros. Zugangsberechtigungsstufe drei. Kennziffer des Ausweises: SA. 110668. Verlustanzeige: am 4. Juni 1998. Neuer Ausweis. Kennnummer: DA. 310879.«

Jetzt erinnerte sie sich genau an das, was Taddei ihr erzählt hatte. Er war etwa drei Monate nicht in Rom gewesen, und als er zurückkam, hatte er gemerkt, dass sein Ausweis verschwunden war. Er hatte ihn also nicht verloren, wie er glaubte, sondern jemand hatte ihn gestohlen und dazu benutzt, sich die Informationen zu verschaffen! Aber wer konnte das gewesen sein? Jemand, der Zugang zu den Büros hatte und Taddeis Passwort kannte. Aber wenn er zum Geheimdienst gehörte, warum hatte er dann nicht seinen eigenen Ausweis benutzt?

Irene zündete sich noch eine Zigarette an und lauschte. Absolute Stille. Mit der freien Hand rieb sie sich ihre müden Augen. Die Antwort war ganz einfach: Wer den Ausweis benutzt hatte, wollte nicht entdeckt werden und wusste genau, dass es möglich war, über die abgefragten Informationen den Inhaber des Ausweises zu ermitteln.

Sie schaute aus dem Fenster. Der Hof wurde von schmiedeeisernen Laternen erleuchtet. Sie warfen ein melancholisches Licht auf das Straßenpflaster. Zwischen den Steinen wuchsen kleine Grasbüschel. Sie schien endgültig in einer Sackgasse gelandet zu sein. Vielleicht war jetzt der Moment gekommen, alles stehenzulassen und zur Polizei zu gehen. Erleichtert dachte sie an diese Möglichkeit. Loslassen, damit nicht mehr alles von ihr abhing. Aufgeben und sich endlich ausruhen. Aber es musste doch eine Lösung geben, eine Lücke, irgendeinen kleinen Fehler, den sie vielleicht übersehen hatte.

Die Überwachungskamera! Irene lächelte, während ein Adrenalinstoß urplötzlich jede Müdigkeit und Erschöpfung vertrieb. Eine Kamera in der Eingangshalle nahm rund um die Uhr alle Personen auf, die das Haus betraten und verließen. Die Kassetten mit den Aufnahmen wurden in einem Raum im Souterrain aufbewahrt und nach einem Jahr gelöscht.

Sie holte ihren Schlüsselbund aus der Handtasche, stand auf und nachdem sie überprüft hatte, ob niemand im Flur war, ging sie zu einem Metallschränkchen, das neben dem Aufzug hing. Nur sie und ihr Vorgesetzter hatten einen Schlüssel dazu. Sie ließ das Schloss aufschnappen. An etwa dreißig Haken hingen Schlüssel, nummeriert nach den Büros auf diesem Stockwerk. Sie nahm den Schlüssel mit der Nummer neun und ging bis zur letzten Tür im Flur. Das Zimmer war genauso groß wie ihres, an den Wänden zogen sich Metallregale entlang, die bis unter die Decke reichten. Hier standen Hunderte von Videokassetten in Reih und Glied. Der fensterlose Raum wirkte schäbig und trostlos. Auf einem schwarzen Wagen standen ein Fernseher und ein Videorecorder.

Sie ging zu einem Regal und begann, die Beschriftungen auf den Kassetten zu lesen. Sie waren nach Datum geordnet und für jeden Tag gab es zwei Kassetten mit je zwölf Stunden Laufzeit. Sie ging zum Regal gegenüber der Tür, dort fand sie die beiden, die sie suchte. Sie schaltete den Fernseher an und legte die erste ein. Dann nahm sie die Fernbedienung und ging auf Start. Der Bildschirm füllte sich mit Tausenden schwarzen, grauen und weißen Pünktchen. Sie starrte sie eine Weile an und riskierte, davon hypnotisiert zu werden, bevor sie auf der Fernbedienung den schnellen Vorlauf wählte. Weiterhin schwarz-grau-weiße Pünktchen, nur in fünfzehnfacher Geschwindigkeit. Sie wartete fünf Minuten, bis sie widerwillig vor der Realität kapitulierte: Die Kassette war leer, oder jemand hatte sie gelöscht. Sie holte die erste heraus und legte die zweite ein. Auch sie war leer.

Irene stellte alles zurück, und als sie den Raum verließ, dachte sie, dass sie es wenigstens versucht hatte. Sie öffnete das Schränkchen und wollte den Schlüssel, den sie in der Hand hielt, schon zurückhängen, als sie sich an etwas erinnerte, das wenige Wochen zurücklag.

Taddeis erster Besuch, und sie hatte danach das Büro ihres Vorgesetzten betreten. Rossi schloss ganz plötzlich eine Schublade seines Schrankes, drehte sich zu ihr um und versuchte, seine Miene in den Griff zu bekommen. Er hatte wütend und erschrocken ausgesehen, wie jemand, der auf frischer Tat ertappt wird.

Sie griff nach einem zweiten Schlüssel, rannte zu Rossis Büro, blieb vor dem Schrank stehen und öffnete beide Türflügel.

Auf der rechten Seite befanden sich zahlreiche Schubfächer. Sie versuchte sich zu erinnern, wo genau er das Fach vor ihren Augen geschlossen hatte. Vielleicht war es das dritte von unten gewesen? Sie stellte sofort fest, dass alle mit einem kleinen Schloss gesichert waren. Also drehte sie sich um und nahm von dem Mahagonischreibtisch eine Schere aus der Ablage. Sie versuchte, die Spitze in das Schloss zu bohren, gab aber nach ein paar ungeschickten Versuchen auf, den Meisterdieb Arsène Lupin zu imitieren. Nun klemmte sie die Schere zwischen Schloss und Schublade und zog mit beiden Händen in ihre Richtung. Kreischend und mit einem dumpfen Knall gab das Schloss nach.

Sie öffnete die Schublade und fand die beiden Videokassetten.

Irene betrat den Raum mit dem Fernseher. Ihr Vorgesetzter war also in die Sache verwickelt! Er hatte versucht, die Beweise verschwinden zu lassen, es war ihm aber nicht mehr gelungen. Taddeis Anweisung, dass ab sofort alle durchsucht würden, die das Gebäude betraten oder verließen, hatte ihn überrascht.

Sie hatte Rossi nie gemocht, aber dass er in diese Angelegenheit verwickelt war, hatte sie nicht vermutet.

Die Bilder auf dem ersten Videoband zeigten die leere Eingangshalle morgens um sieben. Rechts oben waren Datum und Uhrzeit der Aufnahme zu erkennen. Sie ließ das Band schnell vorlaufen und stoppte um zwanzig Uhr fünfzig. Gleich danach sah sie, wie ein Mann aus dem Aufzug kam, in Richtung Eingang ging und dabei kurz in die Kamera winkte. Sie hing oberhalb des Raumes, in dem der Wachposten saß. Irene sah, wie ihr Vorgesetzter die Tür öffnete und eine elegante Frau hereinließ. Beide liefen auf die Treppe links vom Aufzug zu und gingen hinunter, bis sie aus dem Suchauge der Kamera verschwanden.

Sie ließ die Aufnahme wieder und wieder laufen, benutzte sogar die Standbildfunktion, aber auf keinem Einzelbild erschien das Gesicht der Frau, da es durch Rossis Körper verdeckt wurde. Man konnte nur helle Haare, einen braunen Rock und hochhackige Schuhe in der gleichen Farbe erkennen.

Irene ließ das zweite Videoband schnell vorlaufen, bis auf zweiundzwanzig Uhr vierzig. Der Anfang sah aus wie die Wiederholung der ersten Szene: Rossi verließ den Fahrstuhl, winkte dem Wachposten zu und ging zur Eingangstür. Er öffnete sie für jemanden und lief neben ihm in Richtung Treppe.

Die Person, die hereingekommen war, war kaum zu erkennen, aber es konnte die Frau vom ersten Mal sein, berücksichtigte man ihren zarten Körperbau und die hochhackigen Schuhe, die unter schwarzen Hosen hervorsahen. Die beiden liefen schweigend nebeneinander her. Kurz vor der Treppe fiel der Frau etwas hinunter. Sie bückte sich, um es mit einer schnellen, anmutigen Bewegung aufzuheben, dann lief sie wieder neben Rossi her und beide verschwanden die Treppe hinunter.

Irene spulte zurück. Sie überprüfte die Szene von dem Augenblick an, als der Gegenstand zu Boden fiel, und bemerkte, dass es sich dabei um einen Handschuh handelte. Sobald das Profil der Frau, die sich nach vorn beugte, ins Bild kam, stoppte Irene das Video. Die blonde Haarlocke, die in die Stirn fiel und ein Auge verdeckte, die Nase wie mit dem Lineal gezogen, das kleine runde Kinn. Diese wenigen Anhaltspunkte reichten, um sie zu erkennen. Es war Anna, Taddeis Ehefrau.

Nachdem Irene die Schlüssel zurückgehängt hatte, ging sie in ihr Büro, nahm die Ausdrucke und steckte sie zusammen mit den beiden Videokassetten in ihre Handtasche.

Sie drehte gerade den Schlüssel im Schloss, als sie ein Surren hörte. Sie drehte sich um und sah, dass die Blinkanzeige des Fahrstuhls aufleuchtete. Sie ging in ihr Büro zurück. Während sie hörte, wie die Fahrstuhltüren sich öffneten und wieder schlossen, sperrte sie sich in ihrem Zimmer ein, wobei sie versuchte, möglichst leise zu sein. Schritte näherten sich ihrem Büro. Verzweifelt sah Irene sich um. Niemals hätte sie geglaubt, in ihrem Alter noch einmal Verstecken spielen zu müssen und dabei das eigene Leben aufs Spiel zu setzen! Sie öffnete einen Türflügel des Schranks, in dem sie jeden Tag ihren Mantel oder ihre Jacke aufhängte, und zwängte sich hinein, krümmte ihren Rücken und zog den Kopf zwischen die Schultern. Sie glaubte zu hören, wie eine Tür geöffnet und knallend wieder geschlossen wurde. Ein paar Sekunden vergingen und jetzt war sie sich ganz sicher: Jemand schloss die Tür zu ihrem Büro auf. Sie hielt den Atem an.

»Hallo, hier ist Dottore Rossi, können Sie bitte sofort herunterkommen? Ich bin in Dottoressa Bettinis Büro.«

Irene spürte Krämpfe in den halb gebeugten Beinen. Sie fragte sich, wie lange sie es in dieser Stellung aushalten konnte, ohne sich bemerkbar zu machen.

»Ja bitte, Dottore?«

»Hat heute Nacht jemand das Gebäude betreten?«

»Nein, Dottore, niemand, seit ich im Dienst bin.«

»Sind Sie ganz sicher?«

»Hundertprozentig sicher. Nach der Kontrollrunde habe ich mich nicht aus dem Eingangsbereich wegbewegt. Warum, ist etwas passiert?«

Schweigen. Irene konnte Rossis stillschweigenden Überlegungen folgen. Wahrscheinlich hatte er entdeckt, dass jemand die Schublade in seinem Büro aufgebrochen hatte und die Videos verschwunden waren. Das konnte er dem Wächter aber nicht verraten. Sonst hätte er erklären müssen, was ihm gestohlen wurde und warum er die Videos aus dem dafür vorgesehenen Büro entfernt hatte.

»Nichts weiter. Ich habe nur heute Abend erfahren, dass gegen Dottoressa Bettini im Mordversuch an Taddei ermittelt wird, was mich beunruhigt hat, da sie mir vor ihrer Abreise noch einen wichtigen Bericht geben sollte. Sie hat mir gesagt, ich würde ihn in einer Mappe auf ihrem Schreibtisch finden, aber er ist nicht da. Ich fürchte, sie hat ihn heute verschwinden lassen, und ich bin überzeugt, dass sie das Gebäude abends nach Dienstschluss betreten hat. Gehen Sie und holen Sie die aktuelle Videokassette und kommen Sie dann zu mir in Raum neun.«

»Gut, Dottore, ich bin gleich bei Ihnen.«

Was für ein Gesicht hätte Rossi wohl gemacht, wenn er die

Schranktür geöffnet und seine Stellvertreterin dort mit halb eingeschlafenen Gliedern vorgefunden hätte?

Sie hörte Geräusche und dann wieder Rossis Stimme. Er telefonierte.

»Ich bin es. Alles geht drunter und drüber. Ich bin ins Büro gekommen, weil ich die Zugangsdaten von Taddeis Ausweis löschen wollte. Wenn die Bettini sie entdeckte, könnte sie sicher zwei und zwei zusammenzählen. Dabei hab ich gesehen, dass jemand meine Schublade geöffnet und die Videos gestohlen hat, du weißt schon, welche ich meine. Nein, ich weiß nicht, wer es war, ich habe den Wächter gefragt und der hat nichts gesehen. Er bringt mir gerade die Videokassette aus dem Eingangsbereich ... Nein, diese Daten kann man nicht löschen! Ich glaube, diese verdammte Bettini hat eine besondere Sicherung installiert und ich kann sie nicht deaktivieren. Ich verfluche den Tag, an dem ich sie angestellt habe.«

Irene lächelte. Aus dem Mund ihres Vorgesetzten waren diese Worte das größte Kompliment.

»Um Gottes willen, sag es ihr bloß nicht! Diese Geschichte muss unser Geheimnis bleiben, bis ich herausfinde, was da los ist. Ich will mir nicht einmal vorstellen, was sie mit mir machen würde, wenn sie davon erführe. Versuch lieber, etwas herauszubekommen, streng dich an ... Nein, warte lieber bis morgen früh. Ich rufe dich an, sobald ich weiß, was zum Teufel passiert ist. Bis später.«

Als sie aus dem Schrank stieg, waren ihre Beine steif. Sie lief ein paar Schritte, um die Blutzirkulation anzuregen, dann schaute sie in den Flur. Rossi und der Wächter betraten gerade Raum neun. Zum Glück hatte sie die Sportschuhe angezogen, die sie an diesem Morgen gekauft hatte, und machte keinen Lärm auf dem Weg zur Treppe, die sie schnell hinaufrannte.

10

»Fahren Sie weiter, ich habe es mir anders überlegt«, sagte Irene aufgeregt zum Taxifahrer, während sie tiefer in den Sitz rutschte und ihr Gesicht mit einer Hand bedeckte.

Vor ihrer Haustür parkten zwei Polizeiwagen. Ein bewaffneter Beamter redete mit einem zweiten, der bei laufendem Blinklicht im Wagen saß.

Irene hatte beschlossen, sich jetzt doch der Polizei zu stellen, mit all dem Material, das sie gesammelt hatte, aber vorher ließ sie am besten die Pistole aus ihrer Wohnung verschwinden. Leider war die Polizei ihr zuvorgekommen, wenn auch nicht sicher war, dass sie die Waffe überhaupt fanden.

»Wohin möchten Sie, Signorina?«

»Zum Campo dei Fiori.«

Sie kramte in ihrer Handtasche und fand die Schlüssel ihrer Vespa, die sie glücklicherweise nicht ihrem Vater gegeben hatte. Erleichtert seufzte Irene auf, als sie feststellte, dass diese noch dort stand, wo sie sie geparkt hatte, nachdem sie ihren Vater getroffen hatte. Es war drei Uhr morgens, aber sie war zu aufgeregt, um gleich ins Bett zu gehen. Sie beschloss, eine Runde zu drehen: Fahren half ihr nachzudenken und sich zu entspannen. Zehn Minuten lang fuhr sie ziellos umher. Sie konnte noch immer nicht glauben, dass Taddeis Ehefrau in die ganze Angelegenheit verwickelt war und er die ganze Zeit nichts gemerkt hatte. Vielleicht hatte er es an demselben Abend herausgefunden, an dem auf ihn geschossen wurde, und war deswegen so durcheinander gewesen. Da bemerkte sie, dass sie ganz in der Nähe des Krankenhauses war, in dem er lag. Sie fuhr noch einen Kilometer weiter, dann hielt sie auf dem spärlich beleuchteten Parkplatz. Sie bockte die Vespa auf, blieb stehen und betrachtete die zahllosen Fenster, die sie drohend anstarrten. Sie versuchte, herauszufinden, hinter welchem Taddei lag. Dann schloss sie die Augen, und kurz darauf konnte sie sich vorstellen, wie der Mann, den sie liebte, sich gefühlt haben musste, als er alles entdeckt hatte. Fassungslosigkeit, Wut, Verwirrung angesichts des Verrats der Frau, die so viele Jahre an seiner Seite gelebt hatte. Vielleicht hatte er sich deshalb niemandem anvertraut. Erst wollte er sicher sein, dass Anna daran beteiligt war oder eine Erklärung von ihr hören, bevor er ihren Namen nannte. Sie sah sein Gesicht vor sich und hoffte, ihre Gedanken könnten ihn irgendwie erreichen und ihm die Kraft geben zu reagieren.

Um vier Uhr schaltete sie die Nachttischlampe in Siniscalchis Apartment aus und wiederholte stumm Scarlett O'Haras Worte: »Morgen ist auch noch ein Tag.«

Um sieben Uhr weckte sie Siniscalchis Anruf. Er wollte auf dem Weg ins Büro bei ihr vorbeikommen. Irene brachte kein Wort heraus. Glück für ihn, denn er hatte sie nach drei Stunden Schlaf geweckt. Sie taumelte mit halbgeschlossenen Augen aus dem Bett ins Bad, hantierte an den Wasserhähnen, schlüpfte unter die Dusche und hoffte, der Kontakt mit dem kalten Wasser würde sie in die Welt der Lebenden zurückholen. Sie hüpfte in der engen Kabine hoch und ließ den kalten Strahl über ihr Gesicht laufen. Die Zeit bis zu dem Punkt, an dem sie das warme Wasser aufdrehte, kam ihr endlos vor. Sie wusch Haare und Körper mit Duschgel und blieb noch etwa zehn Minuten unter der Dusche stehen, weil sie wusste, es würde der einzige entspannende Augenblick des Tages sein, der vor ihr lag. Eingewickelte in ein großes Frottétuch, trocknete sie sich die Haare. Dann beschloss sie, zum Frühstücken in die Bar zu gehen, die sie gestern gesehen hatte.

Der Cappuccino und ein mit Crème gefülltes Brioche machten sie endgültig wach. Irene schaute auf die Uhr, dann zahlte sie hastig. Ettore würde gleich kommen. Bevor sie auf die Straße trat, setzte sie die Sonnenbrille auf, denn zu dieser Zeit war das Licht schon grell und brannte in ihren Augen. Wenige Meter vor der Haustür blieb sie an einem Zeitungskiosk stehen.

»*La Stampa* und *La Repubblica*, bitte«, sagte sie und hielt dem Verkäufer fünftausend Lire hin.

»Nehmen Sie, die liegen da unten.«

Irene ließ sich das Wechselgeld geben und schaute hinunter auf die Auslage, wo die Zeitungen in getrennten Stapeln lagen. Sie zog eine *La Repubblica* heraus und warf einen Blick auf die erste Seite. Hätte sie ein schwaches Herz gehabt, sie wäre auf der Stelle tot umgefallen. Sie griff auch nach *La Stampa* und rannte mit gesenktem Kopf nach Hause, während ihr Herz wie ein Presslufthammer dröhnte.

Als sie die Zeitungen auf den Tisch fallen ließ, fluchte sie in einer Weise, die ihren Vater hätte erblassen lassen. Er war immer so stolz auf seine Erziehung gewesen.

Sie hatten ihr Foto auf die Titelseite gesetzt. Irene dachte an ihren Vater, seine Freunde, ihre Arbeitskollegen. Sie empfand Wut und Scham, während sie begann, den Artikel in *La Repubblica* zu lesen.

Heute Nacht, bei einer Hausdurchsuchung, die im Zusammenhang mit den Ermittlungen im Mordversuch gegen Roberto Taddei in der Wohnung von Irene Bettini, stellvertretende Leiterin der Datenerfassung des SISDE, durchgeführt wurde, hat man eine Pistole gefunden. Die Ermittlungsbeamten nehmen an, dass es sich um die Tatwaffe handelt, und rechnen damit, dass die ballistische Untersuchung dies in wenigen Tagen bestä-

tigen wird. Taddei, ein operativer Agent des Geheimdienstes, wurde vor drei Tagen bewusstlos in seiner Wohnung aufgefunden. Man hatte ihn mit einem Schuss in die Brust niedergestreckt. Die Staatsanwaltschaft von Rom ermittelt jetzt offiziell gegen Irene Bettini. In gut informierten Kreisen heißt es, gegen sie sei bereits Anordnung erlassen, sie in Untersuchungshaft zu nehmen. Sicher ist jedenfalls, die Verdächtige ist spurlos verschwunden und gegen sie wird gegenwärtig ermittelt ...

Irene stand auf, um die Tür zu öffnen. Sie konnte ihren Blick kaum von ihrer Lektüre lösen, die auf sie wie eine Science-Fiction-Story wirkte. Siniscalchi, der einen dunkelgrauen Anzug trug, blieb in der Tür stehen und starrte sie verblüfft an.

»Was hast du denn angestellt? Ich weiß nicht, ob ich dich auf der Straße überhaupt erkannt hätte«, rief er aus und schloss die Tür hinter sich.

»Nichts Besonderes, ich wollte nur mein Erscheinungsbild meinem neuen Leben der letzten Tage anpassen.«

Siniscalchi sah sofort die Zeitungen.

»Also hast du es schon mitgekriegt! Als ich dich anrief, hatte ich gerade die Nachricht im Radio gehört, aber ich wollte es dir lieber persönlich sagen und versuchen, den Schock etwas abzumildern.«

Sie setzen sich einander gegenüber.

»Vor ein paar Minuten wäre ich fast am Zeitungskiosk ohnmächtig geworden. Mein Bild auf der ersten Seite! Ich habe schon davon geträumt, berühmt zu werden, aber darauf wäre ich wirklich nicht gekommen.«

Beide lachten nervös.

»Ich glaube, als Nächstes muss ich von hier verschwinden. Es fehlt nur noch, dass auch du in diese Angelegenheit hineingezogen wirst! Von jetzt an hättest du keine Entschuldigung mehr und ich glaube, man könnte dich sogar wegen Begünstigung anklagen.«

»Das ist mir egal! Du kannst so lange bleiben, wie du magst.«

Irene sah Siniscalchi an. In seinen klaren Augen stand Besorgnis und sie fühlte sich nicht mehr so allein.

»Du hast mir noch nicht erzählt, ob es dir gestern gelungen ist, mit Grassi zu reden.«

»Ja. Ich war gestern bei ihm zu Hause, hatte aber keine Zeit mehr, dich vorher zu informieren. Ettore, entschuldige, ich brauch jetzt wirklich noch einen Espresso. Möchtest du auch einen?«

Siniscalchi nickte. Irene stand auf, drehte ihm den Rücken zu und machte die Espressomaschine sauber.

»Erzähl mir alles. Ich werde nachher versuchen, ein paar genauere Informationen über deinen Fall zu erhalten und gleich zu Foderaro gehen, er wird wissen, ob wirklich ein Haftbefehl gegen dich vorliegt. Also, wie ist es mit Grassi gelaufen? Hast du etwas Neues herausgefunden?«

Irene füllte Wasser in die Espressomaschine und holte die Kaffeedose aus einem Regal. Etwas an Siniscalchis Aufgeregtheit irritierte sie. Sie dachte an das Fest im Haus von Foderaro. Siniscalchi hatte ihr erzählt, er sei da gewesen und hätte sie gesehen, als sie ging. Sie erinnerte sich, dass sie sich umgedreht hatte, bevor sie das Fest verließ.

»Irene?«

»Ich konnte Grassi überreden, mir zu erzählen, was er über Robertos Ermittlungen wusste.«

Jetzt fiel es ihr wieder ein! Als sei das Bild in ihre Netzhaut eingebrannt und würde erst im Moment des Erkennens nach und nach deutlich. An der Tür hatte sie sich noch einmal umgedreht. Anna saß noch dort, wo Irene sich verabschiedet hatte. Rossi stand neben ihr und ein anderer Mann, der Anna die Hand reichte. Dann hatte sie noch einen letzten Blick auf die Musiker geworfen und war gegangen. Erst jetzt wurde ihr bewusst, dass der zweite Mann neben Anna Siniscalchi gewesen war. Also kannte er sie. Und er hatte ihr bis heute nichts davon erzählt!

»Und was hast du erfahren?«

Irene stellte das Gas an und setzte die Espressomaschine auf. Sie wandte sich Siniscalchi zu. Er schien äußerst ungeduldig auf ihre Antwort zu warten.

»Taddei hat ihm Fragen über das Datenarchiv in der Staatsanwaltschaft gestellt, und er wollte wissen, wer Zugang dazu hatte. Das war alles. Leider wusste er nicht, ob Taddei einen konkreten Verdacht hatte.«

Irene schaute Siniscalchi in die Augen und versuchte herauszufinden, ob diese Nachricht ihn enttäuschte, aber sie schien einer Art Sphinx zu begegnen. Es kostete sie eine unmenschliche Anstrengung, gleichfalls ruhig und harmlos zu erscheinen. Er allein wusste, wo sie die Pistole versteckt hatte. Und, welch ein Zufall, die Polizei war noch einmal in ihre Wohnung gekommen und hatte sie gefunden. Sie goss den Espresso in zwei kleine Tassen und stellte sie auf den Tisch.

»Hör mal, Irene, vielleicht wäre es besser, wenn du mir jetzt Taddeis Disketten mitgibst. Ich glaube, bei mir sind sie sicherer aufgehoben, selbst wenn sie nichts Wichtiges enthalten.«

Lächelnd trank Irene einen Schluck Kaffee und versuchte, Zeit zu gewinnen. Vielleicht hatte Siniscalchi ja Anna Taddei informiert, dass ihr Mann in der Angelegenheit ermittelte und dem möglichen Täter auf der Spur war. Und jetzt spielte Siniscalchi weiter sein doppeltes Spiel, um Irene und ihre Nachforschungen unter Kontrolle zu haben.

»Es tut mir leid, Ettore«, sagte Irene und versuchte nicht auf ihre Handtasche zu schauen, die unter dem Tisch stand, nur wenige Zentimeter von Siniscalchis Beinen entfernt, »aber ich habe sie gestern Grassi gegeben.«

»Du hast sie Grassi gegeben? Wie konntest du nur so etwas tun?«

»Vielleicht war das falsch, aber ich hatte ihm erzählt, dass ich sie gefunden habe, und er hat mir versichert, er werde sie dem Staatsanwalt übergeben, der bei den Ermittlungen mit Taddei zusammenarbeitet. Ich habe geglaubt, sie seien bei ihm in guten Händen. Und dann, du weißt doch, ich habe alle überprüft und sie enthielten keine Informationen, die uns weitergebracht hätten.«

Siniscalchi trank seinen Espresso aus und schien langsam seine Selbstbeherrschung wiederzufinden.

»Ja, vielleicht hast du recht. Und was hast du nach dem Besuch bei Grassi gemacht?«

Diese Frage hatte Irene erwartet und befürchtet. Ihr war jetzt klar, dass auch Siniscalchi in den Fall verwickelt war. Ihn hatte Rossi aus ihrem Büro angerufen, während sie sich im Schrank versteckte. Sie versuchte, schnell zu überlegen. Sie konnte nicht leugnen, ins Büro gegangen zu sein, denn Rossi hatte sie sicher auf dem Video entdeckt, nachdem er sich die Aufzeichnung angesehen hatte.

»Ja, sicher. Ich wollte es dir gerade erzählen. Entschuldige, aber nach allem, was mir passiert ist, bin ich ein bisschen durcheinander.«

Siniscalchi machte eine Handbewegung wie ein Priester, als wolle er ihr Absolution erteilen.

»Ich bin in mein Büro gegangen. Grassi hat mir erzählt, Taddei habe ihn im Zusammenhang mit einer laufenden Ermittlung gegen einen sizilianischen Abgeordneten um eine Überprüfung gebeten. Ich habe im Computer nachgesehen, ob es auch in unserem Büro Informationen über diesen Abgeordneten gibt, habe aber nichts gefunden. Danach bin ich nach Hause gegangen.«

Irene war sicher, Siniscalchi glaubte ihr kein einziges Wort. Das konnte er ihr aber nicht sagen, ohne sich selbst zu verraten. Sie konnte ihre Tasche mit einem Fuß berühren, und sie wusste, dass sie den Reißverschluss offengelassen hatte und man die beiden Videokassetten erkennen konnte.

Als er aufstand, betete sie, er möge nicht nach unten schauen.

»Hör zu, Irene. Es ist jetzt ganz wichtig, dass du die Wohnung nicht verlässt. Ich verspreche dir, ich rufe dich so bald wie möglich an. Sprich inzwischen mit niemandem.«

»Ettore, meinst du nicht, ich sollte mich besser der Polizei stellen?«

»Ich weiß nicht. Wir sollten ein wenig darüber nachdenken, sobald ich mit Foderaro gesprochen habe. Jetzt kommt es auf ein paar Stunden auch nicht mehr an. Ich melde mich später bei dir, denk bitte daran, rühr dich nicht von hier weg.«

»Ja, sicher. Wir hören voneinander.«

Irene blieb an der Tür stehen, bis sie Siniscalchi hinter dem ersten Treppenabsatz verschwinden sah, dann lief sie zum Fenster. Sie beobachtete, wie er aus der Haustür trat und sofort die Straße überquerte. Er lief, als hätte er es eilig, der Aktenkoffer, den er in der Hand trug, schaukelte im Rhythmus seiner Schritte. An der ersten Kreuzung blieb er stehen und wurde gleich von zwei Männern eingeholt, die hinter der Straßenecke auf ihn gewartet hatten. Irene konnte ihre Gesichter nicht genau erkennen, da ein Baum ihr die Sicht nahm. Als sie glaubte, die drei würden sich umdrehen und zu ihr hinaufsehen, zog sie den Kopf ein, lief zu ihrer Tasche, nahm ihre Uhr, die noch auf dem Nachttisch lag, und verließ die Wohnung. Sie rannte zwei Stockwerke hinunter und versteckte sich unten, hinter dem ersten Treppenabsatz, gegenüber der Haustür. Sie verharrte ein paar Minuten, ohne sich zu bewegen. Kaum hatte sie sich nach vorne gebeugt, um ihre Tasche aufzuheben, und schon gedacht, sie hätte sich geirrt, als sie hörte, wie sich die Haustür mit einem Schnappen öffnete. Irene kauerte sich zusammen und rührte sich nicht. Die Tür schlug mit einem lauten Knall zu, der im Hausflur widerhallte.

»Du bist ein Trottel, willst du, dass das ganze Haus uns hört?«

»Entschuldige, sie ist mir aus der Hand gerutscht. Welches Stockwerk?«

»Drittes, die erste Tür links. Jetzt sei mal leise, wenn du kannst, und bleib hinter mir.«

Die beiden Männer hatten geflüstert, sie liefen in zwei Meter Entfernung an Irene vorbei und stiegen die Treppe hinauf. Sobald Irene sicher war, dass die beiden sie nicht mehr sehen konnten, ging sie die wenigen Schritte, die sie noch von der Haustür trennten, und trat auf die Straße. Diese Stimmen kannte sie bereits, und das Letzte, was sie wollte, war, den beiden plötzlich gegenüberzustehen. Sie rannte bis zu der Gasse, in der sie ihre Vespa abgestellt hatte, und fuhr los.

11

Irene saß an einem Tischchen unter den Arkaden an der Piazza Esedra, als echte Römerin nannte sie die Piazza della Repubblica immer noch so, hielt ein Glas Coca-Cola in der Hand und beobachtete die Touristen, die den Bürgersteig verstopften. Weil sie immer in einer Schlange hinter ihrem Führer herliefen, der irgendeinen drolligen Gegenstand hochhielt, damit er seine Schäfchen nicht verlor, waren sie leicht zu erkennen.

Auch sie hätte man für eine Touristin halten können, die den späten Vormittag bei einem Aperitif genoss. Gnadenlos brannte die Sonne auf die Piazza aus einem Himmel, grau vor Luftfeuchtigkeit. Irene fuhr sich mit einer Hand durch die nassen Haare und ein Schweißtropfen lief ihr über den Rücken.

Die Vorstellung, dass die Polizei sie suchte und sie wahrscheinlich im Gefängnis landen würde, kam ihr unwirklich vor. Es war das erste Mal in ihrem Leben, dass sie aus Überzeugung gehandelt hatte, anstatt nur – wie sonst – zuzuschauen, und das Ergebnis hatte ihre Erwartungen bei weitem übertroffen. Sie hatte entdeckt, dass Anna, die das Passwort kannte, den Ausweis ihres Mannes benutzt hatte. Rossi und Siniscalchi hatten ihr dabei geholfen, die Informationen des Geheimdienstes anzuzapfen und diese dann an den Abgeordneten weiterzugeben.

Irene hielt ihre Handtasche auf den Knien, und während sie ihre Cola austrank, versuchte sie sich vorzustellen, was Taddei jetzt an ihrer Stelle getan hätte, aber er wäre vielleicht nie in eine solche Situation geraten. Auch wenn derzeit niemand ihren Aufenthaltsort kannte, sie konnte sich ja nicht für immer verstecken. Natürlich konnte sie zu Lo Parco gehen und ihm das ganze Beweismaterial übergeben. Vielleicht glaubte er ihr dann endlich. Oder er würde annehmen, dass sie, indem sie andere beschuldigte, den eigenen Kopf aus der Schlinge ziehen wollte. Es konnte zudem passieren, dass jemand in der Staatsanwaltschaft die Videokassetten und die Dokumente verschwinden ließ. Dann wäre ihre Lage tatsächlich schwierig geworden!

Seit sie Taddei kennengelernt hatte, sah sie die Welt mit anderen Augen an: Beinahe alle Menschen schienen bereit zu sein, für Geld Verbrechen zu verüben, die eigenen Kollegen zu hintergehen, ja, sogar den eigenen Ehemann. Dieses »beinahe« blieb ihre einzige Hoffnung. Grassi hatte ihr gefallen und er hatte ihr geholfen, ohne etwas dafür zu verlangen. Sie hatte niemand anderen, an den sie sich wenden konnte, dem sie vertrauen konnte.

Irene betrachtete den Brunnen in der Mitte der Piazza. Ihr fiel auf, dass sie sich die Statue noch nie genau angesehen hatte. Ein Mann hält in seinen Armen einen Fisch, aus dessen Maul Wasser sprudelt. Hätte man ihr die gleiche Aufgabe gestellt wie Kim in Kiplings gleichnamigem Roman, nämlich ein paar Sekunden lang eine riesige Schale mit kleinen bunten Steinen anzusehen und danach aus dem Gedächtnis die Farben aufzuzählen, sie wäre hundertprozentig durchgefallen. Irene war von ihrer schlechten Beobachtungsgabe überzeugt.

Sie betrat die Bar, um zu telefonieren. Ein älteres Ehepaar saß an einem Tischchen, einige Männer standen am Tresen und der junge Barmann starrte sie neugierig an.

»Ja?«

»Tommaso, ich bin's.«

»Endlich! Weißt du eigentlich, dass du sehr fotogen bist?«

Trotz allem musste Irene lachen. Ja, es war dieser Sarkasmus, den sie an ihrem Freund besonders mochte

»Danke. Ich sehe, du hast die Zeitung gelesen.«

»Ja. Aber, wo bist du jetzt? Was tust du?«

»Ich bin in einer Bar. Gestern habe ich deinen Rat befolgt und bin in mein Büro gegangen. Ich habe eine ganze Menge herausgefunden.«

»Weißt du jetzt, wer auf Taddei geschossen hat?«

»Vielleicht.«

»Und worauf wartest du dann noch? Du musst sofort zur Staatsanwaltschaft gehen.«

»Ja doch, aber vorher muss ich noch jemanden treffen.«

»Ich hoffe, du weißt, was du tust. Es ist wichtig, dass du dich stellst, ansonsten gerätst du immer stärker in den Verdacht, schuldig zu sein. Also, ich komme übermorgen nach Rom zurück.«

»Okay, dann rufe ich dich an. Nein, es ist vielleicht besser, du holst eine Besuchserlaubnis ein, im Gefängnis.«

»Sehr witzig!«

»Das habe ich von dir gelernt. Auch wenn es leider nicht komisch gemeint war.«

»Pass auf dich auf, Irene. Man kann dich wirklich keinen Augenblick allein lassen.«

Irene steckte die Telefonkarte erneut in den Schlitz und schaute sich um. Nichts hatte sich verändert. Der Barmann ging mit einem Tablett an ihr vorbei.

»Bitte?«

»Irene Bettini. Können Sie reden?«

»Wo sind Sie bloß, Signorina? Wissen Sie, dass alle nach Ihnen suchen?«

»Diesen Eindruck hatte ich auch, nachdem ich in die Zeitungen geschaut hatte.«

»Was werden Sie jetzt tun?«

»Wenn Sie können, würde ich Sie gern sofort treffen. Ich habe etwas sehr Wichtiges herausgefunden.«

»Sagen Sie mir, wo ich Sie finden kann.«

Irene bestellte ein Crodino, einen alkoholfreien Aperitif auf Kräuterbasis. Es musste mindestens vierzig Grad heiß sein und am Rand des Glases bildeten sich kleine Wassertropfen, die jedes Mal, wenn sie trank, auf ihre Hose fielen. Ihre Widerstandskraft schien sie für einen Augenblick zu verlassen, so als könnte sie die Hitze nicht mehr ertragen und würde sich zusammen mit den Schweißtropfen auflösen, die ihr den Rücken hinunterliefen. In einem Roman mit dem Titel *Tuareg* hatte sie gelesen, um die glühend heißen Temperaturen in der Wüste auszuhalten, dürfe man sich nicht mehr gegen die Hitze wehren. Man solle sich stattdessen mit der Außenwelt verbinden, ein Teil der drückenden Luft werden, der Sonne, die gleißend hell auf den Asphalt niederbrennt, der Feuchtigkeit, die die Silhouetten der Dinge fließend und unbestimmt erscheinen lässt. Ganz langsam wurde sie ruhiger. Natürlich war ihr noch heiß, aber sie fühlte sich nicht mehr so verängstigt. Vielleicht würde sie reich, wenn sie sich das Verfahren patentieren ließ. Sie lächelte, als sich Grassi neben sie setzte.

»Sie lächeln?«

»Ich dachte an irgendeinen Unsinn, nichts Wichtiges. Vielen Dank, dass Sie gekommen sind«, sagte Irene und winkte dem Kellner.

»Wissen Sie, Signorina, viele würden jetzt gern an meiner Stelle sein.«

»Das bezweifle ich nicht. Schade, dass es nicht an meiner Unwiderstehlichkeit liegt.«

Beiden lachten, und Irene fand ein Gefühl von Vertrautheit wieder, das sie bei ihrer ersten Begegnung mit Grassi empfunden hatte.

Grassi bestellte einen Aperol Soda. Beide schwiegen, bis der Kellner das Glas gebracht hatte.

»Taddeis Ehefrau ist in die Geschichte verwickelt. Sie hat ihrem Mann den Ausweis entwendet, um Zugang zum Archiv zu bekommen, und mein Vorgesetzter hat sie abends in unsere Büros gelassen.«

»Sind Sie sicher? Wie haben Sie das herausgefunden?«

»Alle Agenten des Geheimdienstes und einige Beamte besitzen einen persönlichen Ausweis, mit dem sie Zugang zu den Informationen unseres Archivs erhalten. Gestern Nacht habe ich herausgefunden, dass nur ein Ausweis auf alle Informationen Zugriff hatte, die illegal den Geheimdienst verlassen haben. Er wurde an zwei Tagen benutzt, immer nach Dienstschluss. Ich erinnerte mich, dass unsere Eingangshalle von einer Kamera überwacht wird, und habe die beiden Videokassetten gesucht, die mich interessierten. Um es kurz zu machen, ich habe sie in einem verschlossenen Schrank im Büro von Rossi, meinem Vorgesetzten, gefunden.«

»Und wie haben Sie es geschafft, ihn zu öffnen?«

Bevor sie antwortete, zündete Irene sich eine Zigarette an.

»Manchmal muss man eben Gewalt anwenden.«

Sie beobachtete Grassis Gesichtsausdruck. Er schien sich zu amüsieren.

»Auf den Kassetten war Rossi, mein Chef, zu sehen, wie er Anna, Taddeis Ehefrau, einließ. Und von Taddei weiß ich, dass er glaubte, seinen Ausweis verloren zu haben. Ich trage zwei Videokassetten bei mir und den Ausdruck der Informationen, auf die mit Taddeis Ausweis zugegriffen wurde, mit Datum und Uhrzeit. Ich bin mir sicher, Ettore Siniscalchi, Taddeis Privatsekretär, ist Annas Komplize. An dem Abend, als man auf Taddei geschossen hat, habe ich, als ich zum Abendessen kam, gesehen, wie er mit ihm redete. Mir hat Siniscalchi erzählt, er hätte ihm gerade eine Aufstellung sämtlicher Telefonate gebracht, die der Abgeordnete von seinem Handy aus in den letzten Monaten geführt hat. Damit ich ihm vertraue, hat er so getan, als wolle er mir helfen.«

»Aber warum hat er Ihnen dann das Apartment zur Verfügung gestellt und Ihnen die Disketten gelassen?«

»Darüber habe ich auch schon nachgedacht. Ich glaube, sie wussten noch nicht genau, ob ich ihnen gefährlich werden könnte. Auf diese Weise hat Ettore mein völliges Vertrauen gewonnen und wusste, ich würde ihm alles berichten, was ich herausfinde. Inzwischen haben sie es erreicht, mich mit dem, was ich ihnen erzählt habe, festzunageln. Hätte ich wirklich etwas entdeckt, dann hätten sie mich eben umgebracht. Heute Morgen war Ettore bei mir, und ich habe mich erinnert, wie er auf Foderaros Fest mit Rossi und Anna Taddei geredet hat. Ganz bestimmt hat er begriffen, dass ich ihm nicht die Wahrheit gesagt habe. Sobald er die Wohnung verlassen hatte, hat er die beiden Kerle zu mir geschickt, die mich beraubt und am Meer verfolgt haben. Glücklicherweise habe ich alles vom Fenster aus beobachtet und konnte vorher verschwinden.«

»Unglaublich! Könnte Taddeis Frau vielleicht sogar auf ihren Mann geschossen haben?«

»Das weiß ich nicht, aber inzwischen halte ich alles für möglich. Übrigens, haben Sie mir die Liste mitgebracht, an der Sie gearbeitet haben?«

Grassi betrachtete kurz seine Hände, die er übereinander auf den Tisch gelegt hatte.

»Es tut mir leid. Gestern Nachmittag hat mich Dottore Greco gerufen. Als er von der Liste erfahren hat, um die Taddei mich gebeten hatte, verlangte er, dass ich ihm diese Liste sofort gebe. Ich konnte sie nicht einmal kopieren, weil ich auf dem Weg zurück in mein Büro von einem Polizisten begleitet wurde. Ich könnte sie noch einmal zusammenstellen, dazu würde ich nur ein paar Stunden brauchen.«

»Nein. Lassen Sie nur. Ich kann nicht für immer davonlaufen. Und Sie haben mir ja gesagt, dass Sie Greco vertrauen.«

Grassi nickte.

»Ich glaube, es ist besser, wenn ich mich noch heute stelle. Im Gefängnis werde ich sicherer sein. Glauben Sie nicht?«

Nachdem sie diese Entscheidung getroffen hatte, fühlte Irene sich erleichtert.

»Und was werden Sie mit den Videokassetten und den Papieren anfangen?«

»Auch deswegen habe ich Sie hergebeten. Es muss jemanden geben, der in der Staatsanwaltschaft arbeitet und der in all das verwickelt ist. Ich habe jetzt keine Möglichkeit mehr, seine Identität herauszufinden, aber ich fürchte mich davor, alles Lo Parco zu übergeben, der mir bisher nicht geglaubt hat. Einmal angenommen, jemand lässt alles verschwinden, ich wäre dann praktisch jeder Möglichkeit beraubt, meine Unschuld zu beweisen. Auch bin ich überzeugt, dass die Pistole, die man in meiner Wohnung gefunden hat, dieselbe ist, mit der auf Taddei geschossen wurde. Lo Parco ahnt schon, dass ich eine Affäre mit ihm hatte, und ich kann es nicht leugnen. Können Sie sich das vorstellen? Er hat Liebe als Motiv und dazu die Tatwaffe. Einfacher geht es doch nicht!«

Grassi nickte nachdenklich.

»Und nun?«

»Das Einzige, was mir einfiel, ist, alles Ihnen zu übergeben. Dann entscheiden Sie, was damit geschehen soll. Sie könnten es Greco bringen, wenn Sie ihm vertrauen. Würden Sie das tun?«

»Natürlich. Ich halte das auch für den besten Weg.«

Irene öffnete ihre Handtasche, holte die beiden Kassetten, einige Papiere und die drei Disketten heraus und legte sie auf den Tisch.

Eine blauweiße Alfetta der Polizei fuhr auf die Piazza und begann, entlang der Arkaden die geparkten Autos und Mopeds abzufahren. Ein Polizist auf dem Beifahrersitz, den Unterarm auf den Rand des geöffneten Fensters gestützt, kontrollierte aufmerksam alle Kennzeichen. Als der Wagen Irenes Vespa erreichte, machte er seinem Kollegen ein Zeichen, der hielt an. Der Polizist schob die Sonnenbrille nach unten auf die Nasenspitze und schaute auf ein Blatt, das am Armaturenbrett hing. Er verglich die Kennzeichen und stieg aus. Er betrat die Arkaden und sah sich um. Auf der einen Seite waren nur Passanten, auf der anderen eine Bar, vor der einige Tische standen. Nachdem er seinem Kollegen im Wagen ein Zeichen gemacht hatte, steuerte er in diese Richtung.

Grassi nannte Irene gerade den Namen eines Strafrechtlers, aber als er aufblickte, unterbrach er sich mitten im Satz.

»Da ist ein Polizist, er kommt direkt auf uns zu.«

Instinktiv betrachtete Irene Grassis Hand auf dem Stapel Papier, den sie ihm gerade gegeben hatte, dann das Gesicht des Mannes, der auf einen Punkt an der Wand hinter ihr starrte.

Auch er hatte sie verraten! Jetzt, ohne diese Beweise, würde ihr niemand mehr glauben, dass sie mit dem Anschlag auf Taddei nichts zu tun hatte, und wenn man sie hier in der Bar verhaftete, könnte sie nicht einmal erklären, dass sie sich hatte stellen wollen.

Ruckartig stand sie auf, ohne auf Grassi zu achten, der ihr etwas zuflüsterte. Mit schnellen Schritten ging sie in Richtung Via Nazionale. Sie hatte schon die wenigen Stufen zurückgelegt, die sie noch von der Straße trennten, als sie eine Polizeisirene hörte. Knapp hinter ihr brüllte eine Stimme: »Stehenbleiben! Polizei! Stehenbleiben oder ich schieße!«

Ohne sich umzudrehen, rannte sie über die Straße und wich dabei den Autos aus. Plötzlich sah sie das Polizeiauto mit aufheulender Sirene links neben sich auftauchen. Sie drehte sich um. Noch einmal hörte sie, wie der Polizist sie anschrie, sie solle stehenbleiben, und lief schneller. Im gleichen Moment zerrissen quietschende Reifen ihr Trommelfell, sie hörte, wie ein Wagen heftig bremste und spürte einen starken Schlag an der Seite. Unzählige Bilder liefen in Zeitlupe vor ihren Augen ab, wie ein Film, in dem jedes Bild eine ganze Geschichte erzählt. Ihr Körper flog durch die Luft und sie fand es merkwürdig, ihre Eltern zu sehen, die sie anlächelten, während sie aus dem Kindergarten kam und auf sie zurannte. Tommaso tröstete sie, als ihr Freund sie verlassen hatte. Taddei küsste sie im Auto, bevor sie auf der Mole essen gingen. Dann plötzlich umfing sie eine riesige schwarze Wolke, die sie davontrug.

12

Irene hörte Schreie, jemand schien verzweifelt nach ihr zu rufen, aber es gelang ihr nicht zu antworten. Sie begann, sich zu fürchten. Wer sie suchte, würde gehen und sie hier allein zurücklassen. Sie konnte sich weder bewegen noch sprechen. Mit aller Kraft versuchte sie, die Augen zu öffnen, aber kein Teil ihres Körpers reagierte. Sie kämpfte gegen die vollständige Lähmung an und stöhnte, bis eine Hand sich auf ihre Stirn legte.

»Ganz ruhig, Signorina, es ist alles in Ordnung.«

Endlich konnte sie die Augen öffnen. Von oben strömte gleißend helles Licht und neben ihr stand ein Schatten. Sie bewegte ein paar Mal die Lider, bis sie ihre Umgebung deutlich erkennen konnte. Sie lag in einem Bett. Es stand in einem weißgestrichenen Raum, durch das Fenster sah man den blauen Himmel. Neben ihr stand eine Krankenschwester und lächelte.

»Wo bin ich? Was ist passiert?«

»Sie hatten einen Unfall, ein Auto hat Sie angefahren. Sie haben einen schlimmen Schlag auf den Kopf bekommen, und wir mussten Ihren Arm in Gips legen. Entschuldigen Sie, ich muss jetzt den Arzt rufen und ihm sagen, dass Sie wieder bei Bewusstsein sind.«

Irene schloss ihre Augen und tastete den Gips ab, der ihren Arm bis zum Ellenbogen bedeckte. Sie empfand ihren Körper als Last und jedes Mal, wenn sie sich bewegte, spürte sie Stiche und ihre Schläfen pochten.

»Signorina Bettini, schön, dass Sie aufgewacht sind. Ich bin Dottore Marchesi.«

Ein Mann, ungefähr vierzig, er trug einen weißen Kittel, schaute auf sie herunter. Er hatte helle Augen und sein Aftershave roch angenehm.

»Entschuldigen Sie, aber ich muss Ihnen jetzt einige Fragen stellen. Wie heißen Sie?«

»Irene.«

»Wie alt sind Sie.«

»Dreißig.«

»Wie heißen Ihre Eltern?«

»Giovanni und Silvia.«

»Erinnern Sie sich daran, was Sie kurz vor dem Unfall getan haben?«

»Ich saß in einer Bar unter den Arkaden an der Piazza della Repubblica und trank etwas.«

»Haben Sie irgendeine Erinnerung an den Unfall?«

»Ich weiß nicht ... Mein Kopf tut weh ... Ich glaube, ich überquerte gerade die Straße, an mehr erinnere ich mich nicht.«

»Keine Sorge, Sie haben nur die Erinnerung an das Trauma, das Sie erlitten haben, verloren. Das ist bei einem Schädeltrauma völlig normal. Sie sind von einem Auto angefahren worden und haben einen Schlag auf den Kopf bekommen. Außerdem ist Ihr Handgelenk gebrochen und Sie haben ein paar Schürfwunden abgekriegt. Aber Sie haben Glück gehabt. Wir haben eine Computertomographie gemacht, es ist alles in Ordnung. Wie Sie sehen, wurde Ihr Bruch schon gerichtet. Sie müssen drei Tage zur Beobachtung hier bleiben.«

Es klopfte an der Tür und ein Polizist erschien.

»Darf ich, Dottore? Die Krankenschwester hat mir gesagt, dass Dottoressa Bettini aufgewacht ist ...«

»Wenn es sein muss ... Denken Sie bitte daran, sie steht noch unter Schock. Sie haben ein paar Minuten.«

Irene beobachtete den Arzt, der verärgert das Zimmer verließ, und wollte ihn schon zurückrufen, ihm sagen, er solle sie nicht allein lassen, aber sie brachte kein Wort heraus.

»Ich muss Ihnen mitteilen, dass gegen Sie ein Haftbefehl vorliegt. Sie haben das Recht, einen Anwalt Ihres Vertrauens zu benennen. Andernfalls wird Ihnen einer von amtlicher Seite gestellt.«

Wo hatte sie diesen Satz schon gehört? Irene betrachtete die Papiere, die der großgewachsene Mann mit dem neugierigen Blick ihr reichte, aber sie konnte nicht genau verstehen, was er sagte.

»Mein Arm ist in Gips ...«

Der Ispettore, der ihr gerade einen Stift geben wollte, blickte verlegen auf ihren Gips.

»Das macht nichts, unterschreiben Sie mit links, es reicht auch irgendein Gekritzel.«

Endlich kam der Arzt zurück.

»Sind Sie fertig?«

»Fast ... sie muss nur noch die Papiere unterschreiben.«

»Warten Sie, ich helfe Ihnen«, sagte der Arzt zu Irene, während er die Fernbedienung nahm, die auf dem Nachttisch neben dem Bett lag. Das Kopfteil des Bettes hob sich und blieb dann stehen.

»Genügt das?«

Irene nickte, nahm den Stift in die linke Hand und mit äußerster Anstrengung unterschrieb sie die Papiere, dabei fühlte sie sich wie ein kleines Mädchen bei seinen ersten Schreibversuchen. Das Ergebnis war katastrophal, aber der Polizist sagte nichts dazu.

»Bis zu Ihrer Entlassung bleiben Sie in diesem Krankenhaus in Untersuchungshaft. Dann werden Sie ins Gefängnis Regina Coeli verbracht. Sie dürfen das Zimmer nicht verlassen, sonst begehen Sie den Strafbestand der Flucht. Das Gericht hat angeordnet, Sie unter strenge Bewachung zu stellen. Sie könnten sowieso nicht fliehen. Das wäre alles. Auf Wiedersehen.«

Irene beobachtete, dass der Ispettore neben der Tür stehenblieb und ein paar Worte mit seinem Kollegen wechselte, der dort auf einem Stuhl saß. Dann entschwand er aus ihrem Blickfeld.

Schon die kleinste Bewegung bereitete ihr Schmerzen, als wäre kein Muskel oder Knochen von dem Aufprall verschont geblieben.

Der Arzt ging zur Tür, schloss sie und kam wieder zu ihr.

»Also, wie fühlen Sie sich?«

Irene schloss einen Moment lang die Augen und war froh, dass er ihr keine persönlichen Fragen stellte.

»Schlecht, mir platzt der Kopf, ich habe Schwierigkeiten, alles deutlich zu sehen und überall Schmerzen.«

Der Mann nahm die Kopie des Haftbefehls, die auf dem Bett liegen geblieben war, und legte sie in die Schublade des Nachttischs. Dann notierte er etwas auf der Patientenkarte, die er in der Hand hielt.

»Keine Angst, das ist nach einem solchen Unfall normal. Ich verordne Ihnen ein Schmerzmittel und etwas zum Schlafen, damit Sie die Nacht gut überstehen.«

»Was ist mit meinem Vater? Hat man ihn benachrichtigt?«

»Ja. Ich habe ihn vor kurzem gesehen und er hat nach Ihrem Befinden gefragt. Ich habe ihn beruhigt, leider sind alle Besuche verboten, deshalb darf er Sie nicht sehen. Auch der Untersuchungsrichter hat angefragt, ob er Sie verhören kann, aber ich habe ihm mitgeteilt, vor morgen sei daran nicht zu denken. Morgen früh komme ich wieder, aber wenn Sie etwas brauchen, dann müssen Sie nur auf die rote Taste drücken.«

Er ging und Irene schloss die Augen. Ihre Gedanken waren kurz aufleuchtende Blitze, die sofort vom Schmerz vertrieben wurden. Sie versuchte, ruhig liegenzubleiben, aber auch so taten ihr der Arm, beide Beine, der Hals und die rechte Seite weh. Als sie sich ein wenig bewegte, um den Schmerz zu lindern, ging es ihrem Bein besser, dafür quälten sie plötzlich eine Schulter oder die andere Seite.

Der Schmerz beherrschte sie vollkommen.

Sie wusste nicht, wie viel Zeit verstrichen war, als sie aufwachte. Eine Krankenschwester mit einem komischen Häubchen wechselte neben ihrem Bett den Tropf. Sie berührte einen Zipfel ihres Kittels. Ihr gefiel dieses Häubchen und sie wollte das Gleiche haben. Es kam ihr so vor, als hätte sie schon einmal eins getragen, aber sie konnte sich nicht mehr daran erinnern, wann das gewesen war ...

Lächelnd löste die Krankenschwester die Hand, die ihren Kittel gepackt hielt, und brachte das Bett in Ordnung. Sie füllte Wasser in ein Glas und ließ Irene zwei Tabletten schlucken. Sie schlief bereits, als die Krankenschwester die Tür schloss.

Den restlichen Nachmittag, die ganze Nacht und den nächsten Morgen verbrachte Irene schlafend, mit kurzen Wachphasen, die ihr durch den Cocktail aus Schmerz- und Schlafmitteln, den man ihr alle acht Stunden verabreichte, wie ein Traum vorkamen.

»Irene, wach auf, komm, Irene, ich bin's, Irene ...«

Irene machte die Augen auf und sah jemandem, der ihr den Rücken zudrehte und dabei war, die Rollläden hochzuziehen. Das Sonnenlicht brachte ihr die Erkenntnis, dass es Tag war, und als sich die Frau zu ihr umdrehte, entdeckte sie mit Vergnügen, dass es Rita war.

»Du bist es, Rita! Wie hast du es nur geschafft, hier hereinzukommen?«, fragte Irene und griff nach einem Glas Wasser.

Rita kam ihr zuvor, sie nahm das Glas und führte es an Irenes Lippen. Mit der anderen Hand stützte sie ihren Kopf und ließ sie in kleinen Schlucken trinken.

»Wie geht es dir? Ich war so besorgt, als ich erfahren habe, dass du hier eingeliefert wurdest.«

»Es ging mir schon mal besser, aber nach allem, was passiert ist, kann ich mich nicht beklagen. Wie spät ist es?«

»Fast ein Uhr. Weißt du, der Arzt, der gestern bei dir war, ist ein Freund von mir, und ich habe ihn dazu gebracht, dass er mich in Vertretung der Dienst habenden Schwester zu dir geschickt hat.«

Rita holte eine Plastikschüssel aus dem Bad und füllte sie mit Wasser. Die Anwesenheit ihrer ehemaligen Mitschülerin beruhigte Irene ein wenig. Sie beobachtete sie, während Rita den Schwamm in die Hand nahm, die Bettdecke wegzog, ihr sanft das Nachthemd abstreifte und damit begann, ihren Körper zu waschen. Inzwischen erklärte ihr Rita, es sei völlig normal, dass sie wegen des Schädeltraumas ein paar Tage im Krankenhaus bleiben müsse, sie solle sich nicht beunruhigen, ihr Bruch sei perfekt gerichtet, und sonst gebe es keine nennenswerten Verletzungen.

Irene schaute an ihrem nackten Körper herunter. Hatte sie abgenommen? Links und rechts von ihrem flachen Bauch schauten die Beckenknochen hervor. An ihren Beinen sah sie Kratzer und dunkelviolette Blutergüsse. Der Gips ließ ihre Fingerspitzen frei, und als sie versuchte diese zu bewegen, stellte sie erstaunt fest, dass sie ihr, wenn auch mühsam, gehorchten.

»Rita, weißt du vielleicht etwas über Roberto Taddei?«

Ritas rundes Gesicht zeigte keine Regung und Irene nahm es als schlechtes Zeichen.

»Es gibt nichts Neues. Er liegt weiterhin im Koma. Aber seine vitalen Funktionen sind stabil. Er könnte jeden Moment aufwachen.«

»Aber er könnte genauso gut nie wieder aufwachen?«

Mit der Unterstützung ihrer Freundin drehte Irene sich leise stöhnend auf die Seite und fühlte, wie der lauwarme Schwamm in rhythmischen Bewegungen ihren Rücken hinunterglitt.

»Alles ist möglich, aber du darfst jetzt nicht daran denken.

Erhole dich erst einmal«, antwortete Rita, während sie ihr das Nachthemd wieder überstreifte.

»Am liebsten möchte ich so lang wie möglich hier bleiben, wenn ich daran denke, wohin ich danach gehen muss.«

Rita half ihr, sich wieder hinzulegen und zog die beiden Kissen unter ihrem Kopf zurecht.

»Ja, ich habe es in der Zeitung gelesen. Sie schreiben, die Polizei habe die Waffe in deiner Wohnung gefunden«, meinte Rita und starrte sie neugierig an.

»Ja, das habe ich auch gelesen.«

Sie sah Ritas Enttäuschung, als die Tür sich plötzlich öffnete und der Arzt eintrat, begleitet vom Duft seines Aftershaves, der ihr gestern sehr gefallen hatte. Sie musste daran denken, ihn nach der Marke zu fragen.

»Also, wie sieht es heute aus?«, fragte er und legte ihr eine Hand auf die Stirn. »Sie wirken munterer und viel entspannter.«

»Ganz wunderbar! Vielleicht sogar noch besser, als vor meinem Unfall.«

In ihrem scherzenden Ton schwang eine sarkastische Note mit, die den Arzt aber nicht aus der Fassung brachte.

»Sehr gut, Ärger ist immer ein Zeichen dafür, dass es aufwärtsgeht.«

Zwei lächelnde Augen sahen Irene an, die ebenfalls lachen musste.

»Können Sie mir schon sagen, wann ich entlassen werde?«

»Wenn Sie weiterhin Fortschritte machen, in ein paar Tagen.«

»Lässt du uns bitte allein, Rita?«

»Ja, natürlich. Irene, versuch, wieder auf die Beine zu kommen. Wir sehen uns dann.«

Rita beugte sich zu ihr und küsste sie auf beide Wangen.

»Ciao, und danke für alles.«

Sobald die Tür sich geschlossen hatte, holte der Arzt ein Buch aus der Tasche seines Kittels und reichte es ihr.

»Ihr Vater hat mich gebeten, Ihnen das hier zu geben, damit Sie sich nicht zu sehr langweilen. Ich soll Ihnen auch sagen, er liebe Sie und sei überzeugt, dass sich alles bald aufklären wird. Sobald man es ihm erlaubt, wird er Sie besuchen.«

Irene nahm das Buch. Sie kannte den Autor nicht. Ein gewisser Izzo. Sie umschloss es mit beiden Händen und dankte ihrem Vater stumm für diese Geste und seine Worte. Sie fragte den Arzt, ob er ihr auch Zeitungen besorgen könne, und er versprach ihr, sich darum zu kümmern.

Er maß ihre Temperatur, fragte sie, wie sie sich in den vergangenen Stunden gefühlt habe, und vermerkte auf dem Patientenblatt die neue Dosierung der Schmerz- und Schlafmittel.

»Noch etwas. Ich fürchte, ich kann dem Untersuchungsrichter nicht länger verbieten, Sie zu verhören. Ihr Zustand ist inzwischen stabil. Aber rufen Sie mich sofort, falls es Ihnen schlechter gehen sollte.«

Irene nickte. Als sie wieder allein war, dachte sie, je schneller man sie befragte, desto besser. Sie hatte zwar große Angst, dass man ihr nicht glauben würde, aber den gefürchteten Termin weiter hinauszuschieben erschien völlig sinnlos. Nein, ebenso gut konnte sie sich so bald wie möglich der Situation stellen und vielleicht lief ja dann alles besser, als sie es erwartete.

Sie schlug das Buch auf und las mühsam die ersten Seiten. Sie spürte, wie ihre Augen sich der Anstrengung verweigerten. Kurz darauf schlief sie mit dem offenen Buch im Schoß ein.

Ein Geräusch weckte sie, neben ihr stand ein Polizist und sah sie verlegen an.

»Entschuldigen Sie, wenn ich Sie geweckt habe, ich bringe Ihnen die Zeitungen«, sagte er und legte sie aufs Bett.

Irene bedankte sich bei ihm und als sie die Papiere in seiner

Hand bemerkte, begriff sie, dass er nicht nur wegen der Zeitungen gekommen war.

»Außerdem muss ich Sie über die bevorstehende Befragung durch den Untersuchungsrichter informieren.«

Irene vollbrachte nochmals die mühsame Prozedur, mit der linken Hand zu unterschreiben. Der Richter würde um neun Uhr am nächsten Tag kommen. So hatte sie zumindest noch eine Nacht, um zu Kräften zu kommen, und die Hoffnung, wieder klar denken zu können, wenn sie seine Fragen beantworten musste.

Ein Lächeln stahl sich auf ihre aufgesprungenen Lippen. Es gab ein Sprichwort, das ihr Vater ihr vergeblich vorgehalten hatte: »Was du heute kannst besorgen, das verschiebe nicht auf morgen.« Wie viel bequemer und beruhigender war für sie immer das genaue Gegenteil gewesen. Sicher hielt man sie jetzt für eine gefährliche Kriminelle, da der Untersuchungsrichter sogar auf seine Sonntagsruhe verzichtete, um sie zu verhören.

Auf der Suche nach Neuigkeiten las sie die Artikel, die sich mit ihr beschäftigten. Es ging um ihren Unfall und den Fluchtversuch. Man schrieb, ihr Zustand sei stabil und ehe man sie ins Gefängnis verlege, würde der Untersuchungsrichter sie verhören. In einem Artikel erkannte sie sich überhaupt nicht wieder. Er zeichnete ein Porträt von ihr und beschäftigte sich dabei hauptsächlich mit ihrer Studienzeit und ihrer beruflichen Laufbahn. Stellungnahmen von Bekannten und Kollegen wurden zitiert, die sich alle nicht genug darüber wundern konnten, dass eine so ruhige und ausgeglichene Frau zu einer derart absurden Tat fähig sein sollte. Offensichtlich stellte niemand ihre Schuld in Frage.

Nur ihr Vater hatte sich geweigert, Erklärungen abzugeben. Irene fühlte sich erleichtert. Sie hatte es immer als schlechten Stil empfunden, wenn Menschen, deren Angehörige in Verbrechen oder Rechtsstreitigkeiten verwickelt waren, sich vor laufender Kamera zu peinlichen und erniedrigenden Interviews hergaben. Sie verstand einfach nicht, wie man Schmerz, ein Gefühl, das doch eigentlich im Innern ausgelebt werden musste, vor Millionen unbeteiligter Menschen ausbreitete, als ob das Bedürfnis, von allen gesehen zu werden, alle anderen Empfindungen in den Schatten stellte.

Sie legte das Buch und die Zeitungen auf den Nachttisch, dann zog sie das Laken weg. Sie stützte sich mit ihrem gesunden Arm ab und schaffte es so, sich aufzusetzen. Als die Mischung aus Benommenheit und Übelkeit nachließ, stand sie auf und ging mit kleinen Schritten ins Bad.

Sie hatte sich gerade wieder ins Bett gelegt, als die Krankenschwester mit einem dampfenden Tablett hereinkam. Sie rückte einen kleinen Tisch vor Irene hin und stellte das Abendessen darauf.

Es war achtzehn Uhr.

»Versuchen Sie, alles aufzuessen. Seit dem Unfall haben Sie nichts mehr bekommen«, rief sie, bevor sie Irene wieder allein ließ.

Als sie die Gemüsesuppe probierte, merkte Irene, wie hungrig sie war. Nach der Suppe machte sie sich gierig über das gegrillte Hühnchen mit den gekochten Kartoffeln her und verspeiste dann noch eine Orange.

Als die Krankenschwester das Tablett abräumte, war sie sichtlich zufrieden. Sie schenkte Irene ein Lächeln, wie ihre Lehrerin im Gymnasium, wenn es für eine Arbeit eine gute Note gab.

Wie einfach war doch das Leben einer Kranken und ohne Sorgen. Alle Entscheidungen wurden einem abgenommen, dachte Irene noch, während sie einschlief.

Stimmen auf dem Flur. Irene wachte auf und hörte, wie zwei Männer sich vor ihrer Zimmertür unterhielten. Die Tür war nur angelehnt.

»Gehen Sie nur und trinken Sie einen Kaffee, ich bin ja jetzt bei ihr, Sie können sich ruhig eine halbe Stunde Zeit lassen.«

»Ja gut, Dottore, vielen Dank.«

Irene war überrascht, Lo Parco zu sehen, der die Tür schloss und sie begrüßte, während er seine Aktenmappe auf den Boden stellte. Durch das Fenster sah man den blauen Himmel, gesprenkelt mit den rosafarbenen Reflexen der Abenddämmerung.

Der Staatsanwalt näherte sich dem Bett und blieb schweigend stehen. Sein Blick war unergründlich.

Irene brach als Erste ein Schweigen, das peinlich zu werden drohte.

»Wie spät ist es?«

»Ungefähr acht«, sagte er, ohne auf seine Uhr zu schauen.

»Aber sollte ich nicht erst morgen früh durch den Untersuchungsrichter verhört werden?«

Lo Parco starrte auf einen Punkt hinter ihrem Kopf und gab keine Antwort. Dann sah er sie an und schien sich zu erinnern, wo er war und bei wem. Sein Gesicht wirkte müde. Um seine Augen lagen dunkle Schatten.

»Morgen habe ich keine Zeit, da ich für ein paar Tage verreise. Ich bin aus reinem Pflichtbewusstsein zu Ihnen gekommen, ich wollte wissen, ob Sie morgen auf die Fragen des Untersuchungsrichters antworten und Ihre Schuld eingestehen werden.«

Irene fuhr hoch. Sie griff zur Fernbedienung und stellte das Kopfteil ihres Bettes höher. Dann wendete sie sich wieder dem Staatsanwalt zu.

»Natürlich werde ich antworten und ich werde ihm dasselbe erzählen, was ich Ihnen erzählt habe. Ich habe nicht auf Taddei geschossen. Es ist wahr, ich habe das erste Mal gelogen, aber da war ich verwirrt und hatte Angst, Sie würden mir nicht glauben und mich verdächtigen.«

»Aber Sie ...«

»Ja, in der Nacht, als man auf ihn geschossen hat, war ich bei ihm zu Hause, aber ich liebe ihn und hatte kein Motiv, ihm etwas anzutun. Ich habe in den letzten Tagen einiges herausgefunden in der Sache, in der er ermittelte, und ich glaube, ich weiß, wer ein Interesse daran hatte, ihn umzubringen. Es gibt auch handfeste Beweise.«

Irene hatte sich nach vorn gebeugt, sie sprach erregt, ihre Wangen waren gerötet und ihre Stirn brannte, als hätte sie Fieber. Dann lehnte sie sich in die Kissen zurück und versuchte, sich zu beruhigen. Lo Parco ging zum Fenster und schaute hinaus.

»Sie sagen, Sie haben den Schuldigen gefunden. Gut, dann sagen Sie mir jetzt, wer es ist«, sagte der Staatsanwalt, drehte sich um und lehnte sich gegen das Fensterkreuz.

Er wirkte unbeteiligt, und der trockene Tonfall, in dem er gesprochen hatte, vermittelte den Eindruck, er sei mit seinen Gedanken meilenweit entfernt.

»Sehr viele Personen sind in den Fall verwickelt. Ettore Siniscalchi, Taddeis Sekretär, Rossi, der Leiter des Archivs, zwei Männer, die ich nicht kenne, sie haben mir die Handtasche abgenommen und bestimmt auch die Pistole in meine Wohnung gelegt, außerdem Taddeis Ehefrau.«

»Seine Frau«, flüsterte Lo Parco, als wäre er keineswegs überrascht.

Irene wusste nicht mehr, was sie denken sollte. Sie begriff nicht, ob dieser Mann ihr glaubte oder ob er dachte, sie sei eine verrückte Mörderin, die phantasierte und so versuchte, ihren Kopf zu retten.

»Ja, mit der Hilfe meines Vorgesetzten hat sie an zwei Abenden unsere Büros betreten und den Ausweis ihres Mannes benutzt, um Zugriff auf geheime Informationen zu erhalten, die dann von einem Abgeordneten an die Mafia weitergegeben wurden. Ich glaube, sie hat auch einen Komplizen in der Staatsanwaltschaft, aber ich habe nicht herausfinden können, wer es ist.«

Lo Parco öffnete das Fenster und beugte sich kurz über das Fensterbrett, um in die Tiefe zu schauen.

»Von hier oben geht es tief hinunter. Sie hatten eine Affäre mit Taddei und haben versucht, ihn zu töten, als Sie entdeckt haben, dass er mit Ihnen nur spielt und nicht die Absicht hat, seine Frau zu verlassen.«

»Was sagen Sie da?« Irenes Stimme klang gepresst.

»Sie haben mir alles gestanden und waren entsetzt über das, was Sie getan haben. Ich habe nur kurz den Raum verlassen, als Sie eine Verzweiflungstat begingen ...«

Während er noch redete, drehte er sich ganz plötzlich um, nahm ein Kissen von einem Stuhl und war sofort bei ihr.

»Was tun Sie da? Hiil...«

Irene sah, wie eine weiße Masse sich auf sie herabsenkte, sie spürte, wie der weiße Stoff auf ihr Gesicht drückte und in ihren Mund eindrang, der noch geöffnet war, zu einem verzweifelten Hilfeschrei.

Sie wollte weiter schreien, aber aus ihrer Kehle kam nur ein verlorener, erstickter Laut. Deshalb hörte sie sofort auf, und versuchte verzweifelt, Luft zu bekommen, das Kissen wegzureißen. Aber ihr fehlte die Kraft. Mit jeder Sekunde, die verging, lastete das Gewicht des Kissens schwerer auf ihr, ihre Lunge schmerzte jetzt, und sie fing an, sich zu winden. Immer hatte sie sich vorgestellt, der Tod durch Ersticken gehöre zu den schlimmsten Todesarten. Jetzt überfiel sie eine Welle der Angst, die jede Vernunft wegfegte. Ihre Beine waren durch das Laken in ihrer Bewegungsfreiheit gehindert, mit dem freien Arm griff sie nach dem Rand des Kissens, ließ ihn sofort wieder los und versuchte lieber, den Mann zu fassen, ihn zu kratzen, ihn wegzustoßen. Sie benutzte ihren Gips, um aufs Geratewohl um sich zu schlagen. Endlich gelang es ihr, seinen Arm zu packen, sie klammerte sich mit letzter Kraft an den Stoff der Jacke, aber der Druck auf ihr Gesicht ließ nicht nach, und sie merkte, sie würde es nie schaffen. Rote und weiße Blitze zuckten in ihren Augen, während sie nach und nach aufhörte, sich zu wehren, und ihr Griff sich lockerte.

Plötzlich fiel ein Schuss, Stimmen riefen: »Halt! Lassen Sie sie los!« Der ungeheure Druck in ihrem Kopf ließ nach, noch ein Schuss.

Verzweifelt schnappte sie nach Luft, bis jemand das Kissen herunterriss. Sie schaffte es nicht, nein, sie bekam einfach keine Luft mehr. Hände stützten sie, damit sie sich aufsetzen konnte, beugten sie nach vorn, während sie sich mit geschlossenen Augen und weitgeöffnetem Mund, der abgehackte Laute ausstieß, bemühte, Luft zu holen. Bei jedem Atemzug blockierte etwas unten in ihrer Kehle, die sich schloss.

Ein Arm legte sich um ihre Schultern und eine Hand hielt ihr die Stirn.

»Haben Sie keine Angst, entspannen Sie sich und atmen Sie flach. Ja, so, sehr gut, weiter. Los, atmen Sie. Alles ist vorbei.«

Irene öffnete die Augen ein wenig. Sie starrte auf das Laken unter sich. Einige Sekunden lang atmete sie so weiter, ohne das es der Luft gelang, einzuströmen, bis sie merkte, dass endlich etwas davon ihre Lungen erreichte. Der Nervenknoten, der ihre Kehle blockierte, löste sich langsam. Jede Zelle ihres Körpers erwachte durch den lang entbehrten Sauerstoff wieder zum Leben.

»Sehr gut, Irene. Jetzt entspannen Sie sich. Warten Sie, ich schüttele Ihre Kissen auf.«

»Was ist passiert…?«, brachte sie mit rauer Stimme heraus und musste husten.

Auf einmal sah sie die Menschen, die das Zimmer füllten. Ihr Arzt fühlte ihr den Puls, Dottore Greco sah sie besorgt an, eine Krankenschwester kniete auf dem Boden und wischte einen dunklen Fleck weg, ein Polizist machte Fotos und ein zweiter stand an der Tür und schien auf Anweisungen zu warten.

»Keine Sorge, Dottoressa, es ist alles in Ordnung. Wir haben gerade Lo Parco verhaftet. Jetzt müssen Sie sich nur noch ausruhen.«

»Aber ich möchte wissen ...«

Vorwurfsvoll brachte der Arzt sie zum Schweigen. Er spritzte ihr eine Flüssigkeit in die Armbeuge.

Verärgert schloss Irene die Augen. Sie hatte ein Recht darauf, alles zu erfahren.

Lo Parco hatte eben versucht sie umzubringen, dann hatten sie auf ihn geschossen, dieser Fleck auf dem Boden musste Blut sein. Sie war müde, sehr müde, aber sie wollte wissen, ob ...

13

Eine Hand strich über ihre Haare. Irene lächelte, und als sie die Augen öffnete, sah sie ihren Vater vor sich, dessen Blick so voller Zärtlichkeit war, dass sie sich an ihre Kleinmädchenzeit erinnert fühlte.

»Mein Spätzchen, willkommen unter den Lebenden.«

»Ciao, Papa, ich glaube, diesmal hat nicht viel gefehlt.«

»Komm, denk nicht mehr daran. Spätzchen, wie fühlst du dich? Hörst du nun endlich damit auf, mir Sorgen zu bereiten? Denk daran, dein Vater ist ziemlich in die Jahre gekommen.«

»Für jemanden, der einen Autounfall und einen Kampf überlebt hat, mit dem Gipsarm gegen jemanden, der ihn ersticken wollte, geht es mir gar nicht so übel.«

Ihr Vater beugte sich über sie und küsste sie zart auf die Stirn.

»Ich hoffe, wenigstens hier tut dir nichts weh.«

Lachend schüttelte Irene den Kopf.

»Papa, wie geht es Roberto?«

»Ich weiß es nicht. Als man mich angerufen hat, um mir zu sagen, was dir zugestoßen ist, war ich gerade erst nach Hause gekommen, um zu duschen und mich umzuziehen. Ich bin sofort hierher gekommen. Die letzte Nachricht lautete, sein Zustand sei unverändert.«

Er streichelte ihre Wange, während Irenes Augen sich mit Tränen füllten.

»Mein Schatz, du kannst dir gar nicht vorstellen, welche Sorgen ich mir gemacht habe! Du bist einfach verschwunden, ohne mir etwas zu sagen, und dein Telefongespräch mit Marta hat mich noch mehr aufgeregt, denn ich habe verstanden, dass du nicht mit mir reden wolltest und in Gefahr warst. Ganz zu schweigen von dem Moment, als ich durch die Zeitungen von dem Haftbefehl gegen dich erfahren habe. Da habe ich mich entschieden und Dottore Greco angerufen. Er war sehr freundlich und hat mich sofort empfangen.«

»Dottore Greco? Wie bist du denn auf ihn gekommen?«

Ihr Vater sah sie mit seinen graublauen Augen an, die sie so sehr mochte. Seine Haare waren nach hinten gekämmt, er trug ein hellgrünes Hemd mit kurzen Ärmeln und leichte helle Hosen.

»Ich habe immer noch ein paar Kontakte in diesem Bereich und herausgefunden, dass er die Untersuchung über die undichte Stelle in der Staatsanwaltschaft leitete. Ich habe sehr Gutes über ihn gehört und mir gedacht, es sei besser, ihm und nicht Lo Parco alles zu erzählen, was ich von dir wusste und über das, was du herausfinden wolltest.

»Das hast du großartig gemacht, Papa! Stell dir mal vor, du wärest zu Lo Parco gegangen!«, meinte Irene lachend.

»Das ist wohl wahr! Jedenfalls habe ich Greco erzählt, was ich wusste, und versucht, ihn davon zu überzeugen, dass du nichts damit zu tun hast. Er hat mir sofort den Eindruck vermittelt, er stünde auf unserer Seite, obwohl er sich natürlich neutral verhalten hat.«

Irene nahm die Hand ihres Vaters und drückte sie. Wäre da nicht die Sache mit Taddei gewesen, sie hätte sich in diesem Moment vollkommen glücklich gefühlt.

»Darf ich?«

Sie schauten zur Tür und ihr Vater stand auf, als er Greco hereinkommen sah.

»Ich bin gekommen, um Ihnen eine Nachricht zu bringen, die Sie sehr freuen wird. Taddei ist gerade aufgewacht.«

Irene fühlte, dass etwas sie wie ein elektrischer Schlag durchzuckte.

»Fühlen Sie sich nicht wohl, Dottoressa?«, fragte Greco, als sie blass wurde.

»Mir geht es ausgezeichnet. Sie haben mir eine wunderbare Nachricht gebracht.«

Ihr Vater kam zu ihr und umarmte sie lange, ohne ein Wort zu sagen. Dann sagte er, er würde jetzt Marta anrufen, um sie über alle Ereignisse auf dem Laufenden zu halten, und ging.

»Kann ich zu ihm?«

»Das ist noch zu früh. Ich habe ihn selbst nur ein paar Minuten gesehen und mit seinem behandelnden Arzt gesprochen. Er hat mir gesagt, Taddei sei natürlich noch sehr schwach und er würde aus Vorsicht an seiner Prognose festhalten. Er darf noch keinen Besuch empfangen.«

Irene sah den Staatsanwalt an, der sich gerade gesetzt hatte. Mit seinem kräftigen Körper, dem kurzgeschnittenen Bart und seinen intelligenten, aufmerksamen Augen machte er auf sie den gleichen sympathischen Eindruck wie bei ihrer ersten Begegnung.

»Nun, Dottoressa, hören Sie jetzt auf, den Detektiv gegen alle zu spielen?«

Irene fühlte, wie eine brennende Hitze ihr Gesicht überzog.

»Sie haben keine Ahnung, wie gern ich darauf verzichtet hätte, alle gegen mich zu haben! Jedes Mal, wenn ich glaubte, jemanden, der mir hätte helfen können, gefunden zu haben, hatte ich mich getäuscht. Es war wie ein Albtraum für mich, nach und nach entdecken zu müssen, wie viele Menschen in die Angelegenheit verwickelt waren. Ach, hat Taddei Ihnen gesagt, wer auf ihn geschossen hat?«

»Es war Lo Parco. Ich war völlig verblüfft, obwohl ich es mir eigentlich hätte denken können, nach allem, was er versucht hat, Ihnen anzutun. Wir wurden dann unterbrochen und er konnte mir nicht mehr sagen.«

»Wissen Sie, was ich entdeckt habe? Taddeis Ehefrau hat gemeinsam mit Rossi die Informationen aus dem Geheimdienst weitergegeben.«

»Ich habe die ganze Geschichte in groben Zügen rekonstruieren können, aber Sie werden mir alles erzählen, wenn Sie sich besser fühlen.«

»Da ist etwas, das ich Ihnen sofort sagen muss. Es hat mich am meisten betroffen: Grassi, der Leiter Ihrer Geschäftsstelle ist einer ihrer Komplizen. Es ist ihm wirklich gelungen, mich mit seinem väterlichen Verhalten, seiner Freundlichkeit und seiner Hilfsbereitschaft einzuwickeln ...«

»Entschuldigen Sie, dass ich Sie unterbreche, aber was erzählen Sie da?«, sagte Greco.

»Am Tag meines Unfalls habe ich ihn angerufen, um ihm alle Beweise zu übergeben, die ich gesammelt hatte, und er hat mich an die Polizei verraten. Ich fühlte mich vollkommen verloren. Und ich habe ihm blind vertraut!«

»Nein, Sie irren sich«, sagte Greco lächelnd. »Während man Sie ins Krankenhaus fuhr, ist Grassi in mein Büro gestürmt, hat mir alles erzählt und mir das Material gebracht, das Sie ihm gerade übergeben hatten. Der Mann war am Boden zerstört. Er fühlte sich schuldig, weil er es nicht geschafft hatte, Sie zurückzuhalten. Ich konnte ihn kaum beruhigen. Nein, er lässt Sie grüßen und hat mir gesagt, er hoffe, Sie bald wiederzusehen.«

Irene wusste nicht mehr, was sie glauben sollte.

»Und die Polizei?«

»Das war Zufall. Eine ganz normale Streife, die die Kennzeichen gesuchter Fahrzeuge mit denen auf ihrem Terminal verglich. So haben sie Ihre Vespa entdeckt, nach der gefahndet wurde.«

»Und ich habe geglaubt ...«

Die Tür öffnete sich, ein Krankenpfleger trug das Abendessen auf einem Tablett herein und stellte es auf dem Tischchen ab, das auf ihren Beinen ruhte.

Irene hatte den ganzen Vormittag und einen Teil des Nachmittags verschlafen, dank der Beruhigungsmittel, die man ihr gegeben hatte. Aber seit einer Stunde meldete sich ihr knurrender Magen.

»Der Arzt hat mir noch fünf Minuten zugestanden.«

»In Ordnung.«

Der Krankenpfleger ging und Irene sog den Duft der Spaghettisoße ein, der dampfend aufstieg.

»Was haben Sie mit Taddeis Frau und den anderen gemacht?«

»Bis auf Lo Parco sind alle im Gefängnis. Er wird mit seiner Armverletzung einige Tage im Krankenhaus bleiben müssen.«

»Man hat auf ihn geschossen?«

»Leider ja. Zum Glück war es nur ein Streifschuss. Aber er wollte Sie schließlich nicht loslassen ... Hören Sie, eigentlich müsste ich Ihnen jetzt sagen, dass Sie etwas Verrücktes getan und die Justiz behindert haben, indem Sie auf eigene Faust handelten, aber dann müsste ich lügen. Wir wären ohne Sie vielleicht nicht weitergekommen, oder wir hätten sehr lange dazu gebraucht. Ich weiß, mein Kollege, der jetzt an Lo Parcos Stelle die Untersuchung weiterführt, wird morgen Ihre Aussage aufnehmen. Denken Sie jetzt nur daran, wieder zu Kräften zu kommen.«

Greco stand auf, Irene hob einen Arm, um ihn zurückzuhalten.

»Entschuldigen Sie, aber ich möchte Ihnen noch eine Frage stellen. Wie haben Sie es geschafft, rechtzeitig hier zu sein?«

»Richtig, Sie können ja noch gar nicht wissen, dass Grassi mir von Ihrem Treffen berichtet hat und von den Telefonlisten, die Ihrer Meinung nach aus Taddeis Wohnung verschwunden waren. Deshalb habe ich sie mit äußerster Dringlichkeit nochmal angefordert und eine Stunde später hatte ich sie auf dem Tisch. Ich habe festgestellt, dass der Abgeordnete ein paar Mal von Lo Parcos Handy aus angerufen wurde, und da kamen mir erste Zweifel in Bezug auf ihn. Auch in der Liste, die Grassi mir bereits gegeben hatte, war sein Name aufgetaucht. Also habe ich mir gesagt, dass ich mich zunächst einmal um Ihre Sicherheit kümmern müsste. Sollte das stimmen, was Sie entdeckt hatten, wäre Ihr Leben ganz sicher in Gefahr.«

»Ich sehe, Sie hatten noch Zweifel an meiner Version.«

Greco tat so, als hätte er ihre ironische Anmerkung nicht gehört.

»Während Sie schliefen, habe ich eine Wanze in Ihrem Zimmer anbringen lassen, und wir haben nebenan eine Abhörkabine eingerichtet. Ich war mir nicht sicher, ob Sie unschuldig sind, habe aber gehofft und erwartet, dass die wahren Schuldigen einen falschen Schritt machen würden.«

»Und mich töten?«

Greco trat von einem Fuß auf den anderen und bewegte seine Hände, als wüsste er nicht, wohin mit ihnen.

»Keine Sorge, das ist jetzt bedeutungslos geworden. Ich verstehe ja, Sie haben nur darauf gewartet, eingreifen zu können. Ich wünsche Ihnen nicht, dass Sie einmal das Gleiche erleben müssen wie ich unter dem Kissen.«

Greco murmelte eine Entschuldigung und ging, nachdem er sich von ihr verabschiedet hatte.

Irene nahm die Gabel und lehnte sich in die Kissen zurück. Sie stellte fest, dass sie ziemlich bissig zu Greco gewesen war. Noch spürte sie die Angst dieser endlosen Sekunden, in denen sie geglaubt hatte, sterben zu müssen. Indem sie mechanisch die Nudeln aß, ohne etwas zu schmecken, versuchte sie sich zu beruhigen.

Um Mitternacht wälzte sie sich in ihrem Bett, das Laken war

nur noch ein zerwühlter Haufen. Sooft sie die Augen schloss, sah sie Taddeis Gesicht vor sich, die Form seiner Lippen, seine weißen Zähne, als er ihr im Restaurant zugelächelt hatte, wie er sie angesehen hatte, während er sich im Hafen von San Vincenzo zu ihr hinuntergebeugt hatte, um sie zu küssen, sein verschlafenes Jungengesicht, als er sich von ihr an der Tür verabschiedet hatte, nur wenige Minuten, bevor man auf ihn geschossen hatte.

Mit einer heftigen Bewegung warf sie die Bettdecke zur Seite, stand auf und zog ihre Pantoffeln an. Langsam öffnete sie die Tür und entdeckte erleichtert, dass man den Wachposten von seiner unbequemen Aufgabe abgezogen hatte. Vielleicht hatte man ihn jetzt vor Lo Parcos Tür gesetzt, dachte sie und atmete den süßen Duft der Rache – nannte man das wirklich so?

Der Flur war menschenleer und nur schwach erleuchtet von dem Licht, das aus dem Nachtdienstzimmer kam. Irene ging zum Aufzug und fuhr ein Stockwerk nach unten. Von Rita wusste sie, dass Taddei in Zimmer 303 auf der Intensivstation im zweiten Stock lag. Sie überquerte zwei Flure, wobei sie den Atem anhielt und versuchte, möglichst leise zu sein. Sie erinnerte sich, wie sie ein paar Mal heimlich ihr Elternhaus verlassen hatte, um zu einer verbotenen Party zu gehen. Endlich fand sie das gesuchte Zimmer. Sie blieb lange davor stehen, eine plötzliche Unentschlossenheit lähmte sie, bis sie Stimmen hörte, die näher kamen. Da drückte sie die Klinke hinunter, betrat das Zimmer und schloss schnell die Tür hinter sich. Sie wartete ein paar Sekunden, bis ihre Augen sich an die Dunkelheit gewöhnt hatten und ihr beschleunigter Puls wieder normal schlug.

Die Stimmen entfernten sich. Sie erkannte das Bett und Taddeis Silhouette. Sie näherte sich zögernd. Als sie neben ihm stand, beugte sie sich zu ihm hinunter, verharrte wenige Zentimeter vor seinem reglosen Gesicht, schloss die Augen und atmete seinen Duft ein.

14

Durch die offenen Wagenfenster strömte ein kräftiger, lauer Wind, der nach Salz schmeckte. Die schmale Straße wand sich in endlosen Serpentinen, an der einen Seite wurde sie von einer grün überwucherten Mauer und an der anderen von einem steil zum Meer hin abfallenden Hang begrenzt. Die aufgewühlte See schlug dumpf gegen die Felsen und ein paar Wassertropfen fegte der Wind sogar bis an den Straßenrand.

Irene streckte die Beine aus und beobachtete Taddei. Sie hatte ihre Hand auf seine gelegt, die auf dem Steuerknüppel ruhte, und folgte seinen Bewegungen, während er in einen anderen Gang schaltete. Im gleichen Moment umarmte und küsste sie ihn auf den Hals, weil ihr die Abstand zwischen ihnen unsinnig und ungerecht vorkam. Als der Wagen plötzlich in eine Kurve fuhr und Taddei hart auf die Bremse trat, wurde Irene durchgeschüttelt, und um das Gleichgewicht nicht zu verlieren, klammerte sie sich fest an Taddei.

Er hatte den Wagen auf einem winzigen Fleck zum Stehen gebracht. Irene warf einen flüchtigen Blick aus dem Autofenster und schaute in den Abgrund, der mehrere hundert Meter in die Tiefe ging. Dann sah sie Taddei an, der sich zu ihr hinüberbeugte und sie küsste. Sofort vergaß sie ihre Angst vor der schwindelnden Tiefe.

»Ich bin im Krankenhaus.« Irene merkte, dass sie geträumt hatte. Schnell schloss sie die Augen und versuchte noch einmal den Gefühlen aus diesem Traum, der so lebendig gewesen war, nachzuspüren. Sie sah die Felswand vor sich: Jede Spalte war mit Moos ausgefüllt, der glatte, abschüssige Stein war dunkelgrau. Die Bilder verschwammen, als Taddei sie umarmte.

Der Gedanke an ihn und dass sie heute vielleicht mit ihm sprechen durfte, vertrieb die Traumbilder endgültig. Abgelöst von einer Wirklichkeit, die ihr noch schöner erschien.

Wenige Minuten später, sie hatte es geschafft, sich allein mit der linken Hand das Gesicht zu waschen, wurde das Frühstück gebracht. Sie trank nur den Kaffee. Dann fragte sie die Krankenschwester, ob sie duschen könne, aber das wurde abgelehnt, sie musste die Arztvisite um neun Uhr abwarten.

Ungeduldig blätterte sie in Jean-Claude Izzos Kriminalroman *Total Cheops*, den ihr Vater ihr gestern gebracht hatte. Die Geschichte spielte in den ärmsten Vierteln von Marseille, wo Montale, ein ausgebuffter, melancholischer Polizist, in verschiedenen Mordfällen ermittelte. Das Buch war in einem synkopierten Rhythmus geschrieben, wie Rapmusik, und Irene hatte Mühe, sich darauf zu konzentrieren.

Kaum hatte sie das Buch auf den Nachttisch gelegt, als ihr Arzt eintrat. Sein Lächeln signalisierte, dass heute ein glücklicher Tag für sie sei.

Er überprüfte ihr Patientenblatt, stellte ihr ein paar Fragen, überzeugte sich davon, dass es ihr gut ging, und meinte, wenn sie nicht das dringende Bedürfnis hätte, noch einen Tag länger in der Klinik zu bleiben, würde er sie sofort entlassen.

Irene versicherte ihm lachend, sie könne es kaum erwarten, von hier zu verschwinden, und dankte ihm, dass er sich so fürsorglich und aufmerksam um sie gekümmert hatte. Einen Arzt gefunden zu haben, der neben seiner Professionalität auch Wärme und Anteilnahme zeigte, war sicher ungewöhnlich. Die menschlichen Zwischentöne hatten ihr sehr dabei geholfen, die Anspannung der vergangenen Tage zu ertragen.

Als sie wieder allein war, blieb sie noch ein paar Minuten im Bett liegen und betrachtete ihre Beine, die unter dem Nachthemd hervorschauten. Sie waren mit Blutergüssen übersät, die jetzt nicht mehr violett, sondern ockergelb waren.

Der Arzt hatte ihr gesagt, dass man bei Taddei zu einer positiven Prognose gekommen war. Die Aussicht auf diese Begegnung, die sie so herbeisehnte, ließ sie einen Augenblick unsicher und ängstlich werden. Sie spürte, wie die garantierte Möglichkeit, ihn wiederzusehen, jeden anderen Gedanken aus ihrem Kopf verdrängte.

Sie stand auf, nahm Bademantel und Shampoo aus der Reisetasche im Schrank. Dann ging sie ins Bad und öffnete in einer der Duschen den Wasserhahn. Sie wickelte ihren eingegipsten Arm in eine Plastiktüte und wusch sich den Krankenhausgeruch ab, der ihre Haut durchtränkt hatte.

Wieder zurück im Krankenzimmer, kämmte sie sich vor dem Spiegel. Sie fand sich schön, obwohl sie dunkle Ringe unter den Augen hatte. Vielleicht, weil in dem schmaler gewordenen Gesicht ihre Augen noch intensiver wirkten. Sie zog Jeans und ein T-Shirt an, packte ihre Sachen in die Tasche und verließ das Zimmer, nachdem sie ihm noch einen letzten, langen Blick zugeworfen hatte.

»Darf ich?«

Taddei schaute von der Zeitung hoch, die er auf seinen angewinkelten Knien abgelegt hatte. Er hatte abgenommen und seine Blässe ließ ihn kränklich aussehen. Ein kleiner Bart war ihm gewachsen und seine dunklen Augen – sie hatten sich nicht verändert – starrten sie fragend an. Das dauerte nur einen Augenblick, und als er sie wiedererkannte, füllten sie sich mit Wärme.

»Irene! Ich habe dich erst gar nicht erkannt!«

»Das habe ich gemerkt!«

»Greco hat mir von deinem Unfall erzählt. Tut dir der Arm noch weh?«

»Nein, es ist nur ein bisschen lästig.«

Irene ging zum Bett und stellte ihre Tasche auf den Boden, ohne recht zu wissen, was sie nun tun sollte. Sie nahm die Hand, die Taddei ihr hinstreckte, beugte sich zu ihm hinunter und gab ihm einen flüchtigen Kuss auf den Mund. In der Nacht hatte sie sich viel wohler mit ihm gefühlt. Jetzt wusste sie nicht, wie sie sich verhalten sollte. Seit man auf ihn geschossen hatte, war ihr Leben weitergegangen, mit allen Gedanken, Gefühlen und Hoffnungen. Doch sie wusste ja nicht, was mit ihm passiert war. Er hatte schließlich nur ein paar Stunden Zeit gehabt, seit er wieder aufgewacht war, um die Neuigkeiten zu akzeptieren.

Sie schaute auf die Zeitung, die Taddei gerade aus der Hand gelegt hatte. Ihr stockte der Atem, als sie ihr Bild auf der ersten Seite erkannte. Sie griff danach und las die Schlagzeile.

»Wusstest du das nicht, Irene?«

»Nein! Also war Nardi der Abgeordnete, gegen den du ermittelt hast? Ich kann es kaum glauben!«

Irene setzte sich auf die Bettkante. Die Überraschung war zu groß. Taddei berührte ihre Hände, die immer noch die Zeitung umklammert hielten.

»Ja. Es war das Einzige, was ich von Anfang an sicher wusste. Das hat uns der Kronzeuge verraten, der die Ermittlung in Gang gesetzt hat. Natürlich mussten wir die Angaben noch überprüfen, und vor allem wussten wir nicht, wen er benutzte, um an die Informationen zu kommen, die er dann an die Mafia weitergab.«

»Und als du erfahren hast, dass ich Nardi durch meinen Vater kannte und wir zusammen zu Abend gegessen hatten, hast du mich da nicht verdächtigt?«

Taddei lachte und nahm wieder ihre Hand.

»Liebe Irene, was muss ich dir noch alles erzählen! Bevor ich dich kennenlernte, habe ich durch eine erste Ermittlung erfahren, dass dein Vater und Nardi einander kannten und eine Zeit lang Kontakt gehalten haben.«

»Du hast mich also von Anfang an verdächtigt!«

»Ich habe jeden verdächtigt, wenn du das meinst.«

»Also dann hat ... alles, was zwischen uns passiert ist, für dich nur den Zweck gehabt herauszufinden, wie weit ich in die Angelegenheit verwickelt war.«

Irene zog ihre Hand zurück, sie wandte sich dem Fenster zu und versuchte, Wut und Enttäuschung hinunterzuschlucken.

»Irene, warte. Das war keine Berechnung. Alles, was zwischen uns passiert ist, habe ich nicht vorhergesehen. Dass du mir von Nardi erzählt hast und deine Reaktion auf seine Fragen haben mir verraten, dass du nichts damit zu tun hast.«

»Und wie bist du zu dieser Annahme gekommen?«, fragte Irene und drehte sich zu ihm um.

»Wärst du in die Sache verwickelt gewesen, hättest du mir nie erzählt, dass du dich mit Nardi getroffen hast. Du hättest schon Macchiavelli persönlich sein müssen, um mir diese Geschichte absichtlich zu erzählen und meinen Verdacht von dir abzulenken. Und außerdem habe ich es an der Art, wie du es mir erzählt hast, am Klang deiner Stimme und an vielen anderen kleinen Anzeichen begriffen, die ich inzwischen deuten kann. Komm her.«

Taddei zog sie zu sich heran und umarmte sie, da fühlte Irene, wie das Zittern, das sie erfasst hatte, endlich aufhörte.

Als sie einander losließen, platzte ihr vor lauter Fragen beinahe der Kopf. Und während sie noch unschlüssig war, wie sie anfangen sollte, begann Taddei zu erzählen.

»Gestern war Greco hier. Er hat angedeutet, was du getan hast. Ich habe mich nicht geirrt, als ich dir alles, was ich herausgefunden hatte, überlassen habe. Er wird im Übrigen bald hier sein, um mich zu befragen. Danke, Irene. Und weißt du, dass du mir mit deiner neuen Frisur sehr gut gefällst?«

Irene lächelte.

»Roberto, ich weiß, wir haben wenig Zeit. Aber was ist passiert, nachdem du herausgefunden hast, dass man deinen Ausweis benutzt hat? Warum hat Lo Parco auf dich geschossen?«

»Die eine oder andere Sache hast du dir wohl selbst schon erklären können. Ich versuche trotzdem, kurz zusammenzufassen. An diesem letzten Tag in deinem Büro hat mich ein Kollege aus Palermo angerufen und mir erzählt, der Kronzeuge, der schon mit uns zusammenarbeitete, hätte ihm Informationen aus dem Geheimdienst zugespielt, die Nardi an die Cosa Nostra weitergegeben hatte. Als du dein Büro verlassen hast, habe ich mich an den Computer gesetzt und entdeckt, dass der einzige Ausweis, mit dem auf alle einschlägigen Dateien zugegriffen wurde, mir gehörte. Du kannst dir vorstellen, wie ich mich gefühlt habe. Ich konnte es nicht begreifen und habe mir in den folgenden Stunden den Kopf darüber zerbrochen, wer ihn mir hatte stehlen können. Doch die Geschichte hatte einen Haken. Wer immer meinen Ausweis gestohlen hatte, musste fraglos auch mein Passwort kennen, um ihn benutzen zu können. Und was ich einfach nicht verstand, warum jemand, der selbst Zugang zu unseren Büros hatte, meinen Ausweis brauchte. Die Erklärung lag auf der Hand: Er selbst wollte keine Spuren im System hinterlassen. Ich habe mich erinnert, dass ich nach einer Auslandsreise im Juni den Verlust bemerkt hatte. Noch im Flugzeug habe ich in meinem Portemonnaie nach der Visitenkarte einer Person gesucht, die ich sofort nach meiner Ankunft in Rom kontaktieren musste, und so bemerkt, dass der Ausweis verschwunden war. Das habe ich zu Hause meiner Frau erzählt, für den Fall, dass sie ihn finden würde, und ihre Reaktion hat mich verblüfft. Sie durchsuchte übereifrig alle Schubfächer, während ich der Sache keine übermäßige Bedeutung zugestand. An jenem Nachmittag erinnerte ich mich wieder an alles und brachte es mit der Tatsache in Verbindung, dass ich mir alle wichtigen Nummern in das Telefonverzeichnis zu Hause schreibe, weil ich ein schlechtes Gedächtnis habe. Die von der EC-Karte, der Kreditkarte und auch die für meinen Ausweis. Nur Anna wusste darüber Bescheid. Gibst du mir bitte eine Zigarette?«

Irene hielt es für keine gute Idee, nach einigen Tagen im Koma wieder mit dem Rauchen anzufangen, aber als sie seinem Blick begegnete, gab sie ihm das Päckchen und öffnete ein Fenster.

Taddei nahm angespannt den ersten Zug und erzählte weiter.

»Also, am Nachmittag, bevor man auf mich schoss, ich hatte dich zum Essen eingeladen, habe ich das Büro verlassen und die Ohrringe in diesem kleinen Schmuckgeschäft an der Ecke gekauft.«

Irene nickte und musste daran denken, wie viele Probleme ihr diese verdammten Ohrringe bereitet hatten.

»Während ich nach Hause fuhr, habe ich über Anna und ihr Verhalten in den letzten Monaten nachgedacht. Unsere Beziehung beschränkte sich schon seit einiger Zeit auf ein Zusammenwohnen. Sie ging abends oft aus und ich hatte bemerkt, dass ihre Stimmung und ihr Verhalten sich verändert hatten. Sie war gutgelaunt, kleidete sich noch sorgfältiger als sonst und trug Schmuck, den ich noch nie gesehen hatte. Ich habe ein einziges Mal danach gefragt und sie hat mir verärgert geantwortet, sie hätte ihn von ihren Ersparnissen gekauft, und außerdem sähe er teurer aus, als er ist. Im Mai habe ich ihr gesagt, ich wolle mich von ihr trennen. Unser Sohn lebt inzwischen sein eigenes Leben und wir mussten nur finanzielle Fragen klären. Annas Reaktion verwirrte mich. Sie war nicht einverstanden, obwohl sie mir gestand, mich nicht mehr zu lieben. Sie wollte unseren Sohn nicht vor den Kopf stoßen und fand eine Trennung absurd. Jeder von uns habe doch seine Freiheit. Sie fragte mich, ob ich mich in eine andere Frau verliebt hätte, und als ich das verneinte, brachte sie mich dazu, meine Entscheidung zu verschieben. Und so wurde es Juli.«

»Aber warum wollte sie sich deiner Meinung nach nicht von dir trennen?«

Taddei warf die Zigarette in einen Plastikbecher mit Wasser.

»Ich glaube, sie war überzeugt davon, dass niemand sie verdächtigen würde, solange sie mit mir zusammen war, selbst in dem Fall, dass irgendwelche Beweise auftauchen sollten.«

»Was hatte sie denn mit Lo Parco und den anderen zu tun?«

»Greco hat mir gesagt, bis jetzt hätte nur Siniscalchi den Mund aufgemacht. Anna hat seit mindestens einem Jahr eine Affäre mit Lo Parco. Ich weiß nicht, wie sie einander kennengelernt haben. Sicher in einem der römischen Salons, die beide besuchten.

Nardi und Lo Parco sind seit Jahren befreundet, und Nardis finanzielles Angebot musste für einen Staatsanwalt, den das süße Leben lockte, unwiderstehlich gewesen sein. Als er etwas mit Anna anfing, die ihm in dieser Hinsicht leider sehr ähnelt, muss er sie dazu überredet haben, sich an diesem Geschäft zu beteiligen und die Informationen aus dem Geheimdienst abzuziehen. Der Rest war leicht für sie. Anna kannte das Passwort. Sie hat mir den Ausweis aus dem Portemonnaie geholt, bevor ich abreiste, und gehofft, sie könnte ihn mir nach meiner Rückkehr wieder unbemerkt zustecken. Deswegen war sie auch so bestürzt, als ich erzählte, ich hätte den Ausweis verloren. Es muss einfach für sie gewesen sein, Rossi, den sie schon lange durch mich kannte und sicher auch bei anderen Gelegenheiten gesehen hatte, in die Angelegenheit mit hineinzuziehen. Wie es mit Siniscalchi war, weiß ich nicht, aber ich glaube, dass Rossi ihn überredet hat.«

Sie schwiegen einige Augenblicke.

»Aber warum ist deine Frau selbst in unser Büro gegangen? Hätte sie nicht einfach deine Karte an Rossi weitergeben können?«

»Für mich gibt es nur eine Erklärung. Sie vertraute ihm nicht wirklich. Vielleicht befürchtete sie, wenn er den Ausweis erst hätte, würde er versuchen, mehr Geld von Lo Parco zu erhalten und sie eventuell aus dem Geschäft drängen.«

»Es ist schon unglaublich, wie viele Menschen bereit sind, sich für Geld zu verkaufen!«

Taddei lächelte sarkastisch. Die Fältchen um seine Augen vertieften sich.

»Mich überraschen inzwischen eher die, die nicht so sind.«

»Und was hast du gemacht, nachdem du entdeckt hast, dass es Anna war?«

»Ich habe eine Riesendummheit gemacht. Zu meiner Entschuldigung kann ich nur sagen, der Verdacht, es könne meine Frau gewesen sein, ließ mich vollkommen die Kontrolle verlieren. Als ich in meine Wohnung kam, habe ich sie sofort auf dem Handy angerufen und ihr direkt ins Gesicht gesagt, ich hätte entdeckt, was sie getan hat.«

»Und wie hat sie reagiert?«

»Erst war sie ein paar Sekunden lang ganz still, und dann hat sie mich gefragt, ob ich verrückt geworden sei. Ich habe begriffen, dass sie log, und als Siniscalchi klingelte, habe ich aufgelegt.«

»Ich weiß, dass er dir eine Liste der Telefongespräche mitgebracht hat, die Nardi mit seinem Handy geführt hat. Hast du da etwas entdeckt?«

»Zwei Anrufe von Anna. Leider kannte ich Lo Parcos Telefonnummer nicht, deshalb konnte ich auch keine Verbindung zwischen ihnen herstellen. Gestern hat mir Greco davon erzählt. Jedenfalls zweifelte ich nicht mehr an Annas Schuld. Dann kamst du.«

»Es tut mir so leid! Wenn ich daran denke, wie wütend ich auf dich war, weil du ganz weit weg zu sein schienst.«

Taddei lächelte müde, und Irene fand in diesem Blick so viele Gefühle wieder, die sie mit ihm verbanden. Sie nahm seine Hand und streichelte sie.

»Und dann?«

»Als du gegangen warst, wollte ich mich gerade ins Bett legen, da hörte ich, wie die Wohnungstür sich öffnete. Weil ich glaubte, es sei Anna, ging ich ins Wohnzimmer. Dort stand ich plötzlich Lo Parco gegenüber. Ich war ihm ein paar Mal begegnet und war so verblüfft, dass ich die Pistole in seiner Hand zu spät bemerkte. Ich habe einen Schuss gehört und jetzt liege ich hier.«

»Anna hatte ihm die Schlüssel gegeben.«

Taddei nickte. »Greco hat mir erzählt, du hättest herausgefunden, dass Anna und Rossi beteiligt waren, aber er hat mir nicht erzählt, wie.«

»Ich habe es so wie du gemacht. Als ich es geschafft hatte, die Disketten an mich zu nehmen, auf der Flucht vor zwei miesen Typen, die mich schon einmal beraubt hatten ...«

»Was ist passiert? Du bist beraubt worden?«

Irene fasste die Unglücksfälle kurz zusammen, bis zu dem Augenblick, als sie in Siniscalchis Apartment einzog.

Zum ersten Mal lachte Taddei wirklich herzlich.

»Gratuliere, du hast dich direkt in die Höhle des Löwen begeben!«

Irene stimmte in sein Lachen ein.

»Das ist deine Schuld! Hast du mir nicht erzählt, er sei dein bester Mitarbeiter?«

»Es stimmt schon. Fest steht nur, dass du die Einzige bist, in der ich mich nicht getäuscht habe!«

Irene entspannte sich, sie fühlte, wie ihre gemeinsame Vertrautheit zurückkehrte.

»Und was hast du mit den Disketten angefangen?«

»Nachdem ich sie durchgesehen hatte, bin ich nachts in mein Büro gegangen und habe die Sache mit deinem Ausweis entdeckt. Du kannst dir kaum vorstellen, wie ich mich in diesem Augenblick gefühlt habe!«

»Arme Irene, hast du vielleicht gedacht, ich sei es gewesen? Wirklich teuflisch, vorzutäuschen, ein Verbrechen aufzuklären, das ich selbst begangen habe.«

»Ich gestehe dir, es spukte kurz durch meinen Kopf, aber nur einen Moment lang. Dann habe ich auf meinen Instinkt vertraut und mich sofort erinnert, wie du mir erzählt hast, das du ihn verloren hattest. Ich habe mir die Videoaufzeichnungen vom Eingangsbereich geholt, von den beiden Tagen, an denen deine Karte benutzt wurde.«

»Eine großartige Idee. Ich wusste gar nicht, dass sie aufbewahrt werden. Und ...?«

»Jemand hatte sie gegen leere Bänder ausgetauscht. Rate mal, wo ich sie dann gefunden habe.«

»Keine Ahnung.«

»Im Büro meines geliebten Vorgesetzten. Am Tag, als ich dich kennenlernte, bin ich zu ihm ins Büro gekommen und habe gesehen, wie er ziemlich hastig und mit schuldbewusster Miene eine Schublade verschloss.«

»Und was war auf den Bändern?«

»Rossi, der deine Frau ins Gebäude ließ.«

»Das ist wahnsinnig! Ich kann es immer noch kaum glauben.« Taddei schloss kurz die Augen.

»Und nun?«, fragte ihn Irene.

»Foderaro hat mich angerufen. Inzwischen hat man alle verhaftet, auch Nardi. Den haben sie gestern Abend am Flughafen Fiumicino aufgespürt, er hatte ein Flugticket nach Marokko in der Tasche. Anscheinend hat er sich entschlossen, mit uns zusammenzuarbeiten. Für jemanden wie ihn dürfte es nicht leicht sein, sich im Gefängnis wiederzufinden. Unter anderem hat er gestanden, dass im Fall Mastropiero, ich weiß nicht, ob du davon gehört hast ...«

Irene nickte.

»Also, er hat damals die beiden Agenten über meine Untersuchung informiert und ihnen dadurch zur Flucht verholfen.«

»Nicht zu fassen!«, rief Irene.

»Ja, und Greco hat mir noch mehr erzählt. Dein lieber Freund Nardi hat dich über Rossi zu Foderaros Fest eingeladen, um seinen beiden Handlangern Zeit zu geben, die Pistole in deiner Wohnung zu verstecken.«

»Weißt du, dass ich mir das schon gedacht habe?«

In diesem Moment öffnete Greco die Tür, Irene ließ augenblicklich Taddeis Hand los und blickte ihn verlegen an.

»Entschuldigen Sie, ich wollte nicht stören. Dottoressa Bettini, wie schön, dass Sie sich erholt haben, ich werde Sie noch anrufen, um Ihnen zu sagen, wann Sie in die Staatsanwaltschaft kommen sollen. Und ich möchte mich gleich noch einmal entschuldigen, Taddei, aber ich muss Sie jetzt befragen.«

»Sicher, würden Sie uns noch fünf Minuten geben?«

»Aber natürlich. Ich hole mir einen Kaffee. Wir sprechen uns dann gleich.«

Irene und Taddei sahen sich wortlos an. Und sie fragte sich im Stillen, ob ihnen, nachdem sie sich verbal verausgabt hatten, überhaupt noch Worte blieben für das, was ihr am meisten bedeutete.

Mit unsicherer Stimme brach sie das Schweigen.

»Gut, ich gehe jetzt ... weißt du schon, wann du entlassen wirst?«

»Ich glaube, in ein paar Tagen.«

»Das freut mich, ich hätte nicht gedacht, dass man dich so früh gehen lässt.«

Irene streichelte sanft seinen Arm und stand auf. Sie hängte sich ihre Handtasche über die Schulter, nahm die andere Tasche in die Hand und blieb neben dem Bett stehen. Sollte wirklich alles so enden, ohne ein einziges Wort? Ihr fiel nichts ein, was sie ihm hätte sagen können. Möglicherweise hatte sich für ihn ja alles verändert. Nachdem seine Frau ihn verraten, man auf ihn geschossen und er die ganze Zeit im Koma gelegen hatte. Vielleicht war die Erinnerung an ihre kurze Affäre bereits verblasst.

»Gut, Roberto, ich lasse dich jetzt allein. Ich hoffe, du wirst bald gesund. Ciao.«

Ohne eine Antwort abzuwarten, ging sie zur Tür. Aber sofort hielt seine Stimme sie zurück.

»Irene! Und ... wie geht es jetzt mit uns weiter?«

Taddeis Worte hatten unsicher geklungen und Irene kam zum ersten Mal der Verdacht, dass auch er nicht wusste, was sie dachte und fühlte.

Sie erinnerte sich an die Szene aus einem Film, der Titel fiel ihr nicht mehr ein. Ein Mann und eine Frau lernen sich in einer Bar kennen und verbringen die Nacht miteinander. Am nächsten Morgen sitzen sie sich in einer Küche gegenüber, frühstücken und beginnen, miteinander zu reden. Ihre Worte sind von der beklemmenden Furcht geprägt, ihre Gefühle zu äußern und davon, dass der andere sie vielleicht nicht teilen kann. So klingt jedes ihrer Worte inhaltsleer und banal. Im Film hörte man unmittelbar nach ihren Worten ihre unausgesprochenen Gedanken, die so anders, viel intensiver und gefühlvoller sind, sodass der Zuschauer mit den Filmfiguren leidet. Der Mann und die Frau sind völlig unfähig, wirklich miteinander zu kommunizieren, und aufgrund ihrer Ängste trennen sie sich nach kurzer Zeit wieder.

»Ich weiß es nicht ...«, sagte Irene und bemerkte, dass sie sich wie die Figuren im Film verhielt. Sie setzte sich wieder neben Taddei. »Roberto, da ist so viel, was ich dir nicht erzählt habe, und ich weiß nicht, ob jetzt der richtige Zeitpunkt dafür ist ... ich weiß nicht einmal, ob du es überhaupt hören willst.«

»Natürlich möchte ich das, Irene!«

»Für mich ist es nicht einfach ... in den letzten Tage habe ich mit der Angst gelebt, du könntest sterben. Ich habe immer an dich gedacht, und vielleicht haben meine Gefühle einen anderen Weg genommen als deine.«

»Warum sagst du das?«

»Ich weiß es nicht. Vielleicht, weil du die ganze Zeit über geschlafen hast. Weil du herausgefunden hast, dass Anna es war, und ich kann nicht wissen, was das in dir ausgelöst hat. Eigentlich haben wir auch nie über unsere Gefühle geredet.«

»Das stimmt. Ich kann dir aber versichern, was Anna betrifft, so empfinde ich zwar viel Bitterkeit, aber sie gehört nicht mehr zu meinem Leben.«

Irene senkte den Blick. Als sie wieder aufschaute, sah sie, dass Taddei lächelte. Sie wandten sich einander zu und küssten sich lange.

Als sie sich voneinander lösten, blieben ihre Gesichter ganz nah beisammen und Irene las in seinen Augen die gleiche Empfindung.

»Irene, ich finde oft nicht die richtigen Worte. Du hast es sicher schon gemerkt. Ich kann dir jetzt auch nicht sagen, was kommen wird, aber für mich hat sich nichts geändert. Du gefällst mir und ich möchte weiter mit dir zusammen sein.«

»Ich auch!«

Jemand klopfte an die Tür. Als Greco eintrat, war Irene schon aufgestanden, beide lachten.

»Gut, ich sehe, ich habe etwas Amüsantes verpasst.«

Irene verließ das Krankenhaus. Sie konnte gar nicht mehr aufhören zu lächeln. Sie hielt gerade Ausschau nach einem Taxi, als sie den Wagen ihres Vaters sah, der auf den Parkplatz vor der Notaufnahme fuhr. Jemand saß an seiner Seite, den sie nicht erkennen konnte.

Sie blieb stehen, und als ihr Vater aus dem Wagen stieg, rief sie nach ihm. Er drehte sich um und winkte. Im gleichen Moment stieg auch der andere Passagier aus und Irene sah, dass es Tommaso war.

Sie trafen sich auf halbem Weg, Irene umarmte ihren Freund und nahm die Hand ihres Vaters.

»Tommaso, es ist so schön, dich zu sehen. Wann bist du denn zurückgekommen?«

»Heute Morgen. Ich habe von deinem Vater erfahren, wie es dir geht, und ich sehe, dass du trotz aller Katastrophen, in die du reingeschliddert bist, überlebt hast. Du bist wie immer ein Glückskind! Hast du deinen geliebten Taddei sehen können?«

»Ich komme gerade aus seinem Zimmer.«

»Deinem penetranten, idiotischen Grinsen nach scheint das Gespräch nicht schlecht gelaufen zu sein ...«

Irene gab Tommaso einen Klaps auf die Schulter.

»Du hast dich ganz sicher nicht verändert!«

Alle drei gingen zum Wagen.

»Spätzchen, Marta lässt dich herzlich grüßen. Sie erwartet uns zu Hause zum Essen.«

»Kommst du mit, Tommaso?«, fragte Irene.

»Natürlich! Ich will doch nicht ein Wort deiner Erzählung verpassen!«

»Übrigens, Irene«, sagte ihr Vater, während sie in den Wagen stiegen. »Heute Morgen hat Foderaro mich angerufen und mir gesagt, er möchte dich sofort sprechen, sobald du dich erholt hast.«

»Und weswegen?«

»Er hat gesagt, es ginge um deine Arbeit ...«

»Komm, Papa, lass mich nicht so zappeln. Ich wette, du weißt schon alles!«

Ihr Vater hob die Augenbrauen, dann lächelte er.

»Ich glaube er will dir nach deiner ausgezeichneten Ermittlungsarbeit im Fall Taddei eine neue Stelle im operativen Dienst anbieten.«

Irene hörte Tommaso, der hinter ihr saß, sagen: »Um Gottes willen. Sagt diesem Foderaro, er soll mit mir reden, bevor er eine

Entscheidung trifft. Ich glaube, er hat keine Vorstellung davon, in welche Scherereien er sich bringen wird, wenn er Irene freie Hand lässt.«

Ein paar Leute, unterwegs zum Krankenhaus, drehten sich verblüfft nach dem Wagen um, der den Zufahrtsweg verließ und in dem drei Personen schallend lachten.

Nachwort

Irene Bettini ist die junge stellvertretende Leiterin im zehnten Büros des SISDE, einer Abteilung, die nicht im operativen Dienst tätig ist, sondern das riesige Datenarchiv der Organisation verwaltet. An diesem Ort wird jede Information unter strengster Geheimhaltung katalogisiert und gespeichert. Irenes Arbeit ist bestimmt weder begeisternd noch abenteuerlich, doch die junge Frau ist zumindest stolz darauf, aus ihrem Büro ein Vorbild an Effizienz und Sicherheit gemacht zu haben. An dieser Stelle muss ich den Leser warnen: Trauen Sie nie einem Archivar.

Ein englischer Autor hat zwei Bücher verfasst, unter dem gemeinsamen Titel »*The department of dead ends*«, in denen ein sanfter Inspektor von Scotland Yard, der für die Aufbewahrung von Akten und Notizen zuständig ist, allein anhand der Dokumente, die bei ihm landen, komplizierte ungelöste Fälle vergangener Jahre aufklärt. Und hat nicht Giorgio Scerbanenco in seinen Kriminalromanen aus den vierziger Jahren des vergangenen Jahrhunderts Arthur Jelling aus dem Archiv der Bostoner Polizei zu seiner Hauptfigur gemacht?

Wenden wir uns wieder diesem Roman zu: Eines Tages kommt Roberto Taddei mit einem offiziellen Auftrag zu Irene. Der attraktive, vierzigjährige Leiter des sechsten Büros ermittelt gegen hochstehende Persönlichkeiten: Politiker, Finanziers, Unternehmer und Bankiers, die indirekt mit dem organisierten Verbrechen in Verbindung stehen. Taddei möchte alles darüber wissen, wie das Archiv funktioniert, wie die Daten eingegeben, nach welchen Kriterien sie geordnet werden und wie die Zugangsberechtigungen zu den Informationen und Recherchemöglichkeiten aufgebaut sind. Irene muss seiner Forderung nachkommen. Auch wenn es sie ein paar Tage Arbeit kosten wird, ihm die komplexe Funktionsweise des Archivs zu erklären. Zum Glück für die junge Frau ist Taddei alles andere als unerträglich, ein wirklich angenehmer Gesellschafter.

So beginnt *Die Furien des Verschwindens*, Christine Calissanos gut zu lesender, spannender Debütroman.

Dieser Roman ist einer von zahlreichen Experimenten, die alle zeigen, welch tiefgreifende Veränderung der sogenannte »Giallo«, also der Kriminalroman, erfahren hat und derzeit erfährt. Ein bezeichnendes Beispiel: In *Die Furien des Verschwindens* findet das Verbrechen erst in der Mitte des Buches statt, und es handelt sich nicht einmal um einen Mord, nein, Roberto Taddei wird »nur« schwer verletzt. Üblicherweise bildete das Verbrechen immer den Ausgangspunkt für die Handlung, kein Verleger hätte je einen Krimi veröffentlicht, in dem es nicht im ersten Kapitel schon einen mehr oder minder blutigen Mord gibt.

Die scharfsinnige Beobachtung Todorovs, das charakteristische Merkmal des zeitgenössischen Kriminalromans hätte sich stark verlagert, hin auf »die Darstellung des gesellschaftlichen Umfelds der Personen und ihrer ungewöhnlichen Verhaltensweisen«, kann die Weiterentwicklung und Verfeinerung des Kriminalromans beschreiben. Den absoluten Höhepunkt dieser radikalen Veränderung in Italien stellt der Kriminalroman eines Autors dar, der nie ein Krimiautor gewesen ist. Ich meine Carlo Emilio Gadda und seinen Roman *Die gräßliche Bescherung in der Via Merulana*, der bereits 1957 erschienen ist. Commissario Francesco Ingravallo, genannt Don Ciccio, ermittelt in einem Fall, in dem der Täter nicht gefunden wird, und gerade, als der Kriminalroman eine Niederlage zu erleiden scheint, findet er paradoxerweise genau in dieser Niederlage den Sieg. Gadda ist weder an der Entdeckung des Täters noch an seiner Verurteilung interessiert. Woran aber dann? Das faschistische Rom dieser Zeit, die Adligen und die Menschen aus dem Volk, die Rituale und Mythen dieser Zeit, die durch den ironischen, ernüchterten Blick des Commissarios gesehen werden. Und vor allem interessiert Gadda die Suche nach einem bestimmten Sprachstil, der in dieser ›Bescherung‹ seine Vollendung erreicht.

Unter diesem Gesichtspunkt scheint *Die Furien des Verschwindens* eher der Roman einer Ermittlung als ein Kriminalroman im üblichen Sinne zu sein. Eine Ermittlung, die die Protagonistin auch in ihrer Gefühlswelt durchführen muss, das betrifft weniger die Gefühle, die sie mit Taddei verbinden, als das sehr gut dargestellte Verhältnis zu ihrem Vater (der immer viel mehr zu wissen scheint, als er sagt), vor allem aber auch die Gefühle in der Welt draußen, in ihrem beruflichen Umfeld, wo sie herausfinden muss, warum sie aus dem normalen Alltag einer Angestellten in eine gewalttätige und korrupte Welt katapultiert wurde.

Christine Calissano erzählt mit bemerkenswerter Leichtigkeit. Sie verliert sich nicht in Nebensächlichkeiten. Als hätte sie den grundlegenden Rat von Gilbert Keith Chesterton, dem Erfinder von Pater Brown, vor Augen gehabt: »Das erste und grundlegende Prinzip jeder geheimnisvollen Kriminalgeschichte, wie auch jeder Erzählung und jedes Kriminalfalls, ist nicht die Dunkelheit, sondern das Licht. Die Geschichte wird für den Moment geschrieben, in dem der Leser endlich alles begreift, nicht für die zahllosen vorausgegangenen Momente, in denen dies nicht geschieht.« Die Autorin setzt niemals auf vordergründige Theatereffekte. Ihre Begabung liegt in der Beschränkung, der Dichte, der gelungenen Erzähltechnik. Die Geschichte fließt scheinbar ruhig dahin. Nur ab und zu kräuselt sich das Wasser (nennen Sie es ruhig Unentschlossenheit, Unruhe oder

Neugierde der Protagonistin). Oder es entstehen kleine Strudel (nennen Sie es ruhig doppeldeutige Situationen oder Vorfälle, die sich nicht unmittelbar erklären). Und doch sind die Wellen und Strudel vielfältige Anzeichen einer verborgenen Spannung, einer unsichtbaren Strömung, die sich am Ende unwiderruflich in ihrer ganzen Dramatik offenbart.

Andrea Camilleri